阿修羅の女

石内 野太郎

海鳥社

人は生まれながらにして、
阿修羅にあらず、
生きゆくうちに、
周りの者より阿修羅にされる。
その周りの者も、また同じ。
故に人は悲し。

◉目　次

第一章　長良川忍従

一

紺絣の上着に赤いたすき、黒と灰色の膝下までしかない縦縞のもんぺ、それがこの料亭での下働きの女中達が身につける制服だ。

森川きみ子がこの岐阜の菊屋という料亭で下働きの女中として働くようになって半年が経つ。初めて料亭に来たのは夏の時分だったが、いつの間にか外には冬の風が吹いていた。二階から見える長良川も、半年前はあんなに鵜飼いで賑わっていたのに、今は静かだ。けれど菊屋は、冬の忘年会シーズンでけっこう繁昌していた。

客が来るのは昼過ぎからだが、きみ子達、下働きの女中は客を迎える準備に朝早くから忙しい。部屋や廊下の掃除だけでもかなりの時間がかかるし、大変な力仕事だ。しかし菊屋に客が来て宴会が始まると、つぎづきに料理を運ばなくてはならないからその方がもっと力仕事だ。

だから、菊屋の仲居や町の芸者衆はみんな白足袋をはいているのに、きみ子達ははだしだ。はだしでないと、重い膳を持って階段を駆け上がることはできない。膳を六段も七段も重ねて従業員用の狭くて急な階段を駆け上がる様は、まさに曲芸師のようだ。客の接待こそしなくていいが、その代わり足腰は強くなるし、腕だって男のように太くなる。それに宴会は同時に何組もあるから、十数人いる女中達はてんてこ舞いの忙しさだ。座敷にいる仲居から酒やビールの注文を受けると、厨房に戻ってもろぶたの中にビールを載せ、また階段を駆け上がる。年末のこの時分、はだしの足の裏は冷たいのに、背中から汗が出るほどである。

その夜も、宴会の後片付けが終わったのは、もう十二時に近い時刻であった。他の女中達が一日の疲れを癒すためみんな湯に行くのに、きみ子は行きたくなかった。今日の昼間、菊屋の二階の窓から、長良川に架かる赤い大きな太鼓橋を渡る制服姿の女子高校生の一団を見かけたからだ。修学旅行生であろうか、黒いセーラー服に同色のスカートという装いの彼女達は、実に楽しそうにはしゃいでいた。

自分も高校に行きたかった。少なくともその能力はあった。けれど貧しい家庭ではそれは叶わず、こうして知らぬ土地で女中として働かなくてはならない。十七歳のきみ子には、自分と変わらぬ歳の彼女達がまぶしく映った。

きみ子の生まれた故郷は九州福岡の飯塚という所だった。そこは筑豊炭田として有名な所だった。明治以降は、日本の産業の近代化とともに筑豊は栄えに栄えたのだった。しかし彼女が中学生になった頃、日本のエネルギー転換政策によってエネルギーはそれまでの石炭から石油に取って代わられたのだ。石炭しか産出しない筑豊は急激に衰退していった。同じ九州の大牟田の地で炭鉱の合理化計画のもと、大量の炭鉱労働者の首切りがあり、これに反対する炭鉱労働者との間で大争議が展開されたのはこの頃だった。いわゆる三池争議である。三池争議は、当時、総資本対総労働の闘争と言われ、最後の肉体労働者による労働争議であった。

この闘争は、その後、同じ福岡の地で起こった公務員や教職員の労働運動とは本質的に異なる。後者の労働運動は、恵まれた者の闘争であり、言わば豊かさのなかの労働運動に過ぎなかった。

炭坑夫だったきみ子の父も、やはり勤めていた炭鉱が操業を短縮し、失業してしまった。「いくら安価な石油が日本に入ってくるといったって石炭を見捨てるなんて」と憤りながら、父は毎日酒ばかり飲むようになった。すっかり労働意欲をなくしたのである。

父は勉強のよくできるきみ子が自慢で、「俺の娘は大学へやって英語の先生にさせるんだ」と誇らしげだった。そして、酒に酔っては人に言い、自分でもほんとうにそう思っていた。きみ子もそれを嬉しく聞いていたのだが、しかし、それは父が坑夫として勤めていた時分のことで、職を失うと、まるで人が変わったように酒に溺れた。そして当然のように生活は行き詰まり、昭和三十四年、中学三年生のきみ子は高校受験を諦めて就職することになったのである。そして、同じような就職する卒業生達と集団で就職していった。

きみ子は女中部屋の古畳の上に疲れ切った足を折ると、大儀そうに、肩にきりりと喰い込んだたすきを取った。すると急に涙がどっと溢れ出たのだった。仕事をしなくなった父を恨むよりも、ただ自分自身が情けないのだ。

中学時代のきみ子は華だった。勉強のよくできたきみ子は「森川さん」「森川さん」と教師からも友達からもちやほやされていた。けれどここでは「森川さん」とも「きみ子さん」とも言われたことはただの一度もない。「おきみ」である。仲居や年上の女中から「おきみ」と呼ばれると、「へえ」とまるで映画に出てくる丁稚のように答え、命じられたことはどんなことでもしなければならない。きょうも仕事が一段落して休んでいると、菊屋を取り仕切っている仲居頭のおあきが「おきみ、これを松の間に持って行きな」と厨房から大声で命じたのだった。

「へえ」

返事をしなければ叱られる。きみ子は答えると同時に立ち上がると、厨房へ走った。何をしていようが、さっさと動かなければ頬を殴られることも、ここへ来てすぐに身に滲みて分かっていた。

きみ子が厨房に入って行くと、おあきは「相変わらず腰が重いね」と厭味を言い、「松の間」に膳を持って行くように命じた。あの女子高校生達を目にしたのは、その重たい膳を持って階段を駆け上がり、届けた帰りだった。同じ年頃というのに、どうして自分だけ他人から顎でこき使われなければならないのだろう、きみ子はそう思うと、急に悲しくなってきた。

けれどこの時は、めそめそする暇はなかった。そろそろ夜の宴会が始まる頃で、あとは文字通り戦場のような忙しさだった。座ることもおろか、立ち止まることも許されない。きみ子は古びた階段を上り下りして、次々に料理を運ぶうちに、女子高校生達のことも忘れていた。

それが今こうして薄暗い女中部屋で一人になると、昼間の彼女達の楽しそうな姿が脳裏に甦ってくる。ふと自分の手を見ると、大きくてごつごつとした皸《ひび》だらけの手である。あの女子高校生達の誰もこんな手はしていないだろう。自分のこの手は十七歳の少女の手ではない。働き通した老女の手だ。きみ子は溜め息をついた。

手だけではない。足の裏も固くて真っ赤だし、一日の仕事を終えて湯につかる女中達の背中には、掛け通しのたすきの跡がくっきりとついている。

菊屋では下働きの女中のことを「ニワトリ」と言う。年がら年中、はだしだからだ。それに、短くからげ上げたもんぺの裾からのぞく足が、どことなくニワトリの足に似ているからだ。きみ子は肌の色が浅黒い方だから、仲居のおあきや年嵩《としかさ》の女中達から、よく「黒ニワトリ」などと呼ばれていた。きみ子はそれをただ笑って聞いていたが、心の中では耐えがたい屈辱を覚えていた。

思い返すうちに惨めさが募ってきたが、存分に泣くことさえも、きみ子には許されない。湯から上がった女中達が、がやがやと騒ぎながら部屋に戻って来るのが聞こえたのだ。きみ子は慌てて手の甲で涙を拭くと、みんなの布団を敷くことにした。お客用の布団はふわふわとした豪華なものだが、自分達のものは粗末な煎餅布団である。

布団を敷いていると、部屋に入って来た女中の一人が、「おきみはどうして湯に行かなかったのかい。それに未だにもんぺ掛けじゃないか」と言う。すると別の女が、「黒ニワトリは湯なんか入らなくてもいいってさ」と嘲るように言った。その言葉はまだ幼さの残るきみ子の胸に鋭く突き刺さったが、かといって言い返すことはできなかった。

朝が早い女達であるから、寝床につくと、すぐに寝入ってしまう。きみ子は布団の中で声を押し殺して泣いた。そのうち、自分がいったい何で泣いているのか分からなくなってくる。昼間の女子高校生達が羨ましくて泣いているのか、それとも黒ニワトリと言われたのが悔しいのか。いずれにしても貧乏ゆえにこんな所で働かなくてはならない自分が情けなかった。酒ばかり飲んでいる父のことが恨めしく思われた。父さえもっとしっかりしてくれていれば、自分はこんなにも苦労しなくてよかったのに。高校さえ行かせてもらえれば、大学は一人で苦学して行けたのに……。けれど、そんな繰り言を言ったところで何になるはずもなかった。

菊屋は暮の三十日から元旦までが休みになる。ただし、三十日は下働きの女中は朝から一日中大掃除なので忙しいから、休みは正味二日だ。

大晦日、仕事着の上着ともんぺとをきれいに洗濯すると、後はすることがない。他の女中達は久し振りの休みだからと、昼は映画を観て、夜は歓楽街の柳ケ瀬辺りにどっと繰り出すらしい。しかし、きみ子は未成年でもあり、一人で女中部屋に残った。きみ子は自分の柳行李の中から、英語の辞書をそっと取り出した。それは中学を出る時、優しかった英語の今関先生が「森川さん、高校へ行くことだけが勉強ではないのよ。どこにいても勉強はできるのよ」と言って、きみ子にくれたものだ。

きみ子はその表紙を撫でながら、先生はああ言ったけれど、ここでは勉強する時間なんかないと思っていた。師走の今月はたったの二日しか休めなかったし、週一回ある休みもなにやかやと用事を言いつけられ、結局休んではいられなかった。来月も正月ということもあり、どうなるか分からない。それにもしこんなところを、あのおあきに見つかったら、「下働きの女中のくせに」と言ってまたなじられる。中学の時に自分が英語を教えていた友達は今、セーラー服を着て高校に通学しているのに、自分は下働きの女中だ。今の自分にはこんな辞書なんか必要ない。きみ子にはそう思った。

夜が明けて、きみ子は岐阜で初めての正月を迎えた。正月といっても少しも華やぐことはない。それでも元日は先輩の女中に誘われるまま外出した。幸いあの赤い太鼓橋を渡らずにすんだが、きみ子は少しも楽しくはなかった。きみ子はただ一日も早くこの街を出たいと思いながら歩いた。もちろん街を出ても行くあてなどないのだけれど。

ここへは、集団就職で名古屋の八百屋で働いていた頃、たまたま店に来た女の客から、もっとお金になる仕事があるという誘いで来たのである。実際に来てみると、すぐには仕事が見つからず、二カ月程はその女の家で家事をして過ごしたが、ある日、電柱に貼られた求人広告を頼って菊屋に出向いたのだ。たしかに八百屋に比べると給金はよかったが、その代わり仕事の忙しさも大変さも違う。

八百屋にいた頃は暢気《のんき》なものだった。経営者の老夫婦は人が良かったし、仕事も店番だけの気楽なもので、自由に本を読むこともできた。しかし、給金はほんの小遣い程度である。老夫婦も日頃から気の毒がって、何かいい仕事があったら変わっていいよと言ってくれていたので、故郷に送金しなくてはならない身としては、お金になる仕事という誘いは断る理由がなかった。

故郷の母は働かない父を叱りとばすばかりだったが、職を失った父がどんな思いで酒を飲んでいるのか、働き出したきみ子には少し分かりかけていた。それに、たった一人の妹もいる。きっと新しい服一枚、買うことができないでいるだろう。自分がそうだったから、あんな惨めな思いはさせたくなかった。きみ子は菊屋に来て幾度も辞めようと思うたび、家族を思い、歯を食いしばって働いた。

菊屋は正月も二日から営業で、きみ子達にはすぐに普段の忙しさが戻ってきた。店先を歩く同じ年頃の女達はみんなきれいな晴着を着ているが、きみ子たちはいつもの上着ともんぺだ。ただ、いつもははだしのままの足に、この日は薄い靴下を履いていた。昨夜から降り出した雪がまだ降りやまず、さすがにはだしでは冷たかろうと、長い靴下をはくことを許されたのだ。だが、それでは仕事にならないと、他の女中達は結局いつものようにはだしになっていたが、きみ子は寒くてどうしても靴下を脱げなかった。それでも薄い生地を通して廊下の冷たさが伝わってくる。

内陸部特有の気候をもつこの地は、夏は蒸し暑く、冬は凍りつくように冷え込む。故郷の飯塚もよく似た気候だが、ここは緯度が高い分、冬の冷え込みは飯塚の比ではなかった。

次の朝、きみ子はひどい頭痛と寒気に見舞われた。どうやら風邪を引いたらしい。仲間の女中に、今日は仕事を休むと伝言を頼むと、すぐにおあきが来て物凄い剣幕で怒鳴りつけた。

「おきみ！　休むなんて、この忙しい時に。お前は横着者だよ。昨日だって、みんなはだしでやっていたのに、靴下をはいていたのはお前だけだ」

そして、きみ子が反論できずに黙っていると、こう言い放った。

「黒ニワトリのくせに風邪なんか引いて」

自分が最も嫌う言葉を口にされ、きみ子は怒りが込み上げてきた。悔し涙が出そうになるのをこらえると、布団をはねのけ、「わたし、働きます」と気丈に言った。そしておあきが取りつく島もなく、寝巻を脱ぎ捨て、竿にかけていたいつもの粗末な上着を着た。

建具の粗悪な女中部屋には外の冷たい風が容赦なく吹き込んでいた。「靴下は……」と言うおあきに、きみ子は、「おあきさん、わたしは黒ニワトリですよ。ニワトリははだしに決まっているでしょ」と吐き捨てるように言っていた。

この時、きみ子は自分の心が変わっていくのを感じた。それは自分が知らない、空恐ろしい心だった。きみ子はその思いをかき消すようにもんぺをはき、赤いたすきをいつもよりもきつく掛け、髪も少々乱暴に結い上げると、さすがにばつの悪そうな顔をしているおあきを残し、女中部屋を後にした。

厨房へと続く廊下を、いつもはそんなことはないが、きみ子ははだしの足裏に耐えがたい冷気を感じながら歩いた。それは風邪が治っていない何よりの証拠だが、背中にきりりと喰い込む赤いたすきが、働くことをきみ子に命じていた。

普段なら、赤い紐の一端を口にくわえ、たすきで両袖を締め上げると、「さあ、今日も一日働くぞ」という労働意欲が不思議に湧いてくるのだが、今朝はそんな気にはなれず、ただ自分を「黒ニワトリ」と罵ったおあきに対する憎悪だけが心に充満していた。きみ子は、こんなに他人を憎いと思ったことはかつてない。これまでなら、今朝のように罵られても、女中部屋の隅で一人しくしくと泣くだけだった。けれど今朝は違っていた。おあきが憎々しかったから、風邪を押して働こうとしている。

本当のところ、きみ子の怒りはおあきに対するものだけではなかった。自分の惨めな境遇に対してであり、最後には父への恨みに行き着く。きみ子はそれが分かっていて、そんな自分自身の心が怖かった。だから、それを忘れんがために風邪の体を押して仕事をしようとしていた。

きみ子は体がぞくぞくした。体中が熱い。けれど黒ニワトリと罵ったおあきがどうしても許せず、昨夜、使われたまま厨房の外の竿に吊るされている雑巾を洗い場に持っていくと、足で踏みつけた。寒気と苦しさとで足は思うように言う事を聞いてはくれなかったのだが、何しろ心の中に怒りを覚えていたその時のきみ子は、もんぺの裾をからげ上げながら「何、寒がっているの。働くのよ」と自分の足に言いながら雑巾を踏み続けたのだった。この時のきみ子は体の不調よりもおあきへの怒りの心の方が勝っていた。それに何時だって少々の体の不調を押して仕事をしていたので、働けるだけ働こうと決心した。きみ子は、足で踏み上げた雑巾をきつく絞り、それをバケツの中に入れると廊下へ行き、雑巾がけを始めた。

日頃から、体調が多少悪くても仕事はそう休めるわけではない。背中に寒気を感じても、いつもなら忘れてしまうのに、どうしてかこの朝だけは寒気が増して来るように思えた。それでもきみ子は必死になって働いた。働いているうちに寒気が遠ざかるのではないかと思ったからである。

廊下の雑巾がけは大層力のいる仕事である。きみ子がここで働き出した頃、おあきから「廊下はお客さまがお歩きになる所だ。もっと力を入れてしな」と厳しい口調で言われたことがあった。それ以来、きみ子は手にも足にもありったけの力を入れて拭くことにしている。盛夏の頃は、それこそ背中に汗が滝のように流れ出るくらいに、そして夏が過ぎ、庭の見事な銀杏の大木が黄色く色づく頃になっても、やはり背中がうっすらと汗をかくくらいに力を込めた。

この日は背中が熱かった。きみ子は気づかずにいたが、風邪は確実にひどくなっていた。

午後になっても、きみ子は昼食もとる気になれず、他の女中達が食事をしている間じゅう、休憩所で、たすきを掛けたまま大儀そうに休んでいた。そこは女中達がもろぶたに料理を入れて駆け上がる階段の真下であり、板張りの上に座敷で使い古された古畳が敷いてある。女中達がはだしで出入りするので、足についた砂でいつもざらざらとしていた。

食事をすませて部屋に入って来た、おうめという同じ下働きの女中が、心配そうにきみ子声をかけた。

「おきみさん、大丈夫？　顔が赤いよ。午後から休んだら。おあきさんにはうちからそう言っておくから」

きみ子は我に返ったように、投げ出していた両足を整えながら、「へえ、大丈夫です。こんなに忙しい時に、わたしだけ寝ていたらさばけないでしょう」と答えた。それが鼻声であることが自分でも分かる。

やがて宴会の準備が始まり、きみ子は他の女中達に混じって料理を運ぶが、頭の中は朦朧《もうろう》としていた。それは朝よりも明らかにひどくなっていた。

階段を何度往復しただろう。膳を五つ六つ重ねて階段を駆け上がった時、きみ子は急に眩暈《めまい》を覚え、階段を踏み外して踊り場に転げ落ちてしまった。意識を失ったきみ子を、居合わせた女中達が慌てて抱き起こしたが、ちょうど座敷から出て来たおあきがそれを見ることになった。

おあきは激怒して、きみ子の頬を幾度となく激しく打った。その痛さできみ子は意識を取り戻したが、おあきは、「おきみ！　お前は何ということをしたんだい」と激しい口調で言いながら、また打ち続けた。きみ子は抵抗もできず、ただ、おあきの手が止むと板の上に両手をついて、「申し訳ございません。わたしが悪うございました」と頭を下げた。

どんなに打たれても涙一つ流さないきみ子がよほど憎々しかったのか、おあきの叱り方はいよいよ激しくなり、「仕事に身が入ってないからだよ！　もっと身を入れて働きな」と言うと、きみ子の襟を摑み、また激しく頬を打ち始めた。

意識の朦朧とする中で、きみ子は夢を見た。そこは高校の教室で、英語の授業中らしい。教壇を見ると、中学の頃に憧れていたあの今関先生が立っている。ふと自分の着ているものを見ると、これも中学の頃によく見かけていた嘉穂高校のセーラー服を着ていた。やっと自分も高校生になれたのだ。うんと勉強して、あの先生のように英語の教師になろう。きみ子は嬉しさでいっぱいになった。

教壇の先生が「森川さん」と言ってきみ子を指した。きみ子は元気良く「はい」と答えて立ち上がる。制服のスカートがひらりと風になびいた。きみ子はそれも嬉しかった。そして英語の教科書を取って読もうとした時、目が覚めた。

きみ子の目に女中部屋の古天井の染みが見えた。夢だったのか……。ふと自分の着ているものを見ると、当然のことながらそれはセーラー服ではなく、下働きの着物だった。

きみ子は、おあきから激しく頬を打たれたことを思い出し、気を失ってここに寝かされていることに気づいた。多分あれから仲間の女中達によってここへ運ばれたのだろう。きみ子はたすきも取らずに寝かされていた。

きみ子はそっと起き上がり、寝巻に着替えることにした。肩に喰い込んでいる赤いたすきを取りながら、自分は風邪で寝ている時も働き着のままなのかと、また情けなくなってきた。きみ子は今見た夢が恋しかった。あの風になびいた制服のスカートが恋しかった。夢の中の自分は、きっと足には白いソックスをはいていたに違いない。それなら黒ニワトリなどと言われなくてすむ。きみ子がそう思いながらもんぺを脱ぐと、白い腰巻がのぞいた。こんなものも夢の中の自分は身に付けてはいないだろう。

ここに来て間もない頃、おあきから命じられて運んだ徳利の数が一本だけ足りなかったことがある。その時も、きみ子は客の前で怒鳴られながら打たれた。樋口一葉の『大つごもり』に「割木のことにもこごとを言われる婢の身辛さ」と書いてあるが、その時のきみ子がまさにそうであった。料理屋の下働きは『大つごもり』の婢と同じである。

けれど、これも自分に与えられた運命だから仕方ない。今は一刻も早く風邪を治すことだ。きみ子はそう思い直し、寝巻に着替えると再び煎餅布団に身を横たえた。

風邪は二日後には治った。まだ完全ではないものの熱も下がり、背中の寒気もなくなっていた。ただ頭の芯が少し痛い。もんぺをはき、はだしになると少しだけ寒気を感じたが、じっと寝ているよりは働いていた方が、いろいろと考えないだけ、ましである。

仲間より少し遅れて廊下に出て、ぎゅっと結い上げた黒髪に手拭いを被りかけた時、おあきと鉢合わせになった。

「お早うございます」

きみ子が頭を下げると、いつもの桃色がかった袷《あわせ》に「菊屋」と染め抜かれた長い前かけをしたおあきは、叩いたことを少しは悪かったと思っているのか、「おきみ、もう起きてもいいのかい」と優しく言った。

「へえ、お陰ですっかり治りました。忙しい時に風邪なんか引いてしまい、申し訳ございません」

きみ子がそう答えると、おあきは、「わたしに謝るより板長さんに謝りな。板長さんはあれから大変だったんだから」と言った。

「へえ」

きみ子はそう答えると、厨房に向かった。けれど、まだ朝も早いため、板長の姿はない。佐藤というその三十半ばの板長を待つことにした。

誰もいない厨房には昨夜使ったお膳や食器が洗っておいてあった。これらをそれぞれの所定の位置に収納する、それもきみ子達の朝の仕事だ。きみ子はそれを整理した。せっかく治りかけた風邪がぶり返すかも知れないが、どうせ朝の仕事はどれも水仕事だ。きみ子はそう思うと、足を厨房の古板に踏ん張り、手拭いを頭にしっかと被って、厨房の洗い場に二の腕まで入れて働き始めた。

上着の袖はたすきで二の腕まで締め上げているから、どんなに水仕事をしても支障はない。客のいる座敷にお膳や料理を運ぶ時には頭に手拭いなんか被らないが、こうして厨房での仕事の時や掃除の時は手拭いを被って働く。それが菊屋で働く女中の決まりだ。きみ子の被った手拭いに、やっと昇り始めた朝日が差している。

板前の佐藤が厨房に現れたのは、それから小一時間程してからだった。きみ子は佐藤の顔を見ると、水浸しになっている厨房の板の上に正座して、「一昨日はご迷惑をお懸けして申し訳ございません」と詫びた。すると佐藤は、「いいってことよ。そんなことよりおきみさん、もう働いていいのかい」と優しく言った。

佐藤とはこれまで口をきいたことはない。料理が出来上がると佐藤が「おい、下働き、これを桜の間に運べ」と命令し、きみ子達はそれに「へえ」と答えて運ぶだけの間柄である。その彼が「おきみさん」と自分のことを呼んでくれた。日頃は気難しい顔をしているが、案外いい人かも知れない。そう思いながら「へえ」と返事をすると、佐藤は「ああ、それからおあきさんのことは気にしない方がいいよ。あんな人だから」と軽く慰めるように言った。

妻も子供もいる佐藤は菊屋から少しばかり離れた所にある家から通ってきていた。そんな家庭があるからこそ、人にも優しくなれるのかも知れないと、きみ子は思った。

二

二月になると客足がぴたりと途絶えるため、女中達の多くはこの時期を利用して故郷に帰る。きみ子も父母のいる九州に帰りたかった。中学を出て名古屋に就職してから一度も帰っていない。しかし、そうしようにも着て帰る服がなかった。何しろ稼いだ金はほとんど父の元へ送金していた。

故郷に帰ることを半ば諦めて、厨房で洗い物をしていると、おなかという年配の仲居が、「おきみは故郷に帰らないのかい」と話しかけてきた。黙っていると、「着て帰るものがないんだろう」と言う。それでもきみ子がうつむいていていると、「よかったら、わたしのを貸してあげようか」と言った。

「地味だけど、それでいいなら」

きみ子は顔をあげて、おなかを見ると、「本当に貸していただけるんですか」とやや弾んだ声で言った。

「ああ、その代わり地味だよ。さっきも言ったけど」

きみ子は嬉しかった、着物を借りられることもさることながら、この菊屋で自分のことを案じてくれる人がいることが有難かった。

「有難うございます。お言葉に甘えます」

二日後、きみ子は故郷に帰る仕度にかかっていた。おなかが貸してくれた着物は想像以上に地味で、きみ子は正直なところがっかりしたのだが、ほかに着て帰るものがないのだから仕方がない。借りられるだけで有難いのだし、おなかは着付けまで手伝ってくれていた。

「地味だね、まるでお婆さんみたいで。若いあんたにはかわいそうだよ」

お太鼓の帯を締めるのを手伝いながら、おなかは申し訳なさそうに言う。それでもきみ子は初めての帯に、身の引き締まるような嬉しさを感じていた。

下働きの仕事は年中着物なので帯も締めてはいるが、仕事着であるから働き易いように粗末な無地の兵児帯である。元来、帯というものは飾りであるが、何しろきみ子らは膳を何段も重ねて階段を駆け上がるのだから、帯も、ぎゅっと締め上げて腰に力が入るようにするための実用品だ。だから、こんなお太鼓のある帯を締めるのは生まれて初めてである。

帯を締め終えて立ったまま鏡を見ているきみ子に、おなかは「いいのかい、本当にそんなので」と心配そうに声をかけた。

「はい、お陰で父や母の元へ帰れます」

きみ子は女中部屋の古畳に手をついて礼を言った。それでも、おなかは「やっぱり地味だよ。若いあんたにはかわいそうだ。わたしゃ、気に入らないね」と言うと、自分の部屋から道行の赤い羽織を持って来て、それをきみ子に着せ、「これなら少しは若く見えるだろう」と満足そうに頷《うなず》いて見せた。

きみ子は嬉しさと感謝でいっぱいになりながら、次に白い足袋をはいた。これも生まれて初めてである。中学の頃は靴下ばかりだったし、菊屋では毎日はだしだ。仲居や地元の芸者衆はいつも白足袋をはいているが、きみ子は仲居の足袋を洗濯することはあっても自分がはくことはなかった。

「やっとできたね」と言うおなかに、きみ子は「有難うございます。お言葉に甘えてお借りします」と礼を言った。

「そんなことはどうでもいいから、早く親御さんの所にお帰り」

おなかはそう言うと、急かすようにして、きみ子を厨房の出入り口から送り出した。

この時季の旅館街は昼間の人通りもなく、静かだ。この街に来てから半年がたつが、何しろ仕事が忙しくて、きみ子はゆっくり街を歩いたことはないが、こうして見ると、旅館やバーが密集して雑然としている。

国鉄岐阜駅までバスで行き、そこから東海道本線の列車に乗って一路九州へ向かった。夜行の急行だから、きみ子は夜になると固い座席の背にもたれて仮眠をとった。ゴトゴトと心地好い列車の揺れに身を任せているうち、きみ子は中学を出て名古屋へ向かった時のことをまた思い出していた。あの時も夜行の急行列車だった。高校受験を諦めて、飯塚から出ている就職列車に乗り込んだのだ。中学の制服を着て、担任の教師に伴われ、一緒に就職する何人かの友達もいた。しかし、今は一人である。

あれから名古屋の勤め先で知り合った女に誘われるまま岐阜へ移ったあと、菊屋の求人広告を見つけてきたきみ子に、その女は、あそこは人使いが荒いし、仕事もきついからやめた方がいいと言って止めたのだった。でも、これ以上迷惑はかけられないし、力仕事なら幼い頃からボタ拾いなんかで慣れているからと言って、きみ子は菊屋で働くことにしたのである。確かに給金は名古屋の店にいたときとは比べものにならないが、働きが違う。しかし、それにも次第に慣れていった。きみ子が仕事に失望を覚えたのは、あの長良川の赤い太鼓橋を渡る女子高校生を見た時からであるが、その思いも、仕方ないと思うことで追いやろうとしている。

そんなことをぼんやり考えているうちに、列車の揺れも手伝って、きみ子は眠ってしまい、目覚めた時には車窓に仄かな朝の光が射し込んでいた。間もなく陽光が車内いっぱいに満ちたと思うと、列車は関門トンネルを通り抜け、九州に入った。

飯塚へ行くには、折尾駅で筑豊線に乗り換えなければならず、列車を降りて駅の階段を上る。足に着物の裾がからまって歩きづらい。下駄で階段を上がるのもひと苦労である。いっそはだしになりたいと思ってから、きみ子は苦笑した。菊屋で働き出した頃、はだしの足にあんなに血豆ができて苦労したのに、人間は実に勝手なものだ。

原田行きの鈍行列車で新飯塚駅に着くと、きみ子の目に見慣れた風景が飛び込んできた。

きみ子の家は、坑夫達が住む炭住と呼ばれる棟割長屋である。きみ子はこの古くて狭い家で生まれ、育った。子供の時分、この家が嫌な時もあったが、他人ばかりの中で日々気を張って働いてきた今のきみ子には、まるで天国のように心地よい。

父は相変わらず失業中で、家の中で暇をもてあましていた。きみ子が稼いできたお金を渡すと、父は実に悲しそうな顔をしてそれを受け取った。母は父が働かなくなってしまったと、父のことを悪く言うばかりで、きみ子にはどこでどんな仕事をして働いているのかとも、どう暮らしているのかとも、何も聞かない。

きみ子はそんな母と話をする気になれず、着物を洋服に着替えるからと言って立ち上がった。着替えると言っても、何も持ってきてはいない。仕方なく、母の着古したブラウスに中学の制服のスカートをはくと、それてきぱきと家事を始めた。母はずぼらな人だから家の中は汚れている。きみ子は元来がきれい好きで、それに掃除は菊屋で徹底的に仕込まれているから、その習慣も手伝って、つい力が入る。

きみ子が小さな玄関を掃除していると、妹の雪子が小学校から帰って来た。雪子は今年四年生である。きみ子を見つけると「お姉ちゃん」と叫びながら飛んで来て、腰に纏《まつ》わりついた。

「お姉ちゃん、今、どこで何をして働いているの」

そんなことを聞くのはこの妹だけである。きみ子はそう思いながら「お姉ちゃんは料理屋さんで働いているとよ」と本当のことを教えた。雪子は料理屋と言われても分からないらしく、「うーん」と言うだけだったが、きみ子にはそんな妹が可愛い。

雪子はこの間きみ子が送ってやった服を着ていた。自分と違って色白であるから、明るい色がよく似合っている。たとえあの菊屋で働いたとしても、自分のように黒ニワトリなどとは言われないであろう。いや、どんなことがあっても雪子をあんな所で働かせたくはない。あんな苦労は自分だけで充分だ。きみ子は雪子を見ながらそう思った。

その夜、夕方からどこかへ出かけていた父が酔って帰って来た。母が飲み代はどうしたのかと叱りつけると、父はきみ子からもらったと答えた。風呂焚きをしながらそのやりとりを聞いていたきみ子は、自分が渡したお金を少しくらい父が酒に使うのも、仕方ないかと思っていた。ところが、母が残りのお金を渡すように言うと、父はみんな使ってしまったと言う。驚いたきみ子は火吹き竹を持ったまま部屋に駆け上がった。

「お父ちゃん、本当にわたしのやったお金、全部使ったと?」

すると父は力なく頷き、目を伏せてしまった。きみ子は呆然とした。おきみに怒鳴られたり打たれたりしながら死ぬ思いで稼いだお金なのに、朝早くから深夜まで息つく暇もないぐらい働いて手にしたお金なのに、それを父は一晩で飲んでしまったのだ。

「せっかく娘が稼いで来た金を全部飲んでしまうなんて、いったい、どういう了見だい!」

母の怒鳴り声にも、父は俯いたまま何も答えない。

「いつも奢ってもらうばかりだから、今夜は気前よくあんたが奢ってやったんだね。娘の稼いで来た金で」

母がそう怒鳴ると、父は小さな声で弱々しく「そうだ」と答えた。

「ろくでなし！」と叫びながら、母は父を打った。父はされるがままにされている。

きみ子は次第に父がかわいそうになってきた。父も一度ぐらい男としての体面を保ちたかったのだろうと思ったからである。それに父が母に打たれているのを見ると、何だか自分がおあきに打たれているようで悲しかった。けれど、母の手を止めることもできないでいた。

「あきれた男だよ。娘の稼いできた金を全部飲んでしまうなんて」

母は父を打つだけ打つと、そう言って部屋から出て行ってしまった。

きみ子はうずくまる父の前に黙って座った。

「すまんな、きみ子。お前がせっかく稼いできた金を全部飲んでしまって。でも、わしはな、飲まないではいられなかったんだよ」

父はそう言うと、きみ子の膝の上に顔を伏せて嗚咽《おえつ》し始めた。それは生まれて初めて見る父の悲しい姿だった。仕事をして一家を養っていた頃の父は常に堂々としていた。その父がまるで子供のように自分の膝の上で泣いている。いったいあの頃の父はどこへ行ったのだろう。きみ子は、菊屋で働いている時は飲んだくれの父をずいぶん恨んだが、今はただ父が哀れだった。

「いいとよ、お父ちゃん。娘の稼いだお金だもん、威張って飲んでいいとよ。また働いて送るから」

今の父の苦しみを分かってやれるのは、娘の自分の他には誰もいない。きみ子はそう思った。長年勤めていた炭鉱を追われた父。男が一生をと決めた仕事を辞めねばならないということがどんなに辛いことか。今夜だって何も好き好んで、娘の稼いだお金を使い切ったのではない。きっと泣きながら飲んだことだろう。きみ子はそう思うと、たとえ死ぬ思いで稼いだ金であっても、父を恨むことなど到底できなかった。

父はきっと娘の自分を高校に行かせたかったと今でも思っているに違いない。しかしそれが叶わず、逆に娘の稼いだ金で飲んでいる。きみ子はそんな父の苦しい胸の内を察してやるのが娘の務めだと思い、水仕事で皸だらけの両手でいつまでも父を抱いていた。

それにしても母は父に冷た過ぎる。もともと父は気が弱い方だが、失業してからはさらに弱々しくなり、母に激しく罵られると何も言わず黙り込んでしまう。きみ子はそんな父が不憫だった。できればこのまま家にいて、父を母から守ってやりたいとさえ思うのだが、それは到底無理なことだ。自分が稼いで送金しなければ、この家はたちまち餓えてしまう。きみ子はやはり岐阜へ戻らねばならないと思い返した。

翌日、母はきみ子が着て来た着物を見ながら、「この着物は生地がいいね、絹じゃないか。お前は一人で贅沢をしてるね。親が貧乏しているのを知らんと?」と、まるであてつけるように言った。きみ子はそれが借り物であることも、また、服がなくて帰るのを一時諦めていたことも言わなかった。稼いだお金は全てこの家に送金し、自分は服の一枚も買っていない。そのことを母は想像すらしていないのだ。菊屋で毎日着ている上着ももんぺも菊屋のものだ。自分のものと言えば下着くらいのもの。それに中学の時に先生からもらった辞書。しかし、それを母に言ったところで詮ないこと。だからきみ子は何も言わなかった。

そんな心を察することなく、母はまた「きみ子、お前は料理屋さんで働いているから、さぞかし毎日美味しいものを食べているんだろうね」と言う。きみ子は母の短絡的な考え方に、言い返す言葉を失っていた。それは客に出す料理は豪華なものだが、自分達の食べるものは麦飯で、おかずだって粗末なものだ。忙しい時は立ったまままたすきも取らず厨房の隅で食事をする。けれどそんなことを母に言っても分からないだろう。きみ子は母を部屋に残したまま台所に立った。

五日間の休みを終え、きみ子が菊屋に帰る日が来た。雪子は「お姉ちゃん、帰らないで」と甘えたが、「お姉ちゃんが働かないと、お父ちゃんも失業しているでしょう」と言い聞かせると、やっと分かってくれた。しかし、その言葉は雪子に向けたものではなく、実は自分自身に言い聞かせた言葉であった。きみ子はこの帰省で、自分が働かないとこの家の者はみんな本当に餓死してしまうと改めて思っていた。中学しか出ていない自分のような者を使ってくれる所は、あの菊屋しかない。

きみ子は父や妹に心を残しながら、部屋で帰り支度を始めた。二間しかない狭くて古い住宅だから、夜はこの部屋で雪子と抱き合うようにして寝た。菊屋の女中部屋と同じだが、妹のぬくもりはきみ子の心を穏やかにした。

昼過ぎに家を出たきみ子は、列車に乗るまで少し時間に余裕があったので、飯塚の町を歩くことにした。目的もなく行くうちに、いつの間にか嘉穂高校の前に来ていた。旧制中学時代からの校舎は威風堂々としていて、いかにも男性的な建物である。ふと制服を着て校門をくぐる自分の姿が見えた気がして、きみ子はその想像を必死に振り払った。

校舎から歌声が聞こえてくる。音楽の授業であろうか。「慣れし故郷を放たれて」と歌うその歌はシューマンの「流浪の民」で、ヨーロッパのジプシーのことを歌ったものだが、きみ子にはそれが自分のことを歌っているように思えた。自分は家の窮乏を救うために、かの地に稼ぎ行かねばならない出稼ぎ女なのである。まだ続く歌声を背に、きみ子は駅に向かった。

炭鉱の閉山が相次ぎ、かつて繁栄を極めた飯塚の町は見る影もなく衰微している。色で言えば灰色である。一目で失業者と分かる男達が、昼間から酒を飲んでいるのか、魂を失った人間のように町をうろついている。父もああやって町中をよろよろと歩いているのだろうかと思い、きみ子はまた父が不憫になってくる。

夜行の急行列車に乗ってから、きみ子はこれからのことを考えていた。またあの辛い労働と、おあきのしごきが待っているが、家族を守るためにはそれに耐えなければならない。覚悟を決めるしかなかった。

ふと板前の佐藤のことが頭に浮かんだ。やさしい佐藤の存在が、今のきみ子には唯一の救いに思えた。

三

ひと眠りして目覚めると、すでに夜は明けて列車は京都を過ぎていた。急行列車が岐阜駅に着くと、きみ子は誰よりも早く降り、まっすぐ菊屋に向かった。岐阜は雪が積もっていた。

閑古鳥が鳴いているとばかり思っていた菊屋が、何だか慌ただしい。不思議に思いながら女中部屋に入ると、仲居のおきぬがきみ子を追って来て、急に商工会の雪見の宴会が入ったので働いて欲しいと言う。

「へえ」

「すまないね、夜行で疲れていように。でも下働きがあらかた帰ってしまって、あんたを入れても二人しかいないんだよ」

そう言っておきぬが出て行くと、きみ子はすぐに着物を脱いでていねいに畳んでから、いつもの紺絣の上着と縦縞のもんぺをはいた。そして立ったまま片方ずつ白足袋を脱いで、はだしになった。今は体を動かすほうがいい。そのほうが何も考えずにすむ。きみ子はそう思っていた。

廊下に出ると、また雪がひらひらと、まるで桜の花びらのように舞い降りてきた。人間というものは元来楽な方に流れるものであろうか。この数日きみ子ははだしになることがなかったので、足の裏の冷たさが初めて感じるくらいに辛かった。自分を奮い立たせようと、赤いたすきをきりりと掛けながら、きみ子は足を厨房に歩ませた。

厨房に入って行くと、佐藤は休んでいるのか、板前は神村という男だけである。きみ子は少しがっかりした。無意識のうちに佐藤の姿を探していたのだ。夜行で疲れている身を押して働こうと思ったのも、本当は早く佐藤に会いたかったからかも知れない。こんな気持ちになったのは初めてのことで、きみ子はそんな自分の心を理解することができなかった。ただ、水浸しの厨房のざらざらとしたセメントの床が、はだしの足に殊の外冷たかった。

神村はまだ若く慣れないのか、なかなか仕事が捗《はかど》らず、きみ子達は待機するしかない。たすき掛けで露《あらわ》になった腕のつけ根に冷たい風を感じながら、きみ子は、佐藤だったらもっと手際よくやっているだろうにと考えていた。

同じ下働きのおふじが、「雪見なんて結構なご身分ね。こっちはこんな雪の日にはだしで働かなきゃいけないっていうのに」と嘆く。その言葉の終わらないうちに、きみ子は頭の手拭いを素早く前かけの丈夫な紐の間に挟み込むと、ようやく目の前に置かれた五段重ねのお膳を「よいしょ」と抱え、狭くて急な階段を駆け上っていった。

四月になり、岐阜にも遅い春が訪れた。長良川の川面に暖かい陽光がきらきらと照り、春が来たことを告げている。きみ子はここ数日、この川に膝まで浸かって働いていた。春の本格的な観光シーズンを控えて、菊屋ではこの時季いつも障子の張り替えをする。きみ子は障子を川の中で洗うよう命じられ、一人で冷たい水の中にいた。

長堤の桜は見事に咲いているが、川の水はまだ凍るように冷たい。けれど、菊屋の中から解放されて外でのびのびと働けるのだから、きみ子にとってさほど苦ではなかった。

四十近い番頭がリヤカーに障子を載せて運んで来ると、きみ子はジャブジャブと音を立てながら川から上がり、そして番頭と二人で障子をリヤカーから降ろすと、また川の中で洗う。

遠足なのか、近くの土手をあの時のように高校生の一団が通っている。しかし、きみ子はもう羨ましいとは思わなかった。きみ子には、そんなことよりももっと辛いことがあったからだ。

あれは先月のはじめのことである。宴会が終わって掃除をしていると、きみ子は偶然、英字新聞が落ちているのを見つけた。きみ子は英語が好きだったから、それを粗末な上着の懐に入れて掃除を続けた。普段どおりに仕事をこなしたが、心の中では嬉しくて、明日の昼休みにでも辞書を引きながら読もうなどと考えていた。

そして翌日、昼休みになると、きみ子は女中部屋でたすきも取らず、辞書を片手にその英字新聞を読んだ。そして一心に読むうち没頭してしまい、午後からの仕事の刻限をすっかり忘れてしまった。

背後から突然、「おきみ！」と呼ぶ声がして、きみ子ははっと顔を上げた。

「もう、みんなとっくに午後の仕事にかかってるよ」

障子を開けて、おあきが険しい顔で立っていた。

「申し訳ございません！」

きみ子は打たれるのを覚悟してそう詫びたが、おあきはつかつかと女中部屋に入って来ると、きみ子の辞書を取り上げ、厳しい口調でこう言った。

「おきみ、お前はこんなものを持っているのかい。お前は自分のことを何様だと思ってるんだい。下働きの女中じゃないか。身分を考えな、身分を」

「お願いです。返してください。それを……」

きみ子は哀願したが、おあきは「こんなもの、お前には必要ない」と言いながら、辞書を開き、手当たり次第に破いてしまった。障子の開け放たれた女中部屋で、紙片は吹き込む風に舞い、外へ飛び散っていった。それは打たれることよりももっと辛いことだった。きみ子は泣き出したい気持ちになったが、すぐに仕事にかかれと命じるおあきに抗することもできず、黙って厨房へ走った。

厨房はすでに戦場のような忙しさになっていた。

「おきみ、遅かったじゃないか」

年上の女中の言葉に、「すみません」と頭を下げ、きみ子はすぐに何段も重なった膳を持ち上げると、階段を駆け上がった。

けれど大切な辞書を破られた悔しさはきみ子の頭から離れず、仕事に身が入らない。「おきみ、何をぼやぼやしているんだい」と何度も怒鳴られた。それも悔しくて、きみ子はもんぺをからげ上げ、かむしゃらに働き出した。働くだけ働いていれば、いつか辞書を破られたことも忘れられる。そう思って自らの体を酷使した。

働き通して、いつの間にか深夜になっていた。後片付けをすませてから、することがなくなってしまうと、きみ子はどうしても昼間のことを思い出した。思えばあの辞書は、辛いことばかりのこの料理屋で、自分のただ唯一の拠り所だった。辞書を手に取るだけで、あの優しかった今関先生に会っているようで、きみ子は心が和んだ。けれど、これからはそれも叶わない。きみ子はたすきも取らず、放心したように厨房の戸口に立ちつくしていた。

春ではあるが、さすがに夜風は肌に冷たい。たすき掛けの袖から出ている二の腕に、容赦なく夜風が当たる。飯塚に帰る時におなかから借りたような上等の絹地の着物ならば、こんなにきつくたすきで締め上げればすぐに破けてしまうだろうが、この粗末な仕事着は丈夫な木綿でできている。毎日たすきで締め上げても決して破けたりはしない。もんぺもやはり丈夫な木綿地だから、どんなに激しく働き回っても滅多に破けることはない。洗うのだって絹地のものは一々洗い張りをしなければならないが、木綿は足で踏んで洗って何度でも着れる。絹地の生地が、お茶やお花をするお金持ちのお嬢様だとしたら、木綿地の紺絣はちょうど、朝早くから深夜まで息つく暇もなく働いても病気一つしない、きみ子のようなものだった。

夜風もとうに慣れたきみ子には辛くはない。そんなことよりも、辞書の一件できみ子は情けない気持ちになっていた。こうまでされて、ここで働かなくてはいけないのか。激しく打たれる方がまだましだ。そう思うと、知らぬうちにきみ子の目から涙がこぼれていた。

どれくらいたったのだろう。「どうしたんだい、おきみさん。何か悲しいことでもあったのかい」と突然背後から男の声がした。佐藤である。

「いえ、何でもございません」

きみ子は慌てて前かけで目の辺りを拭いた。佐藤とはあれ以来一度も口をきいていなかった。

「何か心配事でもあるのかい。黙っていたら体に悪いよ。物言わぬは腹ふくるるって言うからね」

優しい言葉をかける佐藤に、きみ子は思い切って昼間の出来事を話した。

「ひでえことをしやがるね、おあきも」

佐藤はそう言って憤った。きみ子は自分のために怒ってくれた佐藤の心が有難かった。

「でも、わたしがいけなかったんです。わたしが遅れたのが悪いんですから」

佐藤は黙って聞いていた。

「それに今のわたしには英語の辞書なんか必要ないんです。下働きの女ですから……」

やはり黙っていた佐藤は、しばらくして煙草に火を付けながら、こう切り出した。

「ところでおきみさん、あんたの故郷はどこだい」

「へえ、九州の筑豊という所です」

きみ子が少し戸惑いながら答えると、佐藤は続けてこう言った。

「筑豊か、あそこはひどい所だ。次々に中小の炭鉱が閉山に追い込まれてる。じゃあ、あんたの親父さんは」

「へえ、父は炭鉱の坑夫でしたが、閉山してしまって、今は失業中なんです」

「やっぱりね、それであんたが働きに来ているのか」

「へえ、わたしが働かないと、うちの暮らしは成り立たないのです。だから、たとえどんなことがあっても、今はここを辞めることはできないのです」

きみ子の言葉に、佐藤はいかにもやりきれないという声で、「なあ、おきみさん、腐らずにやんなよ」と言った。

「はい、有難うございます」

きみ子はいつもの「へえ」ではなく、「はい」と答えていた。

それからきみ子は厨房に佐藤を残して、女中部屋に戻った。ほかの女中達は湯に行ったのか誰もおらず、裸電球だけが殺風景なその部屋を照らしている。きみ子が古畳に座り込むと、ふとその皸だらけの手に触れるものがあった。何だろうと思ってそれを取り上げ、裸電球の下で見ると、何と昼間におあきが破った辞書の表紙の破片だった。きみ子は思わず「今関先生、今関先生」と声にしていた。

きみ子はその表紙を上着の懐に入れながら、料理屋の下働きをしている今の自分には辞書の表紙ぐらいが分相応かも知れないと寂しく思った。そして今しがた佐藤が言ってくれた言葉を反芻《はんすう》していた。佐藤は「おきみさん、腐らずにやんなよ」と言ってくれた。きみ子には佐藤がまるで兄のように思われた。明日も骨身惜しまず懸命になって働こう。何しろ佐藤の顔が見れるのである。きみ子はそう思うと幸せな気分になった。

数日後、夜の後片付けをすませたきみ子に、佐藤が「ちょっと」と声をかけてきた。短い黒い前かけで手を拭きながら佐藤の元へ行くと、「これ、あげるよ。昨日、買って来た」と箱のようなものを手渡そうとする。

「何ですか。これ」

「開けてごらん」

きみ子は頭の手拭いを取って前かけの腰の紐に挟み、それを受け取ると、佐藤に言われるままに包み紙をとった。現れたのは英語の辞書だった。

「これをわたしに下さるのですか」

「今度はおあきさんに見つからないようにね」

「有難うございます」

頭を下げるきみ子に、佐藤は「いいってことよ」と言うと、その場から立ち去った。

きみ子は佐藤の好意が嬉しかった。この料理屋で自分を理解してくれる者は誰もいないと思っていたのに、佐藤だけは違った。きみ子は辞書を月明かりに照らして見た。黒表紙の上に「英和辞典」と金文字で書かれてあるのが微かに読める。その真新しい辞書を懐に入れながら、「有難うございます」と幾度も小声でつぶやいた。やはり佐藤は兄のように優しい。きみ子は改めてそう思っていた。

しかし、それが自分一人の幼い考えであったことを思い知らされるのは、それから十日ばかりたった三月の下旬のことだった。

その日は珍しく夜の宴会がなく、きみ子は一人厨房で洗い物をしていた。そこへ佐藤がひょっこり顔を出した。

「おきみさん、手が空いていたら、わしの部屋まで酒を持って来てくれないか」

「へえ」

佐藤とはいつも一緒に働いているが、人目もあることだし、それに何しろ忙しくて、きみ子は辞書のお礼も改めて言えないでいた。ちょうどいい機会だと思いながら、きみ子はお膳に徳利と、あり合わせの肴を載せ、佐藤の部屋へと急いだ。

板長の部屋はきみ子ら女中と違って一人部屋である。きみ子は佐藤の部屋の前まで来ると、短くたくしあげたもんぺの足をひざまつき、「おきみでございます。遅くなりました」と言った。

「やあ、すまないなあ」

中から佐藤の上機嫌な声がした。障子を開けて膳を運ぶと、佐藤は待ち兼ねていたように手酌で飲み出した。きみ子が辞書の礼を言うと、「ああ、そんなこと、もうどうでいいよ」と佐藤は言うと、「そんなことより、おきみさん、酌を頼んでもいいかな」と言う。

「気がつきませんで、申し訳ございません」

きみ子は慌てて徳利を取り上げ、佐藤に酌をした。佐藤はその酒を旨そうに飲みながら、「そうか、おきみさん達下働きは、お客に酌なんかしないのか」と思い出したように言う。

徳利の酒がわずかになり、「もう一本おつけしましょうか」ときみ子が言うと、真っ赤な顔をした佐藤は「いいってことよ」と言いながら、突然きみ子に襲いかかってきた。

「お止めになってください！」

全く予期していなかった佐藤の豹変に、きみ子は慌てて逃げようとするが、何しろ佐藤の方が力が強い。

「いいじゃないか、おきみ。お前もそろそろ男が欲しいんだろう」

佐藤はもう「おきみさん」とは言わなかった。たすき掛けしたきみ子の胸を開けると、乳房に顔を押しつけ、片手できみ子のはいているもんぺのゴム紐を下げると、きみ子を抱いた。そして激しくきみ子を弄びながら、「英語の辞書を買ってやったんだ。これぐらいのお礼は当然だろう」と身勝手な言葉を浴びせた。

きみ子は筆舌に尽くせぬ苦痛を味わっていた。それは、ここでのどんな厳しい労働よりも辛いものだった。きみ子は幼児のようにもがき、泣き叫んだ。しかし運悪く他の板前達はみんな帰っていて、誰にも声は届かない。

佐藤が終わっても、きみ子はうつ伏せのまま声を殺して泣いた。きっと佐藤は初めからこんな機会を狙っていたのだ。それなのに自分は兄のように思っていた。そう思うと、きみ子の悲しさは倍加した。

泣き続けるきみ子に向かって、佐藤はまた声を荒げた。

「何、気取ってるんだい。お嬢様じゃあるまいし、料理屋の下働きじゃないか」

その言葉は若いきみ子の心にぐさりと突き刺さった。きみ子は佐藤の部屋を立ち去ると、女中部屋に戻り、柳行李の中から佐藤がくれた辞書を取り出して、誰もいない厨房の隅で焼いた。そこは十日ばかり前、佐藤から辞書をもらった場所だった。辞書が燃え尽きた跡は、まるで自分の心の闇のように黒かった。きみ子はもう自分が英語とも学問とも関係のない、料理屋の下働きの女中であることを、いやというほど思い知らされていた。きみ子の処女はこうして奪われた。

きみ子は佐藤から乱暴されたことを人に話すこともできず、いつものように働いた。仲居のおなかから呼ばれたのは、それから二日後のことである。

仲居の休憩室は女中部屋よりも一回り大きくきれいだ。何の用だろうと、きみ子は頭の手拭いを取って休憩室の前の廊下に座った。部屋の中から、「おきみかい」と、おかなのいつになく居丈高な声がした。

「へえ」

きみ子が部屋の障子を開けると、おなかは険しい表情で、いきなりこう言った。

「おきみ、あんたは板さんの栄さんと寝たんだってね」

佐藤は名前を栄吉という。どうして知られたのかと、きみ子が戸惑いを隠せず黙っていると、おなかは、

「お前が誘ったんだろう。全く油断も隙もありゃしない。小娘とばかり思っていたのに」と、いかにも憎々しそうに吐き捨てた。

きみ子は怒りと恥ずかしさに体が震えた。誘ったのは自分ではない。佐藤が強引に襲ってきたのだ。きみ子は恥ずかしかったが、あの夜の出来事をすべて話した。けれど、おなかは信じてくれず、お前から佐藤を誘ったんだろうの一点張りで、「どうして田舎娘の黒ニワトリのお前を向こうから誘う」ときみ子を罵った。

「ここでそういうことをしたら、どうなるか知ってるね」

おなかはきみ子は睨みつけて言った。男女のことが明らかになれば首になると以前聞かされていた。きみ子の脳裏に父や妹の顔が過《よぎ》った。今ここを首になったら、他に知人のいない彼女には働く所もない。言葉もなくうなだれていると、おなかは「旦那様に言って、本当にお前を首にするから」と追い打ちをかけるように言った。

旦那様というのは、菊屋の経営者のことである。六十を越えているその男は、他にも商売をしていて、菊屋の経営はその大半を、普段は女将に任せているらしく、滅多にここへは顔を出さない。きみ子は一度だけ会ったことがあった。菊屋で働き始めて一月ほどたった頃、きみ子が廊下の雑巾がけをしていると、頭上で「旦那様、これが今度働きに上がった、おきみという下働きでございます」というおあきの声がしたので、きみ子もここの旦那様と察し、雑巾の上に両手を揃えて「おきみでございます」と小さな声で挨拶した。自分から「おきみ」と名乗ったのは、この時が最初だ。旦那様は何も言わずに立ち去った。始終俯いていたから、きみ子はその顔も見ていない。

その旦那様に佐藤とのことが知られたら、本当に首になってしまう。きみ子はおなかに、「申し訳ございい

ません。わたしが悪うございました。もうこれからは絶対に致しませんから、ここに置いてください」と手をついて詫びた。それはきみ子から佐藤を誘ったと認めることになり、悔しかったが、今はそうするほかに成す術がなかった。

すると、逆上したおなかは突然、きみ子の座っている廊下に走り出て来て、「やっぱり噂は本当だったんだね」と声を荒げた。

「おきみ、お前はもう首だ、首にしてやる！　今ここを追い出されたらお前は働く所なんかないんだよ。おきみという下働きは尻軽な女だと吹聴するからね。乞食でもしな」

おなかはそう言いながらきみ子の襟を摑むと、頰を幾度も打った。

きみ子は打たれるのは慣れている。おあきに比べて、おなかは力が弱い分、痛くもない。それよりも、おなかがきみ子を叩きながら泣いているのを見て、きみ子は不思議に思った。もしかして、おなかは佐藤に執着しているのだろうか。佐藤には妻や子供がいるというのに。そう思うと、おなかが哀れに見えてきた。

「本当にお前を首にするからね。旦那様に言って」

そう言うと、おなかは頰を殴るのを止め、襟から手を放した。しばらく口もきけずにいたきみ子は、ふと故郷で自分の膝に顔をうずめて泣いた父の姿を思い出し、我に返った。今ここを追い出されたら自分は働き場を失ってしまう。そしたらもう父に送金も出来なくなる。きみ子は冷たい廊下に両手をついて、「後生ですから、それだけはご勘弁くださいまし」と頭を廊下に擦りつけるようにして頼んだ。

すると、意外にもおなかは、「もういい。早く仕事に戻りな」と力なく言った。

「旦那様にはおっしゃらないんですね」

泣くような声できみ子が尋ねると、おなかは「ああ、旦那様にも誰にも黙っておくから、早く仕事に戻りな。当分お前の顔なんか見たくない」と言って背中を向けた。

「有難うございます」

きみ子はそう言うと、乱れた襟を両手で直しながら厨房へ急ぎ、またがむしゃらに働き出した。

もし今ここを首になったら、おなかが言ったように乞食になるしか生きる道がない。おなかは誰にも黙っておくと言ったが、いつ気が変わるかも知れない。ここを辞めさせられたくなかったら、他人の二倍も三倍も働くことだ。こま鼠のように働けば、仲居達も自分を重宝がって首にすることはないであろう。そう考えて、きみ子は率先して働いた。ただ、きみ子が佐藤を誘ったという、おなかの誤解を解けないのが悔しかった。

その夜、長かった一日の仕事が終わって、きみ子はおなかのことを考えていた。おなかは、きみ子が佐藤を奪ったと信じ込んで、あのように逆上した。どうしてあんな妻子持ちの男に心を寄せるのだろう。もっと他にいい男がいるだろうに、よりによって佐藤なんかに……。女としてはまだ少女の心しか持ち合わせていないきみ子に、おなかの女心が理解できようはずはなかった。

障子洗いの手は休めないまま、きみ子はふっと溜め息をついていた。仕事がきついわけではない。佐藤とのことがあって以来、時折やりきれなさが募るのだ。朝起きて乱れ髪をぎゅっと結い上げる時も、ふっと息をついている。枕元にきれいに畳んだもんぺを見ながら、きみ子はまた一日これをはいて働くのかと情けなく思う。あの時、おなかに理不尽に責められながら、きみ子はいっそ菊屋を辞めたいと思った。あまりにも自分が哀れだった。でも、辞めてしまったら故郷の家族は暮らしていけない。ここで辛抱するしかないのだ。

ようやく障子を洗い終え、きみ子は腰を伸ばした。紙を剝がされ骨になった障子を番頭がリヤカーに積んで帰ってしまうと、きみ子は川から上がり、土手に置いていたゴム草履をはこうと足を伸ばした。

ふと、一輪の花が目に止まった。名さえ知らないその花は、まだ冷たい風の吹く川べりに、可憐に咲いていた。きみ子ははだしのまましゃがむと、その花を両手で抱いた。長堤に見事に咲いている桜のように人々の賞賛を浴びることもなく、ただひとり懸命に咲いているのだと思うと、その花があまりにも不憫だったからである。

きみ子はそのまま、しばらく動かなかった。そうやって花を庇っているうちに、自分もまた誰かに庇って欲しいと心から思っていた。しかし、それは叶いそうにない。一人で他人の冷たい視線の中で生きていかねばならないのだ。そう悟ると、きみ子はその花がまるで自分のような気がしてきて、一層不憫になった。しかし、いつまでもそうしているわけにはいかない。午後からは宴会が三つも入っている。きみ子は花に「ご免ね」と言い残すと、そっと手を離し、ゴム草履をはいて菊屋へ走った。

午後は文字通り、猫の手も借りたいほどの忙しさだった。そうして身を粉にして働いても誰一人として自分の働きを認めてくれる者はいない。相変わらずおあきは冷たいし、おなかも以前のように優しくはない。他の女中達は粗相をしても滅多に叱られないのに、同じ粗相でもきみ子がすると厳しく叱られ、頬をきつく打たれた。それでもきみ子は前にも増してよく働いた。朝は誰よりも早く起きて厨房に立ち、誰もが嫌がる便所掃除も率先してやった。

四

四月も下旬に入り、その日の朝もいつものように誰よりも早く起き、鶏鳴の声を遠くに聞きながら髪を結い上げていると、隣の布団からおうめが、「相変わらずおきみさんは早起きね」と眠そうに声をかけた。そして「そんなにおあきさん達に気に入られたいの」と言う。きみ子がおあき達から疎まれているのを知りながら、おうめはわざと聞いているのだ。きみ子はそう思い、何も答えず部屋を後にした。

厨房へ行くと、きみ子はいつものように手拭を頭に被り、掃除を始めた。この辺はこの時季、日によって寒暖の差が激しく、真冬並みに冷え込む日もあるのだが、その日の朝は初夏のような温かさであった。厨房の水で手に皸ができることもないし、はだしの足の裏も冷たくない。

昼休み、女中部屋の粗末な畳の上で、きみ子が朝から働き通しの体を休めていると、後から入って来たおうめがまたこう尋ねてきた。

「どうしておきみさんは、そんなに働くの。ここでの仕事が好きなわけじゃないでしょ」

きみ子は隠す必要もないと思い、この菊屋で働く事情を打ち明けた。父が失業して働きに出されたこと、自分が仕送りしなければ家族が飢えてしまうこと、ここ以外に行き先のないこと。だから、おあき達にどんな仕打ちをされても辞めるわけにはいかないのだ、と。

おうめはそれを黙って聞いていたが、やがて静かな声でこう打ち明けた。

「そうだったの。おきみさんはわたしと一緒だったのね。わたしも家が貧しいし、親も子供の時分に死んで、もういない。育ててくれた叔父さんは歳で仕事もできないし、わたしの仕送りを当てにしているのよ」

おうめは飛騨の山奥の村の出で、やはり一人でこの地へ来て働いていた。きみ子はおうめが自分と同じ境遇であることを初めて知った。しかも親のいない天涯孤独の身という。きみ子はこの世で自分が一番不幸だと思っていたが、恵まれてはいないものの自分には父も母も、それに可愛い妹もいる。おうめに比べたらまだ幸せではないか。そう思うと、おうめが可哀想に思えてきた。

「さあ、そろそろ仕事に戻らないと。今日は宴会が三つもあってまた忙しくなりそう。またきっと戦争よ」

きみ子は赤いたすきの紐の端を口にくわえると、素早く肩にかけながら、努めて明るい声で、おうめを元気づけるようにして言った。

おうめは自分よりも三つ歳上の二十歳だが、どこか少女のようなところがある。それは多分心が澄んでいるからだろう。自分のように、おあきに「わたしは黒ニワトリですよ」と言って口答えすることもないはずだ。きみ子はこう思いながら、おうめに妹の雪子の面影を重ねていた。

きみ子は継ぎの当たったもんぺの膝をぽんと軽く叩きながら、「さあ、仕事、仕事」と、まるで姉のように優しく声をかけた。すると、おうめも「そうね、くよくよしていても始まらないね」と、やっと顔に笑みを浮かべ、きみ子にならってたすき掛けになった。そして二人して厨房へと急いだ。

きみ子はおうめの後に続きながら、おうめと話してよかったと思っていた。ここでは同じ下働きの女中同士で話すことはあまりない。お互いが何らかの事情を抱えて働いているのだし、自分のみじめな境遇なんか他人に話したくはない。それに第一、朝早くから深夜まで仕事に追われ、話す暇などないのだ。

厨房で洗い物をしていると、冬の頃はあんなに辛かった水の冷たさが今は却って心地よい。粗悪な建具の隙間から射し込む陽も、もう初夏が近いことを告げている。洗い物と一口にいっても料理屋であるから量が多く、かなりの労働で、きみ子の額はうっすらと汗ばんでいるが、開け放された戸口から吹き込む川風が、その汗を爽やかに拭ってくれる。

はだしの足を土間に踏ん張って洗い物をしながら、きみ子は自分を振り返っていた。自分は歳上のおうめよりも世間擦れしている。佐藤に体を奪われてしまったせいか、それとも高校へ行けなかった劣等感がそうさせたのか。貧乏はそれだけで人の運命を根底から変えてしまう。そんなどうしようもない現実を突き付けられてきたからか。そんなことを考えていると、突然背後から年配女中の声が飛んだ。

「おきみ、手が遊んでいるじゃないか。それが終わったら、井戸へ行って野菜を洗いな」

「すみません」

そうだ、自分は菊屋の下働きなのだ。人の運命や社会の矛盾なんて考える余裕はない。そんなことを考える前に体を動かさなければ……。きみ子はそれから、ただ与えられた仕事を懸命にこなした。

五月になると、長良川では名物の鵜飼いが始まり、川に面した菊屋は見物客で立て込み忙しくなる。菊屋の二階からふと川を見やると、鵜飼いの最中なのか、川面が明々と漁火に照らされている。あの漁火の下で、鵜は首を頑丈な縄で縛られ、川の中で鮎を捕らされているのだ。そう思うと、きみ子は鵜が哀れに思えてきた。自分もまたあの鵜と同じだが、でも、何も知らないで働かされている鵜は自分より数倍も不憫である。

そんなことを考えていたからか、きみ子は厨房へ戻るのが遅れてしまい、またおあきから「いったい今まで何やっていたんだい」と叱られ、頬を激しく打たれた。けれど、きみ子に怒りや悲しみはなかった。あの鵜に比べたら、自分は怒りや憎しみもその心に持つことができる。あの鵜は何らの怒りも憎しみも持つことさえできず、ただ働かされるのだ。そう思うと、叱られようとも打たれようとも平気だった。

ようやく仕事を終えて湯から上がると、仕残した仕事を片付けに厨房に戻った。仕事をすまして、何気なく厨房の壁にかけてある日めくりを見ると、今日は「五月八日」だった。きみ子の十八歳の誕生日である。きみ子はそうと気づかずに忙しく働いていた。昼間は鵜と自分は違うと思ったが、どこも違いなどなかった。

飯塚の父から手紙を受け取ったのは、翌日の午後のことだ。仕事中だったので、封を開けたのは夜中になってからである。

手紙は、お前の誕生日だというのに何もしてやることができないと、詫びめいた言葉から始まっていたが、きみ子は自分が忘れていた誕生日を、父がちゃんと覚えていてくれたことを嬉しく思った。

けれど、文面はそれだけではなく、とうとう生活保護を受けるようになったと書かれてあった。きみ子はある光景を思い出し、胸が苦しくなった。それはまだ中学生の頃、学校から帰る途中、福祉事務所の前に生活保護を受けるために並ぶ長い行列を目にした時のことである。きみ子が驚いたのは、どの顔にも生気がなかったことだ。昭和三十四年に社会党と共産党の共闘で生まれた県知事の鵜崎多一は、いわゆる革新知事で、「生活保護を受けることは恥ずかしいことでも何でもない。国民の当然の権利である」と言って、当時、筑豊の炭鉱で失業した人々を回ったという。確かにその通りだが、きみ子は娘として、父にあのような顔をして福祉事務所の前に立って欲しくはなかった。

きみ子は父に宛てて、生活費は自分が稼いで送るから生活保護だけは受けないで欲しいと、手紙を書くことにした。けれど手元にペンがない。明日、事務所からペンを借りて書くことにした。

次の夜、きみ子は廊下の明りを頼りにペンを握ったが、手が震えてうまく書けない。その日も一日中、重たい料理を運んで働いたからだ。本を読むことはおろか父に手紙を書くことも、ここではままならないのかと悲しく思いながら、父に自分の思いを伝えようと、きみ子は幾度も書き直し、やっと書き上げた時にはもう東の空が白みかけていた。

きみ子は寝るのを諦めて、着ていた寝巻を仕事着に着替え、厨房に走った。頭がくらくらしたが、父のためだと奮い起こし、いつものようにたすき掛けになると、たちまち眠気が失せて気持ちが引き締まったような気になった。

手紙は出したが、父からは梨のつぶてだった。きみ子は父のことを案じたが、確かめる術もない。

そうこうするうちに長い梅雨の季節を過ぎ、本格的な夏が訪れた。凍りつくような冬の日にはだしで働くのも辛いが、蒸し暑い夏の午後に汗だくになりながら重たい膳を運ぶのもやはり辛い。しかも夏は菊屋にとって一番の稼ぎ時である。きみ子が菊屋に来たのも一年前の夏の時分であるから、その忙しさは分かっていた。臨時で雇われた女中達と一緒に、朝早くから深夜まで足腰を休めることなく働かされるのだ。

それでもきみ子は若いせいか、一日の終わりには倒れるほどの疲労を覚えていても、一晩眠れば翌朝には疲れもすっかり取れた。汗だくになった仕事着も、夜中に洗濯をして女中部屋の軒下に干しておくと、朝方にはすっかり乾いているから、それを身に付けて仕事に出る。菊屋は夏の間中、一日の休みもなく、そんな毎日を繰り返すのであった。

妹の雪子が訪ねて来たのは、そんな最も繁忙な時だった。その朝、きみ子が便所掃除をしていると、突然おあきに声をかけられた。

「雪子というのは、お前の妹かい」

「へえ」と、きみ子が答えると、「表に来ているよ」と言う。きみ子は自分の耳を疑ったが、おあきは「ほんとだよ」と言う。慌てて玄関に出てみると、可愛い服を着た雪子が、今にも泣き出しそうな顔で玄関に立っていた。そしてきみ子の顔を見ると、「お姉ちゃん」と言いながらきみ子の胸の中に飛び込んできて、本当に泣き出してしまった。

驚いたきみ子がその場に跪きながら、「どうしたと、うちで何かあったと？」と聞くと、雪子は「もうお姉ちゃんはここにはいないかと思った」と泣きながら言う。聞けば、雪子が玄関で「森川きみ子はいますか」と幾度も問うたそうだが、誰もそんな人は知らないと答えたという。そのうちに、きっとおきみのことだろうと分かり、それでおあきがきみ子を呼びに来たのだった。きみ子は泣きじゃくる雪子を抱きながら、ここでは自分の名を正確に覚えてくれている者は誰もいないのかと情けなく思った。

「いつまでそうしているんだい。邪魔なんだよ。早くその子を裏へ連れて行きな」

その時、おあきの厳しい声が頭上で響いた。

きみ子は「申し訳ございません。すぐに奥へ連れて行きますから」と答えると、玄関に置いてあったちびた草履をはき、雪子にも靴をはかせると、取り敢えず女中部屋に連れて行った。

雪子は古畳の上でまだ泣いている。きみ子は掛けていたたすきを取って、優しく雪子の涙を拭いてやりながら、「いったい家で何があったと。お母ちゃんに叱られたと？」と聞いた。けれど雪子は泣きじゃくるばかりで、何も言わない。

「話してごらん、お姉ちゃんは怒ってなんかいないから」

きみ子がそう言うと、雪子は甘えたいのか、再びきみ子の胸の中に顔をうずめて泣きながら、ぽつりぽつりと話し出した。

とりとめのない雪子の話によると、父と母とは常時、金銭のことで言い争っているという。雪子はその言い争いを聞くのが嫌で、姉のきみ子の所へ逃げて来たのだ。それにしても何ということであろう、お金ならあんなに送ってやっているのに。名前さえも正確には覚えられないほど小馬鹿にされながら、それでも歯を喰いしばって一日中働いて送金しているのに。きみ子はそう思うと、全身の力という力が抜けてしまうような気がした。

「分かった。分かったから、もう泣かないで。お暇をもらって一緒に帰るから。帰ってお母ちゃん達に、もう喧嘩をしないように頼んであげるから」

きみ子がそうなだめていると、遠くからでも響くおあきの怒鳴り声がした。

「おきみ、いつまで油売っているんだい。間もなくお客さまがいっらっしゃるんだよ」

「へえ、只今」

きみ子は大声でそう答えてから、雪子に向かい、「お姉ちゃんはこれからまたお仕事だから、これでも食べてここにいなさい。夜汽車で疲れたでしょ」と、折よくあった駄菓子を与えると、またたすき掛けになった。

雪子はきみ子の状況を察したのか、ようやく泣き止んだ。きみ子はそんな雪子がまたいじらしくなった。

「お仕事が終わるのは夜になると思うけど、おとなしく待っててね」

そう言いながら、きみ子は雪子の乱れた髪を撫でてやり、部屋を後にした。

その日はちょうど日曜で客が立て込み、きみ子は雪子を案じながら深夜まで働いた。それでも妹が来ているのならと、おうめが厨房の後片付けを買って出てくれたので、きみ子はその好意に甘えて雪子の元に急いだ。

雪子と一緒に湯に入り、その白い肌をした体を洗ってやりながら、きみ子は子供の頃を思い出していた。

きみ子が学校から帰ると、六つ年下の雪子は、待ちかねたように遊び、夕陽の当たるボタ山を飽きず眺めたものである。母はどうしてか、その頃からきみ子に冷たく、きみ子は子供心にもそんな母が嫌いだった。

叱られて　叱られて
あの子は町まで　お使いに
この子は坊やを　ねんねしな

夕べさみしい　村はずれ
コンときつねが　なきゃせぬか（清水かつら作詩、弘田龍太郎作曲）

この歌詞が、まるで自分のことを歌っているように、きみ子は今にして思う。

湯から上がり、女中部屋に戻ったきみ子は、同室の女中達に「すみません、妹が来たので何かとご迷惑をおかけして……」と頭を下げた。そして、部屋の隅の布団で雪子と抱き合うようにして床に就いた。

布団の中で雪子は、父と母がきみ子のことでも喧嘩をしたのだと、幼い口調でポツポツと話した。

ある日、母が、「きみ子は毎日、あんな料理屋さんで美味しいものを食べて贅沢をしているんだね。それに見たかい。あんなに生地のいい着物を着てたじゃないか」と言ったそうだ。すると父はこう怒鳴ったという。

「何言っているんだ。きみ子は苦労しているんだ。お前こそ見たのか、あの皺《ひび》だらけで真っ赤なきみ子の手を。きっと水仕事のせいだろう。それに足だって、きみ子は隠そうとしていたが、やはり皺だらけだった。きっとはだしになって働いているんだろう。それでもお前はきみ子の母親か！」

雪子が教えたのはそんなところまでだが、父からそう言われた時、母は多分こう言い返したに違いない。

「それはあんたが悪いんだよ。あんたに甲斐性がないから娘が苦労するんだよ」と。

汽車旅の疲れが出たのであろう、雪子は話しながら、いつの間にか寝入ってしまった。きみ子は雪子がどういう思いで一人でここまで来たのか考えると、胸が潰れる思いがした。また、父の心情も思い、なかなか寝つけなかった。

きみ子は父に会いたかった。そして「私のことは何も心配することはない」と言ってやりたかった。何よりも、このまま雪子をここに置いておくわけにもいかない。

翌日、きみ子はおあきに、妹を飯塚に連れて帰りたいから暇をもらいたいと願い出た。おあきに頭を下げるのは悔しかったが、下働きの女中をまるであの長良川の鵜を操る鵜匠のように統率するのは、このおあきであるから仕方がない。案の定、おあきは「この忙しい時に、お前は勝手な女だね」と厭味を言った。しかし、雪子を一人で返すのはあまりにも可哀想だ。たとえおあきから打たれようとも、きみ子は雪子のために一緒に帰ってやりたかった。「この忙しい時に申し訳ございません。でも妹を一人で返すわけにも参りません」と畳に頭を擦りつけるようにして頼みながら、きみ子は心の中で、これはおあきに頭を下げているのではない、雪子のためにしているのだと自分に言い聞かせていた。

「仕方ないね。その代わりすぐ戻ってくるんだよ」

「へえ、とんぼ返りして身を入れて働きますから」

きみ子がそう答えると、おあきはしぶしぶ承諾した。

きみ子の暇は三日後の火曜日になった。雪子はそれを聞くと、喜びながらも「ご免ね、お姉ちゃん。うちのために上の人にあんなに頼んで」と小さな声で謝った。

「見てたの?」

きみ子が驚いて聞くと、雪子は悲しそうな顔をして頷いた。

「あの人も本当はいい人なのよ。口ではぽんぽん言いなさるけど」

きみ子は雪子を安心させるためにそう言いながら、こんなに自分のことを案じてくれるのはこの子ぐらいなものだと、一層愛しく感じた。

「さあ、また働かなきゃあ。その代わり、汽車の中でお手玉しょうね」

きみ子はまだ中学生のころ、雪子とよくお手玉をして遊んだことを思い出しながら優しく言った。雪子はやっと安堵したのか、たすき掛けをしたきみ子の姿をまじまじと見て、「お姉ちゃん、どうしてそんな恰好をしているの? 何だかお百姓の小母さんみたい」と不思議そうに聞いた。

「ああ、これ。これがここの仕事着なんよ。制服みたいなものね」

きみ子はそう答えながら、確かに自分に与えられた制服はこの粗末な仕事着だと改めて思っていた。セーラー服とは大きな違いだが、しかし、もう涙は出ない。

「うふん、お姉ちゃんの制服」

きみ子がそう言いながら腰に手を当ててポーズを作ると、雪子はやっと笑った。きみ子はその笑顔を見るとようやく安心して、腰にしていた手拭いを被り、女中部屋を後にした。

飯塚に帰る日の夕方、安物の浴衣を着たきみ子は、雪子の手を引いて菊屋を出た。暗くなりかけた路地に差しかかると、向こうの方から人影が現れ、こっちへ歩いて来る。気にも止めないでいると、その人影が突然「きみ子、雪子」と叫んだ。なんと父であった。

どうして父がこんな所にいるのだろう、雪子を迎えに来たのだろうか。きみ子は驚きながら思いを巡らした。

雪子は「お父ちゃん」と言って駆け寄り、父に甘えた。後から続いたきみ子が「雪子を迎えに来たのね」と尋ねると、父は「いや、きみ子、お前の所へ遊びに来たんだ」と陽気に答えた。汽車の中で酒を飲んだのか、父の顔は赤い。きみ子は嫌な気分になった。自分が毎日、どんな思いをして働いているか、父は知らないのだ。雪子が寝ながら聞かせてくれた話が、みんな嘘のように思われてくる。

父が来たことで自分が帰る理由はなくなったが、酔った父と幼い雪子を二人だけで帰すこともできず、きみ子はもう一晩だけ、父と妹を菊屋に泊めてもらうことにした。けれど、まさか父を女中部屋に寝かせるわけにはいかない。またおあきに頭を下げなくてはいけないのかと考えて、きみ子は心底気が重くなった。

父と雪子を連れて今来た道を引き返し、菊屋へ戻った。幸か不幸か、通いのおあきはすでに帰っていて、きみ子は仕方なく板長の佐藤に相談することにした。できることならそうしたくはないが、責任を担える者が他におらず、背に腹は替えられなかった。

佐藤はまだ厨房にいた。きみ子は急に父が来たことを説明し、一晩泊めてもらえないかと頼んだ。

「どんな所でも構いません。ご無理なお願いだと重々存じております」

頭を下げるきみ子に、佐藤は「せっかくのお父上のご来訪ではないか。どんな所でもってことはないだろう、おきみさん」と、あの時と同じようにニタニタしながら言った。きみ子はあの一件以来、佐藤と二人きりで話すことを避けていた。佐藤とは何の関係もない、元の板前と下働きでしかないと思いたかった。しかし佐藤の顔付きはそれと違う底意を語っていた。「便宜は図ろう、そのかわり……」と言わんばかりのこの男に、きみ子は身震いを覚えた。

佐藤は父のために部屋を用意してくれた。そこは菊屋が以前、宿をしていた頃の客間で、料理屋専門になってからは使われなくなっている部屋だった。

佐藤はおうめにその部屋の掃除を命じていた。きみ子がたすき掛けになりながら部屋に入って行くと、おうめが雑巾がけをしていた。きみ子は「すみません、後はわたしがしますから。それより台所が忙しいようだから、早くそっちへ戻ってあげてください」と言って、おうめから雑巾を受け取ると、すっかり古くなっている畳を拭き始めた。

そこへ、ちょうどおうめと入れ違いに佐藤が入ってきた。そして「今夜のおきみさんはそんなことしなくていい。おうめにするよう言ったのだから。それよりお父上のお相手をして」とまたニタニタ笑いながら言う。この男がいったい何を考えているか、分かり過ぎるほど分かっていた。しかし、もう自分は汚れてしまった体なのだからと、きみ子は半ば投げやりな気分でいた。

佐藤が茶化すように、「それにしても今夜のおきみさんは美人だね」と言うのを、きみ子は「いつものもんぺじゃありませんからね」と、雑巾がけの手を休めないまま、あしらうように言い返した。自分も変わったときみ子は思う。以前ならこんな口答えもできず、誰もいない所で泣いていたであろうに。

変わったと言えば、きみ子はずっともんぺが嫌いだった。

一年前、初めて菊屋に来たその日、おあきからその不格好なもんぺを与えられた時、まだ少女だったきみ子はそれが無性に嫌だった。もんぺをはいて働く女達は何だか野暮ったく、田舎の農婦みたいに見えた。きみ子はやはりここで働くのはよそうと思ったが、もんぺが嫌で辞めるのは子供じみているし、他に仕事に就けるか分からない。もんぺでないと働けないのなら、はくしか仕方なかった。

誰もいない女中部屋で、花柄のスカートを脱いで、もんぺにはき替え、鏡の前に立った。白いブラウスと、膝の下のあたりまでしかないもんぺとの組み合わせは大層不格好であった。泣きたい気持ちでいると、おあきが呼びに来て、きんきんとした声で「何ぐずぐずしてるんだい。遊びに来たんじゃないんだろう。働きに来たんだろう。早く厨房へ行って洗い物をしな」と怒鳴った。

きみ子が走って厨房に行くと、もんぺにたすき掛けの女達が何人か忙しげに立ち働いていた。きみ子がそのてきぱきとした働き振りを見つめていると、後ろから来たおあきが「当分、お前は洗い場仕事だから、もんぺだけでいい。ぐずぐずしないで早く仕事にかかりな。今は猫の手も借りたい時なんだ。だからお前を雇ったんだよ」と厳しい口調で言った。「はい」と答えた時には、きみ子はもうここを逃げ出そうとは思わなかった。ここで働く以外、中学しか出ていない自分を雇ってくれる所はないのである。

初めて入った厨房できみ子が履物を探していると、「何ぼやぼやしているんだい。さっさと仕事にかからんかい」と、またおあきの声が飛んだ。

「あの、履物が……」

恐る恐るきみ子がそう言うと、おあきは、「履物？　ここでは下働きはみんなニワトリだよ」と言う。

「ニワトリ？」

きみ子が何のことかと思って聞くと、「はだしってこと」と、傍にいた下働きの女が教えてくれた。それがおうめであった。よく見ると、そのおうめも他の下働きの女達も皆はだしである。きみ子は言われるままにはだしでセメントの土間に下り、洗い場で野菜を洗い始めた。

おあきはきみ子の傍に立ち、手元を見やりながら、「お前は何という名前だい」と尋ねた。

「はい、森川きみ子と申します」

「だったら、おきみだね」

そんな呼ばれ方は嫌だったが、使われる身であるから仕方ない。きみ子がそう思っていると、おあきは、

「分かったかい、おきみ」と言う。

「はい、分かりました」

きみ子が渋々そう答えると、おあきは「それから返事はここでは『はい』ではなく、『へえ』と言いな。お嬢さんじゃあるまいし、料理屋の下働き風情は『へえ』でいいんだよ。言ってみな」と言う。

「へえ」

「もっと大きな声で」

「へえ！」

こうしてきみ子の下働きの生活は始まった。もんぺをはくことも、「おきみ」と呼ばれることも、「へえ」と返事をしなければならないことも、若いきみ子には泣きたいほど嫌であったが、慣れるということは実に恐ろしいことで、そのうちにきみ子はもんぺも抵抗ないようになり、「おきみ」と呼ばれることにも、「へえ」と返事をすることにも何も感じなくなった。

そんなことを思いながら部屋の掃除を終えようとしていると、佐藤が父と雪子を伴って部屋に現れた。いつの間に命じたのか、おかよという、この春に入ったばかりの下働きの女中に酒肴を持たせていた。そして、「さあ、お父さん、おひとつどうぞ」と馴れ馴れしく、きみ子の父に酒を勧めた。

父と佐藤はすっかり意気投合したようで、まるで以前からの親しい知人のように話している。雪子も焼き上がった鮎を美味しそうに食べた。食欲のないきみ子は雪子のために鮎の身をはずしてやりはしたが、自分は食べようとはしなかった。

すると、佐藤が、「おきみさんもどうぞ」と言う。今夜は父のいる手前、「おきみ」とは呼ばない。きみ子は「へえ」と答えてから、鮎の塩焼きに箸をつけた。

「きみ子はいつもこんなのが食われていいなあ」

しばらくして父が上機嫌でそう言った。何を言うのだろう。ここへ来て一年になるが、自分達のような下働きの女中はこんな御馳走とは無縁である。鮎を出されたのも今夜が初めてだ。しかし、きみ子はそれを口にはせず、ただ微笑んでいた。美味しそうに食べている父に辛い思いをさせたくなかった。

騒ぐだけ騒ぐと、佐藤は意気揚々と部屋を後にした。父は佐藤のことを「いい若い衆」だと言い、雪子も「面白いお兄ちゃん」と言う。実のところは、ただ自分の体を欲しがっているだけなのだと思いながら、きみ子は黙ってまたたすき掛けになり、今自分達が食べた食器を持って厨房に行った。

厨房はまだ仕事の真っ最中で、みんな忙しげに立ち働いている。きみ子は持って来た食器を洗い終えると、その洗い場に積まれた食器の山も片付けようと、浴衣の裾を大きくからげ上げて洗い出した。すると、おうめが、「ここはもういいから、それよりせっかくお父さんがいらしているのでしょ」と言って、きみ子を遠ざけると、自分が洗い出した。きみ子はその好意に甘えることにして、ふと、おうめの働く後ろ姿を見るともなく見ると、もんぺがやはり不格好である。普段、自分もあんな姿で働いているのかと哀しくなった。でも、着物だといくら裾をからげ上げていても、裾が足に絡まって働き難い。やはり、もんぺでないと仕事にならない。きみ子はそんな他愛ないことを思って、一人笑った。

翌朝の九時頃、きみ子が厨房近くの井戸で野菜を洗っていると、「お父ちゃんが喧嘩している」と雪子が半泣きになりながらやって来た。いくら何でもそんなことはないだろうと、きみ子が半信半疑のまま雪子の後について行くと、玄関に近い廊下で、酔った父が喧嘩をしていた。悪いことに相手はあのおあきだ。「あんたはいったい誰だね」と言うおあきに、父は「俺は客だ。昨夜ここに泊まった」と言い返していた。

「うちは料理屋だよ。旅館じゃないんだよ」

「どこに泊まろうと泊まるまいと俺の勝手だ。お前なんかの指図は受けん」

きみ子は咄嗟に父の元に駆け寄ると、小声で「お父ちゃん、早く奥へ行こう」と促した。それを見ておあきは、「おきみ、いったい、この男は誰だね」と尋ねた。

「へえ、父でございます」

すると、酔った父は、「父でございますというほどの代物じゃあないけどね」と言って笑い出した。

「おきみ、お前のお父っちゃんかい。人騒がせなお父っちゃんだね。早くどこかへ連れていきな」

きみ子は父を恨めしく思いながら、「申し訳ございません。すぐに奥へ連れて参りますから」とおあきに詫びてから、「お父ちゃん、奥へ行きましょう」と少々怒って言った。ところがなぜか父は応じず、逆におあきに食ってかかった。

「おい、わしの娘はおきみじゃあない。きみ子だ。きみ子さんと申し上げろ」

きみ子はそんな父を一層憎らしく思った。いったい、父はどこまで自分に苦労をかければすむのか。しかし、父はきみ子の心中を察することなく、なおもこう言い放った。

「世が世であれば、わしの娘は大学へ行って英語の先生になるところだったんぞ。こんなけちな料理屋の仲居風情のお前なんかから、おきみ呼ばわりされる筋合いのものじゃあないんだ。少しは身分というものを考えろ。身分というものを」

「へーえ、そうかい。そしたら、そんな大事な娘にどうして、こんなけちな料理屋の下働きなんかさせているんだい」

おあきも負けてはおらず、ヒステリックに言い返す。すると、父は、「そいつはわしのせいなんかじゃない。文句があるなら池田に言え、池田に。あいつがわしの首を切ったんだ」と言うと、力が抜けたようにしゃがみ込んでしまった。池田というのは、一九五九年、岸内閣で通商産業大臣を務め石炭から石油にエネルギーの転換を図り、その後、総理大臣となった池田勇人のことである。きみ子は急に父が不憫になった。もとよりおあきはそんなことは分かるはずはない。

「早くこの酔っぱらいを奥へ連れて行きな」と言うおあきに、「へえ、ただ今すぐに」と答えてから、きみ子は「さあ、行きましょうね」と今度は優しく言った。父も今度は素直に応じた。

きみ子は父を支えて歩きながら、父を恨んではいけないと思った。やはり父は、娘の自分を高校へ通わせなかったことを悔いている。こうして父の足がよろめくのも、酔っているからばかりではない。父は一人では歩けないほど、人生に疲れ果てているのだ。

借りている部屋に戻ると、雪子が今にも泣き出しそうな顔をして、きみ子達を待っていた。きみ子が父を寝かしつけていると、雪子はべそをかきながら、「お姉ちゃん、大丈夫？　叱られない？」と言う。きみ子は「大丈夫よ。ここの人はみんな優しい人ばかりだから」と答えながら、この父のためだったら、どのように咎められようと、たとえ頬を打たれようとも耐えようと思っていた。

きみ子は雪子に「忙しいからお父ちゃんを見ててね」と言い残すと、また部屋を後にして、便所掃除を始めた。床に這いつくばって一心に拭き上げていると、そこにおあきが現れた。

「先程は父があらぬことを申しまして、本当に申し訳ございません」

きみ子は厭味を言われるのを覚悟しながら、床に手をついて詫びた。けれど、おあきは「おきみ、お前もやくざなお父っちゃんを持って苦労するね」と言うだけだった。きみ子は何も答えなかった。ただ、父はそんなやくざな人ではないと心の中で思っていた。

その二日後、父は雪子を連れて故郷の飯塚に帰っていった。

きみ子はいつ佐藤から体を求められるかと思い、憂鬱になっていた。けれど幸いなことに八月の菊屋は忙しく、誰も立ち止まる暇さえなかった。

九月になるとようやく客足が疎らになる。川涼みの季節がとうに過ぎ、かといって本格的な秋の観光シーズンには早すぎる。加えてこの季節の雨の多さも、客足が遠のく原因かも知れない。盛夏の頃の、それこそ息つく暇のない忙しさがまるで嘘のようなこの時季、きみ子達女中はみんなのんびりした気分で働いていた。

佐藤が声をかけてきたのは、そんな穏やかな雨降りの夜であった。

きみ子が厨房で一人、輪島塗りの膳を磨いていると、佐藤が入って来て、「おきみ、今夜は客も来ないし暇だから、酒を持って俺の部屋まで来い」と命じた。きみ子はとうに覚悟を決めていたから、ただ、「へえ」とだけ答えた。

すると佐藤は、「ああ、来る前に湯に入って来い。汗だらけの女じゃあ、気分も乗らないからな」と言う。そして、「へえ」と気のない返事をするきみ子に、「ああ、それからあの浴衣を着て来い。もんぺだとやはり白ける」と三たび命じるのだった。

きみ子は情けなく思いながらも、佐藤の命じるままにした。女中部屋の布団からそっと抜け出し、厨房で浴衣に着替えると、酒をつけた徳利を持って佐藤の部屋に行った。きみ子は佐藤にその若い肉体を弄ばれながら、あれ以来便り一つも寄越さない父のことを悲しく思った。

佐藤はきみ子の父を歓待してやったことを口実に、その後もたびたび、きみ子を求めた。きみ子は黙ってそれに応えた。十八歳のきみ子にとっては苦痛以外のなにものでもないのだが、逆らうことはできなかった。

きみ子は菊屋が忙しければ忙しいほどいいと考えるようになっていた。そうすれば板前である佐藤も忙しくなり、声をかけてくることもない。以前はこんなことを考えることもなかったと、厨房の隅で立ったまま麦飯を食べながら、きみ子は溜め息をついた。

母から手紙が届いたのは、秋の観光シーズンも終わりかけの十一月半ばだった。きみ子は手紙を受け取ると、ふところに入れて仕事を続けた。例年ならそろそろ客足も一息つく時季なのだが、このところ日本の経済が右肩上がりの成長を続け、オリンピックも控えてどこも好景気に湧いていて、菊屋も例外ではなかった。

きみ子が手紙を開いたのは、仕事を終えて深夜になってからだ。母から手紙をもらうのは初めてである。

嬉しさと少しの不安を抱きながら読み始めると、冒頭にいきなり、父が事件を起こしたと書かれていた。

父はきみ子の元から帰った後、急に無口になり、酒も飲むことなく、考え込むことが多くなっていたという。そして二、三日前、何を血迷ったのか、以前勤めていた会社に「もう一度俺を雇ってくれ」と怒鳴り込んだのである。しかし、そこの社員から小馬鹿にされ口論になり、それで怒ってついに喧嘩になったというのだ。幸い大事には至らなかったが、父は警察に連行されてしまった。

「父ちゃんが警察から出てこられるには、これだけのお金が要る。きみ子、お前が何とか用立ててはくれまいか」

母の手紙の最後にはそう書かれ、金額が示されていた。確かに大金だった。保釈金だろうか、それとも相手への賠償金なのだろうか、それも分からない。きみ子が菊屋で朝早くから深夜まで働き詰めに働いてもらう半年分の額である。もとより、もらっている給金は全て送金しているから、きみ子の手元にそんなお金はなかった。

どこまで父は自分に苦労をかければすむのだろう。きみ子は最早、父も母も、あんなに可愛かった雪子までもが重荷になってくるのだった。自分だけが生きるためなら、こんな料理屋で重労働することもない。いや重労働なら今ではさして苦労とも思わないが、少なくともあの佐藤から逃げ出すことはできるのだ。そう思うと、きみ子はただただ父を憎らしく思った。

その夜、きみ子は眠れなかった。明日の仕事に備えて眠らなくてはと思えば思うほど目が冴える。それでも明け方、うとうとしていると、ふいに「おきみ」と、おあきから呼ばれたような気がして「へえ」と飛び起きた。すると、まだ辺りは薄暗かった。夢でも見たのか、それとも空耳であろうか。ふと、きみ子はあの時、父がおあきに言った「わしの娘はおきみじゃない。きみ子だ」という言葉を思い出していた。

もしかしたら父は、娘にこんな料理屋の下働きなんかさせたくないと思って、「もう一度俺を雇ってくれ」と会社に怒鳴り込んだのではないか。娘のことを思って必死にした挙げ句の事件ではないのか。そう思うと、きみ子は急に父が哀れになり、何とかしなければと焦った。しかしあんな大金を稼ぎだす術など、きみ子が知るはずもない。

その日、きみ子は警察の暗くじめじめとした留置場にいるであろう父のことを考えると、仕事も手につかず、仲居のおあきから何度も叱られた。けれど、きみ子はそんなことより、父が案じられてならなかった。

仕事が一段落ついた時、おあきは突然、便所掃除を終えて厨房に戻ろうとしているきみ子を呼び止めて、「おきみ、お前は何か心配事でもあるのかい」と尋ねた。おあきはきみ子の父と言い争いをして以来、何故かきみ子に優しかった。

「へえ……」。きみ子はそう答えてから少しためらった後、意を決して、実は急に大金が入り用になったのだと打ち明けた。

「後生ですから、何にいるのかは聞かないでくださいまし」

おきみは「それは確かに大金だねえ」と同情した口ぶりで言う。

「働いてそんなにお金をいただける所って、ないでしょうね」

きみ子は溜め息まじりにつぶやいた。すると、おあきは懐から取り出した煙草に火をつけながら、「ないこともないけどね」と言った。

「心当たりがおありなんですか。あったら教えていただけませんか」

懇願するきみ子に、おあきはしばらく黙った後、「ストリップならあるけどね」と言った。

きみ子は一瞬、息を飲んだ。ストリップがどんなものなのか、話には聞いたことはあるが、勿論見たことはない。まして自分がやるとは夢にも思わなかった。しかし、きみ子は、「やります。それだけのお金がいただけるのなら」と答えていた。

おあきは煙草の火を火鉢の灰の中に落としながら、「おきみ、ストリップというのをお前は知っているのかい。人前で素っ裸になるんだよ」と念を押すように言う。

「へえ、でも……」

そう言うきみ子におあきは、「やるんだね」といつもの厳しい声で言った。

「へえ……でも、わたしは踊りもできません」

「それは大丈夫だよ。おきみは若いから立っているだけで金になるよ。そんなことより本当にいいんだね」

迫るような口調で言うおあきに、きみ子は廊下の板に頭をつけんばかりにして、「お願いいたします」と頼み込んだ。


それから二、三日して、きみ子はおあきの紹介で、柳ケ瀬にあるストリップ小屋に向かった。おあきは一《ひと》月《つき》の期限で一時的に菊屋をやめることを許してくれた。

柳ケ瀬は岐阜で一番の歓楽街で、バーや飲み屋が軒を連ねている所である。ここへ来るのはきみ子は勿論初めてだった。おあきから書いてもらった地図を頼りに探すのだが、何せ、いかがわしい店が立て込んでいて、なかなか見つからない。やっとのことで見つけたのは、晩秋の陽が西の空に沈もうとする頃だった。岐阜の地は冬の来るのが早い。四、五日前から雪がちらつき始め、その日も朝から粉雪が舞い散っていった。


苦労してやっと見つけたその小屋は、休みなのか表の木戸が閉まっている。仕方なく裏へ回って「ごめんください」と声をかけると、木戸が開き、中から見るからに下品な格好の女が現れた。それが、この小屋の経営者だった。

「あの、わたし……」

きみ子が裏木戸の土間に赤い鼻緒の下駄を入れながらそう言いかけると、その女は「ああ、おあきさんの紹介で来た菊屋の下働きの女だね」と言う。きみ子が「へえ」と答えると、女は中に入るように言った。


小屋の中にはその女の亭主らしき男がいた。二人とも歳の頃は四十前後で、その着崩した身なりはいかにも貪欲そうに見える。畳に座ったきみ子は、掛けていた肩掛を取ると、いつもの仕事着ではない、裾が足首まであるもんぺの足を折って、「森川きみ子と申します」と挨拶した。

すると女は、「ああ、名前なんかどうでもいいんだよ。それよりも早く裸になりな」と言う。きみ子がその突然の言葉に戸惑っていると、「何やってるんだい」と、また女の声が飛んだ。

自分は名前も必要ない、ただ体だけしか用のない人間なのだ。きみ子は悲しくそう思いながら、命じられた通り着物を脱いで裸になった。

「ズロースも脱ぎな。尻をもっとこっちに出しな」

恥ずかしさで顔から火が出そうになりながら、きみ子が言われるままにすると、その夫婦は電灯の下でしげしげときみ子の尻を見た。きみ子は言い知れぬ屈辱に耐えた。それは今まで一度も味わったことのないほどの恥辱だった。

きみ子の脳裏にまたあの長良川の鵜の姿が浮かんだ。自分はあの鵜と同じだ。あの時もそう思ったが、今はなおさらそう思う。おそらくあの鵜にも名前なんかないだろう。命じられるままに一糸纏わぬ姿になり、他人から見られようともまるで人形のように黙っている。それはまさに鵜そのものだ。きみ子は心底情けなく思った。

しげしげときみ子の裸を眺めていた男は、「この娘は思ったより尻がでかいね。この娘に尻振りをさせよう」と言うと、ようやくきみ子の体から目を離して、女に向かい「お前、仕込めよ」と言った。女は「あいよ」と答えると、きみ子に「尻振りの芸をしな」と言う。きみ子は逃げ出したい気持を必死に押さえた。お金のために、自らここへ来たのだ。自分さえしばらく耐えれば、父は留置場を出られる。きみ子は自分にそう言い聞かせ、その芸をすることを承知した。

すると早速、きみ子はその場で芸を仕込まれることになった。女が傍にあった三味線を激しく引き始めると、きみ子はその音に合わせて踊りながらことさらに尻を振らなければならない。しかし、そんなことが容易にできるはずもなく、きみ子はぎこちなく腰を動かした。すると、女は、「もっと早く尻を振りな」と言って、持っているバチできみ子の尻を打つ。打たれることには慣れているきみ子も、尻を、しかも何も身に付けず露にした尻を打たれるのは勿論初めてである。懸命に歯を食いしばって稽古をするうち、きみ子はみるみる上達した。外は粉雪だというのに、裸の背にはうっすらと汗さえ滲んでいる。

「あんたは覚えがいいね。今日はこれぐらいで止めておこう。あんたも初めてで疲れただろう。晩ご飯でも食べて、また明日でも稽古するさね。あたしも三味線を久し振りに弾いて手が痛くなった」

そう言うと女は、先刻と違って優しい表情を見せ、笑みさえ浮かばせていた。

夫婦と夕飯を共にしながら、きみ子は「渡る世間に鬼はなし」という諺を思い出していた。刺身を肴に安酒を飲んでいる亭主も、こうして見ると人が良さそうである。それに二人とも、どうしてきみ子が急に金が必要になったのか聞こうとしない。きみ子にはそれが有難かった。

安酒を美味しそうに飲む男を見ていると、父のことが思い出された。留置場では酒など飲めないだろう。一刻も早く父をそこから出してあげなければと、きみ子は思った。だからその夜、あてがわれた小部屋で一人、踊りの稽古をした。そして、その甲斐あって翌日には早速、舞台に出ることに決まった。

小屋には幾人かの踊り子がいた。みんなは酒はもとより、中には煙草を吸う者もいた。行儀もだらしないし、立て膝をついたまま食事を取る者もいる。菊屋では下働きではあっても行儀だけは厳しく仕付けられていたから、あまりの違いだった。

ストリップ小屋に来る客達は性に飢えている。きみ子の初舞台のその夜も、覚えたての芸をしていると、一人の客が「姐ちゃん、前を見せな」と卑猥《ひわい》なことを言う。きみ子が無視して芸を続けていると、また「姐ちゃん、早いとこ前を見せな」と、ひときわ大きな声を出した。

「お客様、それだけはどうかご勘弁くださいまし」

きみ子が真顔で、その客にだけ聞こえるように小声で言うと、客はもう何も言わなかった。

それから一月、きみ子は死ぬ思いでストリップの稼ぎを務めた。最後の夜、舞台から降りたきみ子に、経営者の女は、「おきみさん、今夜があんたの千秋楽だよ。はい、これはあんたがここで稼いだお金」と言いながら、薄い粗末な封筒に入ったお金を手渡した。きみ子が礼を言ってそれを受け取ると、女は「お礼なんかいいんだよ。あんたが恥を忍んで稼いだお金なんだから」と言ってから、こう続けた。

「あんた、その金で故郷に帰って高校へ行くんだろう。あんたが高校へ行きたがっていることは、おあきさんから聞いているよ。でも、もうこんな稼業はこれきりにした方がいいね。女の色香を売り物にするのは良くないよ。ストリップ小屋の者が言うのも変だけどね」

きみ子は黙って聞きながら、このお金で高校へ行けたらどんなにいいだろうと思った。もう高校はとうに諦めている。きみ子は本当の理由を口にはしなかった。打ち明けるにはあまりにも悲し過ぎた。

翌日、きみ子は稼いだお金を着物の懐に入れ、朝のうちに小屋を後にした。この時間は歓楽街もひっそりとしている。歩くうち、曇天の空から粉雪が舞い降りてきた。きみ子はここへ来た時のように、手にしていた肩掛けを羽織った。

菊屋のある長良川沿いの町に戻るバスの中で、きみ子はこの一月のことがまるで夢であったかのような気がしていた。そして、もう二度とあんな屈辱的なことしないと思った。

菊屋に戻ると、午後から再び下働きの仕事に就いた。十二月にもなると、もう気の早い客が忘年会をしていて、菊屋は夏の季節同様、繁盛している。相変わらず人使いは荒いが、きみ子はどんなに体を酷使しても、たとえおあきから頰を打たれようとも、あのストリップ小屋で裸体を晒すことに比べたら、どんなにましか知れないと思っていた。だから、紺絣の上着に赤いたすきをきりりと掛け、はだしになると、以前にも増してがむしゃらに働き出した。

飯塚の母には、お金は人から借りたと嘘の手紙を書いた。けれど、父が釈放されたという知らせは待てど暮らせど来なかった。あれだけのお金では駄目だったのか。きみ子はそう案じながらも、忘年会の多忙さから父母に手紙を書く暇さえない。それどころか昼間は父のことを忘れるほど忙しく働いていた。

きみ子がストリップ小屋で働いたことは当然ながら菊屋の者には内緒にしていた。勿論おあきも黙っていてくれたのだが、そこは狭い土地であるから自然と知られてしまった。そのことで同じ下働きの女からなぶられたのは、正月の忙しさが一段落した頃だった。

ここの女達は下働きという重労働こそしているが、だからこそストリップなんかを軽蔑している。料理屋の下働きの方がましだとみんな思っていた。きみ子の事情も知らず「なんてふしだらな女なの」と言うその女に、きみ子は激しい怒りを覚えた。だから、「ああ、わたしはストリップ小屋で働いてきたんだよ。何だったら見せてやろうか」と言いながら、もんぺを両手で降ろす仕草をしてみせた。以前ならとてもできない真似に、きみ子は自分自身で驚いていた。

その時、運の悪いことに、おなが厨房に顔を出した。きみ子に向かって「おきみ、何馬鹿なことを言っているんだい」と怒鳴ると、「小娘だと思っていたけど、お前も大した女だね」と嘲るように言ってから、「そんなことより早く桜の間を掃除しな」と命じた。

きみ子は桜の間で拭き掃除をしながら、ふと雑巾の手を止めて外を見た。すると、いつか女子高校生達が通っていた赤い太鼓橋が見えた。歳の変わらぬ彼女達とあまりにも違ってしまった自分を振り返りながら、きみ子は、それでももう自分は傷つくことはない、自分は変わってしまったのだと思っていた。

汲んで来たバケツに、すっかり汚れきった雑巾を差し入れると、中の水は凍るように冷たかった。きみ子はその冷ややかさを感じながら、それが何だか自分自身の心のような気がして辛かった。

五

この場所から去りたい、岐阜を出たい、できれば東京へ行きたいと考え始めたのは、きみ子が菊屋に奉公してから二度目の春が訪れた頃だった。ふしだらな女だと思われることも嫌だったが、それよりもきみ子はもっとお金が稼ぎたかったのである。それに今一つ、おなかのこともあった。板前の佐藤は相変わらず、きみ子の体を求め続けたし、そのたびにきみ子は死ぬ思いでそれに応じた。それがおなかには気に入らないらしい。おなかと佐藤は以前、恋仲だったという。それが佐藤は、年増のおなかより若いきみ子の体を求めたのだ。そこに自分への愛情があるとは、きみ子も思っていなかった。佐藤の目的はただ、きみ子の体だけだ。

「ねえ、わたしはもうこんな所にいるのは嫌。どこか遠い所へ連れて行って」

佐藤と二人切りになった時、きみ子はもう敬語も使わない。きみ子は佐藤に体を許しながら、そうねだるようになっていた。東京に行けば何とかなる。でも一人で東京に行くのは何とも心許ない。きみ子はこの佐藤を利用しようと考えていた。

「ねえ、好きよ。わたしはもうあんたなしでは生きられないのよ」

きみ子は佐藤と抱擁しながら、甘えた声で心にもないことを口にしていた。

岐阜の地にまた蒸し暑い夏が来た。きみ子が菊屋で迎える三度目の夏である。菊屋はまた一年で最も多忙な時を迎え、臨時の下働きの女まで雇い入れねばならない。佐藤はきみ子の体を求める暇などなく、きみ子もまた忙しい日々を送っていた。

きみ子は貧乏ではあるが、天は二物を与えずとの諺通り、体だけは至って丈夫である。深夜の一時、二時まで働いても、翌日の朝六時にはもうきちんともんぺをはいて、赤いたすき掛けになっていた。

ちょうど盂蘭盆の頃だった。きみ子と仲の良いおうめが菊屋から忽然といなくなった。菊屋の者は皆慌てたが、きみ子には理由が分かっていた。

おうめは六月頃から様子がおかしかった。夜になるといなくなることが増えた。

確かに下働きの仕事は多忙だが、それでも座敷に料理を運び終えてしまうと、僅かな時間だが一時仕事から解放される時がある。そんな時、きみ子達は厨房に集まって、残りものの僅かばかりの料理を口にしながら、しばしお喋りをする。何しろ朝の暗いうちからの力仕事で、どの女中の顔にも疲労の色が出ているが、若いゆえか、それとも皆この仕事に慣れきっているのが、べちゃくちゃとよく喋った。きみ子は元来がおとなしい方だから、いつも後ろの方で聞き役に回る。やはり、腕や肩を締めつけられるのはつらい。この時は仕事中には絶対に取ることのないたすきさえも外していた。三十分かそこらであるが、おうめはこの一時を殊更楽しみにしていた一人だった。

そのおうめが、その時間になると厨房からいなくなることが増えた。どうやら他の女中達はそれに気づかずにいるらしい。きみ子も初めは気にも止めなかった。

女中達が他愛のないお喋りをしていると、仲居の一人が「お客様、お帰りだよ」と呼びに来る。すると女中達は再びたすき掛けになる。客の見送りも女中達の大事な仕事だ。おうめはこの時になると、決まってどこからともなく現れた。きみ子もそうだが、おうめも腕時計なんか持ってはいないのに、どうして客の帰る時刻が分かるのであろう。これもきみ子には不思議だったが、誰にもこのことは言わなかった。そんなきみ子の疑問が解けたのは、六月のとある夜だった。

いつもの休憩時、きみ子が外に干していたザルを取りに厨房の外に出た時のことである。その夜は満月で、外はまるで昼間のように明るかった。梅雨の時分でもあり、遠くで鳴く蛙の声が耳にせわしなく聞こえる。町外れにある菊屋の背後には小高い山があり、菊屋との間には何枚もの田圃があって、蛙の声はそこから賑やかに響いていた。

きみ子がザルを手にして厨房へ帰ろうとした時、誰かの話し声が聞こえた。大きな松の木の陰に誰かがいる。目を凝らして見ると、男女二人の人影が微かに見えた。なおも目を凝らすと、縦縞のもんぺを膝までずらし、茶色い鼻緒の下駄を履いた女の足が見えた。おうめである。相手の男は黒いズボンがちらりと見える。きみ子は何だか見てはいけないものを見てしまった気がして、慌てて厨房へ戻った。

間もなく、「お客様のお帰りだよ」と言うおあきの声がして、女中達は皆お喋りをやめ、「へえ」と答えると、またたすき掛けになりながら玄関に急いだ。きみ子も後に続き、両足を揃えて硬い板の間に座っていると、いつの間にか、おうめがきみ子の傍に同じように座っている。いつもこうなのだ。きみ子はそう思って、おうめに問おうとするが、ちょうど客が出て来て機会を逸してしまった。

「有難うございました。またお越しくださいまし」

声を揃えて見送ると、すぐに「さあ、お座敷の掃除だよ」と誰かの声が飛ぶ。皆一斉に頭に手拭いを被り、掃除に取りかかった。

その夜、いつものようにおうめと布団を並べたが、どうしてかさっきのことを聞けないでいた。おうめが男と二人きりで、しかもあんな薄暗い所で話すなんて、きみ子には信じられなかった。おうめは自分よりも年上だが、どこか幼なく、きみ子は妹のように思っていたから、その夜のおうめが別人のように思われた。

しかし、その夜を最後に、なぜかおうめはそのような行動をとらなくなった。きみ子も、夏場のかき入れ時で菊屋が多忙をきわめるようになると、いつしかその夜のことを忘れてしまった。

おうめから身の上話を打ち明けられたのは七月下旬のことだった。この時季の菊屋は一日も休業がないが、それでもきみ子達は月に一度か二度、交代で休める。話したいことがあるとおうめが言ったのは、そんな休みの日だった。女中部屋で話すのは嫌だと言うので、きみ子はおうめと二人、安物の浴衣を着て近くの食堂に行くことにした。

「おきみさんと休みが一緒でよかった」

粗末なその食堂のこれも粗末な木の腰かけに座ると、おうめはそう言った。

「わたしに話って、いったい何なの?」

二人でかき氷を注文した後、きみ子は早速尋ねた。するとおうめは伏し目がちになり、「うち、好きな人ができたの」と小さな声で言った。きみ子はあの梅雨の夜の光景を思い出した。多分あの時の男のことだろう。きみ子がそう思っていると、「ずいぶんあたしとは歳が離れているけれど」と、恥ずかしそうに言う。

「離れているって、どれくらい?」

「十……」

きみ子は驚いた。十歳も年上の男を好きになるなんて。それに男を好きになるというのはいったいどういうことなのだろう。自分は考えてみたこともない。佐藤に体を許すことはあるが、決して好きになってのことではない。死ぬ思いで耐えているだけである。きみ子がそう考えていると、おうめはこう続けた。

「おきみさん、駆け落ちしようとその人が言うの」

「駆け落ち?」

「ここからそう遠くない町にその人の知り合いがいて、その人の弟子になるって」

聞けば相手の男は陶器職人なのだという。「それで迷ってるのね」と言うと、おうめは案に相違して、「ううん、そう決めたの」と答えた。

「うちには親も兄弟もいないでしょ。相談する人もいないし」

「でも叔父さんたちがおられるでしょ」

「いるにはいるけど、叔父達はうちがいない方がいいのよ」

おうめは悲しい言葉を淡々と口にしたが、「菊屋の人達には黙って行こうと思うのよ。でも、やっぱり誰かに話したい。話すのはおきみさんしかいなかったの」と言うと、突然しくしくと泣き出した。

きみ子は親兄弟のいないおうめを不憫に思った。でもどうして正式に結婚しないのだろう。きみ子がそう思っていると、おうめは、その男の師匠が自分の娘と結婚させたがっているのだと言った。

「そのお嬢さんからあの人を取り上げるのよ。だから、うち、何でもして働く覚悟よ」

男を好きになるとはそういうことなのか。きみ子はおうめの強い眼差しを不思議な思いで見つめた。

「決心は変わらないのね」

おうめは頬に涙をこぼしながら黙って小さく頷く。

「好きなのね。その人……」

きみ子の言葉に、おうめはやはり何も言わず、今度は恥ずかしそうに頷いた。

それから二人は代金を払うと、食堂を出た。店に入った時は曇っていたのに、いつの間にか外は晴れていて真青だった。きみ子はおうめと並んで歩きながら、さっきおうめの口から出た駆け落ちという言葉にまだ驚いていた。まさか子供のようにうぶなおうめがそんなことを考えていたとは、きみ子にはどうしても信じられない。それに、自分も佐藤と駆け落ちしようと思っていたが、おうめの決心とは全く違うものだった。きみ子には駆け落ちという言葉自体が急に恐ろしく思われてきた。佐藤に駆け落ちを迫るのは、こんな辛い所から一刻も早く出たいという気持ちからであり、きみ子は佐藤を憎みこそすれ、好きなどという感情は全くなかった。自分は佐藤と本当に駆け落ちできるのかと考えると、きみ子は一抹の戸惑いを覚えた。

人を愛するとはどういうことであろう。きみ子が愛しているのは、妹の雪子であり、炭鉱を追われた父であり、自分に冷たいけれど恋しい母であった。いつか仲居のおなかが佐藤のことで逆上したことがあったが、あんなに真剣に男を愛したことなどない。そしてこれからも恐らくないであろうと、その時のきみ子は思った。

きみ子がそんなことを考えていると、可愛い花柄模様の浴衣を着たおうめは、「ねえ、午後から働かない？　猫の手も借りたいだろうから、きっとおあきさんも喜ぶよ」と、やけに明るい声できみ子に言った。

「午後から働くの？　せっかくの骨休めだっていうのに」

きみ子はそう言って渋ったが、よくよく考えると、おうめはこれから駆け落ちするのだ、お金はいくらあっても足りないだろう、その思うとまたもおうめが不憫になり、いつもの姉のような口調で「だったら、またもんぺ掛けになりますか」と威勢よく言った。

おうめの密かな計画をきみ子は誰にも言わなかったし、おうめもいつも通り甲斐甲斐しく働いていたから、菊屋ではおうめが駆け落ちするなど誰も夢にも思わなかった。

今年は例年になく長い梅雨で客足も途絶えがちであったが、それが明けると、待っていたように客がどっとやって来て、忙しい毎日であった。相変わらずいつも通り働くおうめを見ていると、きみ子はあの時のおうめの話が夢の中の出来事のように思われてくる。できれば嘘であって欲しいと、きみ子は思った。ここで心から話せるのは、おうめだけだからである。

けれどきみ子の願いは届かなかった。八月の十五日、その日は盂蘭盆ということもあって客の予約はなかったが、それでも女中達は翌日からの準備が詰っていた。おしまというやはり下働きの女が、おうめの置き手紙を見つけたのは、その朝のことである。

「あのおうめが駆け落ちだって」

「まだまだ子供だと思っていたのに」

仲居や下働きの女達は皆仕事もそっちのけで口々にそう言い合った。そのうちに地元の警察に捜索願いを出そうかと言い出す者もいた。すると、おあきが、「ほっときな。あんな小娘が男と逃げたぐらいで一々大騒ぎして。そんなことより仕事だよ。明日からまたお客さんが来るんだよ。今日は客は来ないんだから、いつもより念入りに掃除をしな」と、いつものきんきんとした声で女中達を叱った。その鶴の一声で女達はまた仕事にかかった。

内陸地の夏は殊の外蒸し暑い。きみ子も汗を拭う間もなく手足を動かしながら、無性に悲しかった。おうめはきみ子よりずっと前からこの菊屋で働いていた。そのおうめがいなくなったというのに、誰一人として心配する者がいなかったからである。ここでは自分達のような下働きは、ただの労働力に過ぎないのだ。

きみ子はおうめの身の上を案じた。しかしどんなに案じようとも、どうなるわけでもない。日々の仕事に追われ、いつしかおうめのことも忘れていった。

しばらくして、おうめと入れ替わるように、裕子という女が勤め始めた。といっても下働きではなく事務員で、歳はきみ子と同じ十九であった。地元の高校を出たという裕子は、紺の事務服に同じ色のスカートを身に付け、白いソックスに赤いサンダルをはいている。父親が地元で手広く商売をしているせいもあってか、裕子はみんなから、あのおあきまでもから「裕子さん」とか、姓の「神田さん」などと呼ばれている。

きみ子はこの裕子に初めてコンプレックスを感じた。自分も大学には行かないまでも、高校さえ出ていれば、こんな事務の仕事もできたであろうにと悔しく思った。だから、きみ子は事務所に行くのが辛かった。きみ子だけでなく他の女中たちにとっても、裕子は気になる存在であった。夏の多忙なこの時季、女中達は朝は五時に起き、粗末な朝餉を素早くすますとすぐに仕事にかかる。夜は夜で深夜の十二時過ぎまで働かなくてはいけない。ところが事務員である裕子は、朝の八時に来て、夕方の五時には家に帰る。

ある夜、裕子のいないがらんとした夜の事務室を覗き込んで、女中の一人が「いいね、裕子さんは。わたしらのように朝から晩まで働かなくてもいいから」とつぶやいた。すると別の女中が、「仕方ないでしょう。裕子さんは高校は出ているし、それにこの土地の名士のお嬢さんだから。うちらのようなニワトリとは違うんだよ」と言う。どことなく諦め切った声であった。

その裕子にきみ子がはっきりと敵意を覚えたのは、東京オリンピックも終わった十一月も末の頃であった。前月の給金の額が間違っていることに気付いたきみ子は、事務所に出向くと、給料計算をした裕子に向かい、「わたしの給金が違ってるよ。あんたのせいで」と怒鳴った。菊屋では給料のことを昔ながらの給金という名称で呼んでいる。

「すみません」と謝る裕子に、きみ子は「わたしゃあ、毎日、朝の暗いうちからこうしてもんぺ掛けになって、体使って働いているんだよ。故郷ではわたしの稼いだお金を親や妹が待っているんだ。あんたのようなお嬢さんのお遊びとは違うんだよ」と、嫉妬も手伝って激しくまくしたてた。

裕子は俯いて泣き出しそうになったが、それがまた蝶よ花よと育ったお嬢様を思わせて、きみ子は一層憎らしくなった。それに裕子は家に帰れば優しい母親が待っているに違いない。その母に職場で起きた嫌なことを泣きながら話すこともできるのだ。

裕子は半泣きになりながら計算をしている。きみ子はその様子をもどかしく見下ろしていた。裕子はこんな部屋の中にいて冬用の長袖の事務服を着ている。一方、自分はたすきで二の腕までたぐり上げて、しかも朝の水仕事を終えたばかりで手は濡れ、皺になっている。

そう思いながら、ふと脳裏に浮かぶものがあった。それは去年の冬のこと、故郷の飯塚に帰った時におなかから借りた柔らかい絹の着物のことだ。あの時、こんな柔らかな着物の袖をたすきで締め上げたら、たちまちのうちに破けてしまうだろうと思った。そして自分の粗末な木綿の仕事着を情けなく思ったものだが、それでもあの時は、ここの女達はみな絹ではなく粗末な木綿なのだと思うことができた。仲居や芸者衆だって、木綿の仕事着こそ着てはいないが、皆似たり寄ったりの境遇なのだと思うこともできた。しかし今は違う。裕子は自分のような粗末な木綿ではなく、上等の絹のブラウスを着てくる。そう思うと、裕子への憎しみが倍加した。

「早く足りない分を計算してよ。今日はお客が立て込んでいて忙しいんだから」

裕子はきみ子に怯えながら給料計算を続けているが、焦って間違えてしまうのか、なかなか終わらない。これが自分なら、おあきから叱られ頬を激しく打たれるであろうに。きみ子はそう思って何気なく目線を裕子から逸らし、机の方にやった。すると裕子がお化粧直しにでも使うのか、小さな手鏡が立てられ、そこに自分の姿が映っていた。粗末な紺絣の両脇は赤いたすきで腕のつけ根まで締め上げられ、そこから黒くてまるで男のように逞しい腕がのぞいている。そして化粧などすることのない自分の顔がそこにあった。浅黒く、まるで老婆のような顔だ。きみ子は失望して目をそむけた。裕子が計算を終えるのを待って不足分の給金を受け取ると、きみ子は礼も言わずに事務所を後にした。

ところが、午後の仕事が始まるという時、きみ子は突然おあきから呼び止められた。

「おきみ、あんた、神田さんに喧嘩を売ったたってね。いったい何があったんだい」

きみ子が給金を間違えられたのでと、ほんの軽い気持ちで答えると、おあきは「たったそれぐらいのことで、かわいそうに、泣いてたよ。すぐに謝りな」と、いつもの凄い剣幕で言う。どうしてそんなに裕子を庇うのか。自分はここへ働きに来た時から怒鳴られ通しだったし、頰も打たれた。あの時の自分は今の裕子よりも年下だった。きみ子がそう思っていると、おあきはそれに答えるように、こう言った。

「裕子さんはお前なんかと違って、いいところのお嬢様なんだ。嫁入り前の社会勉強のために、うちでお預かりしているんだ。貧乏人の出稼ぎ女のお前とは違うんだよ」

自分と裕子とは人種が違うと言われたようで、きみ子はおあきに激しい怒りを感じたが、それを口にすることはできず、ただ唇を嚙み締めた。

「神田さんはお前のようにストリップ小屋で稼いで来るふしだらな女じゃないんだよ」

おあきは追い打ちをかけるように言った。自分は何も好き好んでストリップ小屋で働いたのではなかったが、そんな事情をおあきに話したところで詮ないこと。また馬鹿にされるだけだと思ってなおも無言のままでいると、おあきは「それにあの人はちゃんと高校を出ているんだ。お前のように中学しか出ていない無教養な女とは違うんだ」と続けた。

きみ子が悔しさとも情けなさともつかない心で、ただ黙って俯いていると、おあきは「何だい、そんなにここが嫌なのかい。嫌だったら、いつだった辞めてもいいんだよ。お前の代わりの下働きなんかいつでも見つかるからさ」と厳しい口調で言い、きみ子が泣きもせずいるのが癇に触ったのか、「何という強情な女だろうね」と罵りながら、きみ子のたすきをつかんで頰を幾度も殴った。それから、おあきはたすきを握ったまま、きみ子を無理矢理引っ張って、裕子のいる事務室に連れて行き、「さあ、早く神田さんに謝りな」と命じた。

きみ子は裕子に謝りたくなかった。あまりにも自分が哀れではないか。けれど、きみ子はすぐに思い直した。父の顔がまた浮かんだのだ。今ここを放り出されるわけにはいかなかった。

次の瞬間、きみ子はおあきに「すみませんでした。わたしが悪うございました。裕子さんにはお詫びします」と言ってから、裕子に、「さっきはすみませんでした」と頭を下げた。それはまるでお芝居のセリフのように棒読みで、おあきは「謝り方が悪い」と言って、またきみ子の頬を殴った。きみ子は裕子の前で殴られる自分を惨めに思いながらも、「申し訳ございません。わたしが悪うございました」と繰り返した。

この突然の状況にひどく戸惑っていた裕子は、おろおろと「おきみさん、わたしも悪かったのよ。これからは仲良くしましょうね」と、やっとそれだけ言った。

「へえ」。きみ子はそう答えながら、この人とは決して仲良くはなれないであろうと、心の奥で思っていた。

その夜はいつもよりも早く仕事が終わった。きみ子は煎餅布団に身を横たえながら、昼間のことを思い出していた。計算間違いは裕子の責任だが、故意にしたことではない。失敗は誰しもがするものだ。いくら裕子に嫉妬を覚えたとしても、どうしてあんなにきつく言ってしまったのだろう。あの時の自分はきっと鬼のような顔をしていたに違いない。そう考えて、きみ子は自分自身に身震いした。

きみ子は、死んだ祖母から「阿修羅」という仏様の話を聞いたことがある。祖母の話によると、阿修羅は闘いを好み、正しいもの、優しい心をも滅ぼす恐ろしい仏様なのだという。そして、それは人間の心の奥底に潜んでいて時折頭をもたげ、人を傷つけるのだという。きみ子は昼間、自分がその阿修羅になっていたのではないかと思い、怖くなった。

祖母は幼いきみ子に添い寝してやりながら、「きみ子はそんな阿修羅になんかなってはいけないよ。菩薩様のような優しい娘になるんだよ」と、まだ幼かったきみ子の顔を撫でて言ったが、自分はとうとうその阿修羅になってしまった。きみ子はそう悲しく思うのだった。だが人間は時に阿修羅にならねば生きていけないことを、この時のきみ子はまだ知らない。

裕子の存在は、ますますきみ子にこの菊屋から逃げ出したい気持ちを起こさせた。きみ子はその方法ばかり考えるようになり、仕事に身が入らず、粗相ばかりして、そのたびにおあきから殴られた。きみ子は一日も早くここを辞めてどこかへ行きたいと思い、布団の中で泣くこともしばしばだった。駆け落ちしたおうめが恋しかった。おうめさえいてくれたら、今の自分の悩みも聞いてくれるはずだからである。

そのうちにきみ子は、自分も駆け落ちしようと本気で思うようになった。そう決めると、きみ子は佐藤に媚を売り続けた。佐藤には妻も小さな子供もいて、きみ子は気がかりに思わないではなかったが、しかし一刻も早く逃げ出したいという気持ちが勝り、佐藤に自分から体を許した。

祖母から「きみ子はそんな阿修羅になんかなってはいけない」と言われた時、幼かったきみ子は多分「うん」と答えたに違いない。けれど今、祖母との約束を裏切って、その阿修羅になろうとしている。暖かい家庭から佐藤を奪って、東京へ駆け落ちしようとしている。でも、そうでもしなければ、きみ子には一人でここを出て行く勇気も自信もなかった。それに第一、頼る伝《つて》もない。佐藤は若い頃、東京で板前の修行をしていたという。佐藤なら東京に知り合いもいるだろう。きみ子はそう考えたから、佐藤を利用しようと思ったのだ。

その夜もきみ子は佐藤に体を委ねながら、「ねえ、もうわたし、こんな所にいたくない。東京に連れてって。おうめさんのようにわたし達も駆け落ちしましょうよ」と言った。

「あなたの奥さんやお子さんには悪いと思うけど、わたしと一緒に東京で暮らしましょう。今はどこも景気がいいから、あなたの腕ならすぐに仕事が見つかるわ」

佐藤は聞いているのか、いないのか、きみ子を抱擁しているだけだった。

「あなただけには働かせない。わたしも働くわ。バーででも何でも」

甘えるようにきみ子はこう言ったが、もとより本心ではない。きみ子は東京で佐藤と共に暮らす気なんかない。東京に行ったら佐藤を棄てようと思っていた。

佐藤はきみ子の言葉を信じていたようだが、やはり妻子を捨てることはできないらしく、なかなか東京へ行こうとは言わない。いったい、いつになったら佐藤は自分をここから、このまるで地獄のような世界から連れ出してくれるのであろうと、きみ子は焦った。若いきみ子は男と女の駆け引きを知らない。やっぱり夜の務めが足りないのかと思うばかりだった。

どんなに裕子のことで辛い思いをしても、きみ子は働かなければならない。故郷に送金しなければならないのだ。くよくよしている暇はなかった。きみ子は朝から夜半まで懸命に働いた。だから、きみ子が裕子に嫉妬しているということも、誰からも思われなかった。それに、いつの頃からであろう、きみ子は裕子と少しずつ言葉をかわすようにもなっていた。

裕子は給料計算の間違い以来、きみ子に敬語で話すようになった以外は、叱られたことなど忘れたように、きみ子に親しく接した。そんな素直な裕子を見ていると、きみ子は、この人はきっと両親から大事にされて育てられたのであろう、少なくとも自分のように幼い頃から母の冷たい目を気にしながら育ったのではないと心の底から羨ましく思った。裕子が憎いわけではないが、裕子といるとやはり自分が惨めに思えてくる。そう改めて思った。

大晦日と元日の二日間、菊屋は女中達に休みを与える。大晦日の日、女中達は皆揃って柳ケ瀬あたりに繰り出すのだが、今年もきみ子だけは行かなかった。

きみ子が一人で女中部屋にいると、おきぬという最近入ったばかりの仲居が顔を出し、「おきみさん、いたの」と言った。ちょうど誰かが買って置いている「平凡」という娯楽雑誌を読んでいたきみ子は、その声に振り返り「へえ」と返事をすると、おきぬは申し訳なさそうに「悪いけど、頼まれてくれない」と言った。

「紅白の幕を洗って欲しいのよ。今日はいい天気だし、今から洗っておけば明後日には間に合うと思うの」

紅白の幕というのは、宴会場に張る幕のことである。言われてみると、その仕事をすっかり忘れていた。これは自分らの落ち度かもしれない。そう思ったきみ子は、「すみません、その仕事をすっかり忘れておりました。すぐ洗い踏みにかかりますから」と立ち上がった。

「悪いね。その代わりと言っては何だけど、お昼はわたしが拵《あつら》えるからね」

おきぬはそう言うと、女中部屋から出て行った。いつもの仕事着に着換えながら、きみ子はこれがあのおあきなら、きつく叱られ頬を打たれたものをと思っていた。おきぬは新米だし、それに優しそうな女だから、叱られることも、まして頬を打たれることもない。

紅白の幕を洗うのも下働きの仕事だから、要領はとっくに心得ている。いつものように袖がなくなるくらいきつくたすき掛けになりながら洗い場へ行くと、幾枚かの幕が重ねて置かれていた。幸い、その日は春を思わせるような陽光が洗い場にも差していたので、水仕事もさしたる苦ではない。きみ子は一枚一枚に丹念に石鹸をつけると足で踏み出した。いつもは何人かで小一時間もあれば終わる仕事だが、この日は何しろきみ子一人だから、おきぬが拵えてくれた昼食を食べた後も続け、午後二時過ぎにようやく終わった。

きみ子が最後の一枚を洗い終えて、それらを干しにかかると、向こうからきれいなスカートをはいた若い女がこちらに向かって来る。気にも止めないでいると、「おきみさん、今日もお仕事なんですか」と後ろから声をかけられた。振り返ると、裕子が立っていた。事務員である裕子は二十五日から休みであった。

正直、裕子とはあまり話したくなかったが、返事をしないわけにはいかない。「へえ」と仕方なく答えながら、いったい裕子は今頃なぜこんな所にいるのだろう、と考えていた。

きみ子が半ば裕子を無視するようにして、洗濯物を干していると、「今日は忘れ物を取りに来たんです」と、裕子は問われもしないことを言った。きみ子がなおも黙っていると、「やっぱりお嫌いなんですね。わたしのことが……」と裕子は悲しそうにつぶやいた。きみ子は慌てて仕事の手を止め、「そんなことはありませんよ。神田さん」と振り向いた。

「そうですか、本当ですか、おきみさん」。裕子は急に明るい声に出してこう続けた。

「実はあれから父に叱られました。あの日のことを母に話していたら、それを聞いた父が怒って、お前が悪い。お前は世間知らずだ。世の中にはそうして必死で生きている人がいるんだ。計算間違いをしたお前が悪いんだから謝れって。でもあなたが怖くて謝れなかったんです」

聞きながら、きみ子はやはり裕子は母親に縋《すが》って泣いたのかと思っていたが、こうして謝られると、どうしてか嫉妬じみた感情は湧かず、それどころか自分も言い過ぎたのだと素直に思い、裕子に「わたしも悪かったのです。お詫びするのはわたしの方です」と謝った。すると裕子は、「今度こそ本当のお友達になりましたね」と嬉しそうに言った。

それから裕子は、今ピアノを習っているとか、だからこんなに手の指が大きいなどと自分の手を見せながら言う。しかし、その手は白魚のように白い。きみ子のような働き通した老女の手ではなかった。

花柄の洋服に赤い靴の裕子と、いつもの紺絣に白と黒の縦縞の、それも膝頭までしかないもんぺにはだしのきみ子。若い二人は確かに対照的であった。けれどこの時のきみ子は、それを羨む気持ちもなかった。どうしてだろう。いつもの自分ならこの娘に激しい嫉妬を覚えるのに。しかし、そのきみ子の想いも、新米仲居のおきぬの出現によってかき消されてしまった。

おきぬはきみ子には目もくれず、裕子に唐突にこう言った。

「神田さん、あんまりその女と話さない方がいいですよ」

きみ子はおきぬが何を言っているのか分からずにいた。裕子もびっくりした顔になって、「話さない方がいいなんて、おきぬさん、いったいどういうことなんですか」と尋ねた。するとおきぬは、「その女は柳ケ瀬のストリップ小屋でストリップ稼業した淫らな女ですよ。あなたはご立派なお家のお嬢様でしょ。そんなところのお嬢様がこんな淫らな女と仲良くしていたら、お父様がお悲しみになります」と言った。

きみ子はおきぬの突然の言葉に驚いた。悲しいとか、悔しいとか、そんな思いよりも、どうしておきぬがそんなことを知っているのかと思い、混乱していた。裕子も仰天した顔で言葉を失っている。

しばらく黙っていた裕子は、「おきみさん、今のおきぬさんのお話、本当ですか」と小声で尋ねた。けれど、きみ子は答えられない。幸い仕事を全部すませていたから、きみ子は黙ったまま二人にお辞儀をすると、その場から立ち去った。

洗い場で泥のついている足を洗い、一人粗末な女中部屋に戻ると、みんなまだ遊びから帰っておらず、きみ子はそのまま放心したように古畳にぺたりと座り込んだ。そして、さっき、おきぬの言葉の後で自分を見つめた裕子の眼差しを思った。あの目は確かに仰天した目には違いないが、それと同時に異様なものでも見るように自分を見ていた。まるで怖いものか、汚らしいものでも見るような目であった。せっかく裕子と親しくなれそうだったのに。もう二度と話すことはないであろう。いや、もともと生きる世界が違うのだ。きみ子はそう思っていた。

それより、おきぬはどうしてあんなことを裕子に言ったのだろう。誰かがおきぬに話したのであろうが、何も裕子の前で言うことはないだろうに。しかし、いずれにしても、もうここでは親身になってくれる者は一人もいない、そのことだけは確かだった。きみ子はやはり佐藤と東京へ行こうと心に決め、気がつくと、粗末な外出着を着て、冬の暖かい陽光の射す長良川の土手を歩いていた。

きみ子の足は真っ直ぐに佐藤の家に向かっていた。休みであるから多分自宅にいるだろう。そしておそらく佐藤の妻も。少しだけ気が引けるが、しかしさっきの裕子の自分を見る目を思ったら、そんなきれい事など言ってはいられない。一刻も早く菊屋からも、この岐阜の地からも出たかった。

小さい街だから、佐藤の家はすぐに分かった。きみ子は、そのかなり古びた家の格子戸を開け、中から出て来た佐藤の妻らしい女に、「菊屋の下働きでございます。おきみと申します」と挨拶した。菊屋の者だと言えば怪しまれないと思ったからである。すると、思っていたより若く見えるその妻は、きみ子の皹だらけの手や、下駄ばきの素足を見てそれと了解したのか、今は留守だが、じきに戻るので上がって待つように言った。しかし、きみ子はさすがにそれは気が引けた。自分はこの人の大切な主人を奪いに来たのである。

「外で待たせていただきます」

やっとそれだけ言うと、きみ子は逃げるように玄関を離れた。

しばらくすると、佐藤が帰って来た。きみ子は、たった今会った彼の妻に悪いと思いながらも、驚いている佐藤に、早く東京に連れて行ってと言って縋った。すると佐藤は、「早まるな、おきみ。色々と東京にはコネをつけているんだ。それに正月は忙しいから出られないだろう。それが一段落したら一緒に東京に行こう」と答えた。そして、それでも悲しそうな顔をしているきみ子に、「必ず連れて行くから。俺も早くお前と一緒に暮らしたい」と言った。

「でも、でも、奥様に悪いわ。さっき奥様にお会いしたのよ」

きみ子は心のわだかまりを口にしていた。すると、佐藤は意外なことを言った。

「それはお前が心配しなくてもいい。女房には他に男がいる。早く俺がいなくなればいいと思っているさ」

佐藤の言うことは本当だろうか。きみ子は半信半疑だったが、一刻も早く東京に行きたかったので、その言葉を信じることにした。それに東京に行けばどうせこの男は棄てるつもりなのだ。ちょっとの間、借りるだけ。そう思うと、きみ子は少しだけ気が軽くなった。

「嬉しいわ」

きみ子はそれだけ言い残すと、佐藤と別れた。

例年通り、菊屋は正月二日から営業を始めた。その早朝、きみ子はいつものように白と黒の縦縞のもんぺをはきながら、これを着るのもあと僅かだと思っていた。最初はあんなに嫌だったが、もう二年以上も毎日はき続けているから、今では愛着のようなものさえ感じている。

正月の六日から勤め出した裕子は、予期した通りきみ子に空々しかった。けれどきみ子は辛くはなかった。間もなく東京へ行くのだ。そしたら裕子の顔を見なくていい。そう思ったからである。それにきみ子達はそれこそ息つく暇のない忙しさだったから、余計なことを考える暇はなかった。きみ子はあの時のおうめがそうだったように、何喰わぬ顔をして働いた。

佐藤と一緒に東京行きの夜行に乗ったのは、正月の忙しさが一段落した一月の下旬のことだった。

第二章　東京流転

一

森川きみ子が板前の佐藤と駆け落ちして東京に出てきたのは、昭和四十年の二月、一年を通して最も寒い時季であった。二人はとりあえず、佐藤の知り合いの所にそれぞれ世話になることにした。落ち着ける所を見つけたら、佐藤がきみ子を迎えに行く約束である。

きみ子が世話になる戸田多賀子という三十過ぎの女は、私鉄沿線の駅前の一角で飲み屋をしていた。多賀子は以前、やはり菊屋で働いていたそうだが、話の様子からすると、あの裕子のような事務員だったらしい。きみ子と佐藤が菊屋を飛び出して来たことは薄々知っているようだが、詳しい事情を聞くそぶりはなかった。それがきみ子には有難かった。

「狭いけど、今日はここでわたしと一緒に寝ましょうね。二階にも部屋はあるけど狭いし、今夜は佐藤さんが寝るから」

多賀子は夜になるとそう言って、自分の部屋にきみ子を連れていった。

きみ子が菊屋で下働きをしていたと話すと、多賀子は「あそこの下働きは大変な仕事でしょう。真冬でもはだしで働いていた。あなたもそうだったの」と同情したように言った。その口調がすこぶる優しかったので、きみ子は少しだけ安心した。そして「へえ」と答えてしまってから、もうここは菊屋ではないと思い直し、「はい」と言い直した。

多賀子の貸してくれたネルの寝巻に着替えると、きみ子は白い足袋を脱いだ。その皹《ひび》だらけの足を見ると、多賀子は「かわいそうに、こんなになるまで働いて」ときみ子を労《いたわ》った。きみ子は二年半も菊屋で働いたが、ただの一度も、故郷の飯塚に帰った時ですらそんなふうに言われたことはなかったから、涙が出るほど嬉しかった。

翌日から、きみ子は多賀子の飲み屋を手伝った。客は近くのビルに勤めるサラリーマンか、地方から出てきている出稼ぎの建設作業員などで繁昌していた。殊に九州から来ている建設作業員達の話す訛《なま》りは、きみ子には懐かしく、胸が温まる思いがした。

前年の昭和三十九年の秋には、東京ではオリンピックが開催されていた。それは日本が敗戦の痛手からようやく立ち直り、先進工業国の仲間入りをした何よりの証だったが、そんな華々しい発展を支えていたのは、こうして地方から出稼ぎに来た名もない労働者達であった。しかし、きみ子がそうであるように、彼らの貧しい暮らし向きは、目ざましい経済成長とは随分かけ離れたものだった。店に来る労働者の中には、父と同年輩と思われる者もいた。きみ子は彼らに格別親切にしたが、それは彼らに故郷の父の姿を見たからでもあった。

こうしてきみ子の東京での新しい生活が始まった。きみ子は多賀子の貸してくれた着物を着て、真っ白いエプロンをすると、愛想よく客の相手をした。菊屋ではほとんど客の相手をすることはなかったが、それでも挨拶の仕方や言葉遣いなどは厳しく仕込まれていたから、臆することもなかった。

多賀子の店は飲み屋だから朝は遅い。菊屋では遅くとも六時には起きて、朝食を手早くすませて仕事にかかっていたのに、ここでは八時になっても多賀子はまだ寝ている。しかも夜が遅いといっても、十一時頃には客は帰ってしまい、十二時には後片付けがすんでしまう。菊屋では十二時が過ぎても宴会場の掃除やら厨房での食器洗いなんかで働いていたから、あの頃に比べたら、ここはまるで天国のようだった。

それにきみ子は朝、誰もいない店内で一人新聞を読むこともできた。貧しかった彼女の家では新聞など取ってはいなかったし、菊屋ではそれこそ縁もゆかりもなかった。しかしここでは有難いことに、新聞を読める。その新聞には、日本の経済はまだまだ成長すると、景気のいい言葉が踊っていた。

佐藤がきみ子に会いに来たのは、ここに来てから十日あまり過ぎた夜のことだった。店にいた多賀子に向かい、佐藤はアパートが見つかったからきみ子を迎えに来たと言う。きみ子はそれを台所の隅で聞いていた。

「どうする？　きみ子さん」

多賀子は台所にそっと入って来て聞いた。勘のいい多賀子は、きみ子が佐藤を嫌っていることに気づいていた。

「帰るようにおっしゃって下さいまし」

きみ子がためらいなく吐き捨てるように言うと、多賀子は「分かったわ」とだけ言い残し、佐藤に向かって、まだきみ子は心の整理がついていないらしいと、なるべく佐藤を傷つけないように言った。

すると佐藤は、「何て女だ。あの料理屋で働くのが嫌だと言って泣いたから、わざわざ連れて来てやったのに」と言い、何度も声を荒げた。そして、「俺はおきみに騙された」と、怒りに肩を震わせた。

「何よ、相手は若い娘じゃないの。一人前の男のくせに」

多賀子は佐藤を窘《たしな》めるように言う。

「若い小娘だからよけいに腹が立つ」

「若い小娘だから腹を立てるのは止めなさい。それ以上腹を立てたら、自分が惨めになるだけよ。ねえ、そんなことより早く奥さんの所へお帰りなさい」

佐藤は言葉をなくして、しばし立ちすくむと、放心したように店から出て行った。

格子戸の閉まる音を聞いた時、きみ子はさすがに佐藤に対して気が咎めていた。あの時、「妻には男がいる」と言った佐藤の言葉は嘘だったのかもしれない。きみ子を傷つけないための、そして佐藤自身の背中を押すための咄嗟の方便だったのかもしれない。もしかしたら、佐藤は本当に自分を思ってくれていたのではないか。そう思うと、きみ子の心は揺れた。

けれど多賀子が台所へ来て、「きみ子さん、本当にこれでよかったのね」と聞いた時、きみ子は心を決めたようにきっぱりと、「はい、有難うございました」と答えていた。それ以来、多賀子は佐藤のことは一切口にしなかった。きみ子にはその心遣いが有難かった。

朝早く起きることが習慣になっていたきみ子は、朝の七時にはもう起きて、掃除を始めた。薄緑の袷《あわせ》の着物にたすきを緩く掛け、店の床を掃いていると、まだ寝足りない目をした多賀子があくび混じりの声で、「きみ子さん、こんなに早く起きなくていいのよ」と言った。

「はい」。きみ子はそう答えたが、菊屋での厳しい労働に比べたら、ここでの仕事は楽すぎて、罰でも当たらないかと案じるほどだった。

店の掃除や料理の仕込みを終え、夕方近くになると、きみ子は多賀子の鏡台に座り、丹念に化粧をする。若々しい十九歳の顔は、化粧をするとたちまち夜の女の顔に変わった。

鏡に映る薄緑の袷の衿下から、白い襦袢の衿がのぞいている。菊屋では襦袢など身に付けず、紺絣の仕事着の下は直接素肌だった。確かに汗が流れるくらいの重労働だと、襦袢を着ていては邪魔で働けなかったのだが。そんなことを思い出しながら、鏡に映っている白い襦袢の衿に、きみ子は訳もなく嬉しくなる。

それからきみ子は白足袋をはく。これもこの店で働くようになってからである。こうして飲み屋の女としての用意が整うと、店を開け、暖簾を掛けるのだ。

その日もきみ子が店先で暖簾を掛けていると、宇野という男が店の前に立っていた。以前にも店に来たことがあるこの男は名前を佑助といい、どうやら多賀子の恋人らしい。若いきみ子でも、それくらいは雰囲気で察した。

宇野は仙台の人だと、いつか多賀子が言っていた。そういえば言葉に東北訛りがある。生家は呉服屋を営む旧家らしいが、どんな理由で東京へ出て来たのかは知らない。いつも和服をだらしなく着ているこの男は、父ともあの佐藤とも違うタイプの男だった。

「女将さんなら、中においでですよ」

きみ子がそう言うと、宇野は、「ああ」とだけ答え、何か躊躇《ためら》いながら中に入って行った。

きみ子が格子戸を丹念に拭き上げてから店の中に入ると、奥の部屋から多賀子と宇野の話し声がした。

「あの娘はもう男を知ってるよ」

そう言う宇野の言葉に、多賀子が「そうかしら?」と答える。「きっとそうだぜ。こういうわしの勘はよく当たるんだ」と宇野は自慢げに言う。きみ子はそれが誰の話か分からずにいたが、ふと脳裏に、佐藤に処女を奪われた時の忌まわしい記憶が甦って来た。そして、きみ子がそれを振り払うように掃除をしていると、「でもあの娘は駄目よ。大切なわたしの妹分だから」と多賀子が言った。「分かっているよ。わしは子供には興味ねえんだ」。どうやら、きみ子のことを話しているらしい。

「でも働き者で助かるわ、きみ子さんは。何しろ岐阜の菊屋で二年半も下働きをしていたというから」

その後もしばらく話し込む声が聞こえた後、突然店と奥とを仕切っている襖が開いて、宇野が出て来た。どうやら帰るらしい。

「もうお帰りですか?」。きみ子がそう訊くと、宇野は、「ああ」と気のない返事だけを残して帰って行った。

その夜、佐藤がまた店に現れた。店は営業中だが、幸い客も少なかったので、きみ子は咄嗟に厨房の下に隠れた。

「いい加減できみ子さんのことは諦めなさい。諦めてさっさと岐阜に帰ったら。向こうには奥さんもお子さんもいるんでしょ」

多賀子は佐藤を諫めるように言う。「もうあなたぐらいの歳になると、分別もつくでしょ」

佐藤は黙っているのか、きみ子には声が聞こえてこない。間もなく格子戸の音がして佐藤が帰ったのが分かった。

きみ子は佐藤とはもう二度と会う気はなかった。いつまたここに現れるか分からないと思うと、きみ子は格子戸が開くたびにヒヤリとした。

ところが数日後、多賀子が「きみ子さん、もう来ないわよ。もっとも噂なんだけどね」と、佐藤が岐阜に帰ったらしいという話を明るくきみ子に聞かせた。きみ子は多賀子に黙礼しながら、改めて佐藤にもその妻子にも申し訳ない気持ちを感じていた。

多賀子の言った通り、佐藤はそれ以来、店に来ることはなかった。きみ子は心からホッとした。もちろん、佐藤から逃げ出すことができたということもあるが、それ以上に、佐藤が妻子の元へ帰ったと思ったからだった。

きみ子が店を手伝うようになってから一月《ひとつき》がたった頃、「はい、お給料よ」と、多賀子は無造作に白い封筒を渡した。きみ子が部屋でそれを開けてみると、そこには菊屋で働いていた時よりも多くのお金が入っていた。

きみ子は慌てて多賀子のいる台所へ行き、尋ねた。

「こんなにいただいて、いいのですか?」

「こんなにって、どういう意味? 少しじゃない」

多賀子はそう言うと、きみ子が何か言おうとするのを制止して、「あなたはよく働いてくれるじゃない。そんなお給料じゃ、少ないぐらいよ」と笑顔を返した。

「きみ子さん、今は高度経済成長の時代よ。そんなお金でいちいち驚いていたら、時代に取り残されるわ。それにクラブなんかだと、その三倍にもなるのよ」

「有難うございます。これから身を入れて働きますから」

感謝でいっぱいになりながら答えるきみ子に、多賀子は、「あんまり身を入れて働かないで。それ以上はお給料、出せないから」と、おどけて言ってみせた。

その夜、店を閉めてから、きみ子は部屋で父に手紙を書いた。送金するためである。多賀子から借りた赤い万年筆で文字を走らせながら、きみ子は菊屋での万年筆にまつわる一件を思い出していた。

あれは東京オリンピックが終わった十一月の初めであったか、そう、岐阜の地は木枯らしが吹いていた。その日は結婚式の披露宴があり、終わって、きみ子達がその広い奥座敷を片付けていた時である。「娘が万年筆を落としてしまった」と、その宴の客だった男が、セーラー服を着た娘を連れて現れた。ちょうど居合わせた仲居のおあきが応対し、「誰かお嬢様の万年筆を知らないか」と、奥座敷にいるきみ子ら四、五人の女中に尋ねた。きみ子が他の女達と同じように飯台の下を丹念に調べると、その隅の方に赤い小さな棒のようなものが光る。手に取ると、それは赤い万年筆だった。

「ここにございました」

「すぐにお持ちしな」

おあきの指示に「へえ」と答えてから、きみ子は少女がいる座敷の廊下を小走りで向かい、その少女の足元にひざまづくと、たすきで肩まで露にした両手で、万年筆を頭の上まで持ち上げた。

すると少女は何も言わず、きみ子が捧げている万年筆を取り上げた。一緒にいた父親が、「女中さん、有難う」と言う。「いえ」。そう返事をして目を上げると、その少女はきみ子とそう変わらぬ年頃であった。といっても、少女はまるで子供のように見えるし、一方、木綿の仕事着姿のきみ子は歳よりも随分と老けて見えたであろう。

しかし、その頃のきみ子は、すでに少女と自分を比べて嘆くような感傷は棄てきっていた。「おきみ、いつまで油売っているんだい」というおあきの声に、「へえ、すみません」と半ば反射的に答えると、きみ子はまた持ち場に戻り、てきぱきと働き出したのだった。

そんなことを考えながら、父への手紙を書き終えた。そして封筒の中に入れ封をすると、何気なく、不要になった紙にほんの戯れに英語のスペルを書いてみた。

その時、部屋に入ってきた多賀子が、「その万年筆、書きやすいでしょ」と声をかけた。

「すみません、もう父には書き終えたというのに、いつまでもお借りして……」

きみ子が詫びるように言うと、多賀子は「よかったら、それ、あげる」と言う。

「いいえ、こんなお高いもの、いただけません」

「いいのよ。もう一つ持ってるから。それより、きみ子さんは英語が好きなの？」

拙い綴りを見られたことが恥ずかしくて、きみ子が黙っていると、「ねえ、そんなに英語が好きなら英語の塾に行ったら？」と、多賀子は思いがけないことを言った。

「でも、わたしは中学しか出ていませんから」

「関係ないわよ。うちのお客さんに、鈴木さんといって英語の塾をやっている人がいるから、今度来た時に頼んであげるね」

そして多賀子はそうと決まったように、「明日、英語の辞書を買ってくるといい。月謝ぐらいわたしが出すから」と続けた。

「女将さん、そんなことをしていただいたら、わたし、心苦しゅうございます」

きみ子が慌てて拒むと、多賀子は、「馬鹿にしないで、あなたの英語塾の月謝ぐらいでこの店は倒産なんかしないから」と笑いながら言って部屋から出て行った。

きみ子は嬉しかった。英語の塾に行けることもさることながら、そう勧めてくれた多賀子の好意が有難かった。これまで他人が信じられなくなる思いばかりしてきたが、多賀子のような心優しい人もこの世には存在するのだ。きみ子は涙とともにしみじみそう思った。貧しく暗い忍従だけの人生に、一筋の光明が差してきた気がしていた。

けれど、幾日待っても、その鈴木という男は店に現れなかった。

「どうしたんだろうね?」

多賀子は時々そう言ってきみ子を気遣ったが、きみ子に焦りはなかった。とうに諦めていた英語を勉強できるかもしれないと思うだけで、心は満たされていた。

鈴木が多賀子の店に現れたのは、東京に春が来て、その春も過ぎ去ろうとする頃であった。もう隅田川の桜も散ってしまい、きみ子も袷から一単に衣替えをすませていた。

きみ子は赤味がかった一単の着物に、白いエプロンをして客の相手をする。掃除や厨房での仕事の時は、それに緩くたすきを掛けた。短い元禄袖だから、きつく締め上げなくても支障はない。

鈴木賢一というその男は、長いことアメリカに行っていたのだと多賀子に話した。

「いいご身分ね。わたしは相変わらず、貧乏暇なしよ」。多賀子はそう言って、酒の相手をしている。

「もう塾はしないの?」

「勿論やるさ。アメリカですっかり金を使い果たしたから、もう文無しだ。このままだと口が干上がってしまう」

鈴木の父親は地元で名の知れた実業家である。家業を継がない息子を勘当し、以来鈴木は留学で磨いた得意の英語を教えて暮らしているのだという。

「だったら、一人紹介しようか。あなたの生徒さんを」

「頼むよ。生徒は一人でも多い方がいい。近頃はこの業界も競争相手が多くなってさ。元のように生徒が集まるかどうか、実は不安なんだ」

多賀子は厨房に向かって大きな声で、「きみ子さん」と呼んだ。きみ子は仕事の手を止め、たすきを外して店に出て行った。三十を一つか二つ出たと見える鈴木は、すでにかなり酔ったようで、真っ赤な顔をしてカウンターに座っていた。

「いらっしゃいまし」

きみ子がそう挨拶すると、「この娘よ。英語を習いたいというのは」と多賀子が紹介した。

「そう。でも何が貧乏だ。そっちこそ人を雇える結構なご身分じゃないか」

「教えるの？　それともわたしの紹介じゃ教えたくないの？　早く決めてよ。江戸っ子は気が短いんだ」

多賀子のふざけ混じりの口調に、鈴木はかしこまったふうに答えてみせた。

「勿論お教えいたします。これで場末で野垂れ死にしなくてすみまする」

二人のやりとりを眺めていたきみ子は、どうしても気になっていたことを小さくつぶやいた。

「でも、わたしは中学しか出ていませんから」

けれど鈴木は、「大丈夫ですよ。中学のリーダーは読めるでしょ」と、軽く言う。

「はい、読めると思います。でも……何しろ中学を出てからは読んだことはありませんから」

きみ子はだんだん自分が惨めになってきたが、それでも鈴木は、「大丈夫だ。あなたなら、たとえ忘れていても、じきに思い出しますよ。僕がついていますから。是非、いらっしゃい」と言ってくれた。

「有難うございます」。心の晴れたきみ子は元気よく礼を述べ、頭を下げた。

「まあ、鈴木さんったら大層な自信。でも頼みましたよ。大切なうちのお嬢様ですからね」

多賀子はそう言って微笑んだ。

その夜、きみ子は希望に胸が膨らんでなかなか寝つけなかった。一筋の光明が今、現実のものになろうとしている。それに多分冗談ではあろうが、多賀子が自分を「お嬢様」と言ったことも、若いきみ子には嬉しかった。貧しい家庭に生まれ、子供の頃からぼた山の炭拾いをしていたきみ子は、他人から冗談にも「お嬢様」と呼ばれたことなどなかった。

鈴木は準備もあって塾の再開は五月になるという。それでもあと一月《ひとつき》ほどである。英語なんか生涯縁がないと思っていたきみ子には、もう少しで英語が習えるなんて、まるで夢を見ているようであった。

そんなある日のこと、一緒に店の掃除している多賀子が、「きみ子さん、もう英語の辞書は買った？」と訊いた。「いいえ」きみ子がそう答えると、「どうして早く買わないの?」と言う。

「だって、お月謝もいるし、故郷の父にも送金しなければならないので。そのうちに買おうと思ってます」

「何を言ってるの。月謝ぐらい、わたしが払うから」

多賀子は笑いながら言ったが、きみ子にはその多賀子の言葉が身に沁みて有難かった。この世にこんなにまで自分のことを思ってくれる人がいたなんて。きみ子はそう思うと、急に目頭が熱くなり、思わず涙ぐんで、慌てて掛けている白いエプロンで目頭を抑えたのだった。

すると多賀子はきみに子に駆け寄り、「かわいそうな人なのね、あなたは。よっぽど菊屋で苛め抜かれたのね」と両手できみ子を抱くようにして言った。きみ子は菊屋で仲居のおあきから大切な辞書を破られたことを、多賀子に話してはいなかった。

「わたしがあなたの月謝を出すのは、勿論、あなたのためでもあるけど、あの人のためでもあるのよ。あの人が野垂れ死しないように……」

多賀子はいつものように笑ってそう言った。

その夜、多賀子は自分の身の上話をした。きみ子が厨房の片付けを終えて後から部屋に入ると、多賀子は待っていたように静かに話し始めた。

多賀子は東京で一、二を争う呉服の老舗に生まれ、幼い頃は何不自由ない暮らしだったという。しかし、昭和恐慌で店は傾き、多賀子の一家はたちまち路頭に迷った。多賀子は小学生の頃から声楽家になりたかったのだが、その夢も破れ、戦争が終わってから事務員として菊屋に入ったという。そして一年ほど働いてから、再び東京に戻り、この飲み屋を始めた。

「きみ子さん、わたしはね、本当は阿修羅なのよ」

きみ子は驚いて聞いていた。自分が菊屋にいた頃に思ったのと同じ言葉を、多賀子の口から聞くとは思わなかった。

「この店を開くために、随分あくどいこともしたわ」

ここへ来て三カ月が過ぎようとしているが、きみ子はこんなに悲しい多賀子の声を聞いたことはない。

「他人を裏切ったこともあるし、利用したこともある。父には沢山の借金があったわ。今まで父をちやほやしていた人達が、容赦なく家の中の物を取り立てて行った。その時、見たのよ、人間の本性を。みんな口では何とか言うけど、本当はみんな阿修羅なんだって」

きみ子はきちんと正座したまま、何も言うことができずにいた。

「わたしはあの時から阿修羅になったのよ。家が倒産して、借金取りが家に来た時から。……だからあなたの思っているような女じゃないわ。……もうわたしは阿修羅としてしか生きられない」

多賀子は泣いていた。それはいつもの自由奔放で明るい多賀子からは想像できない姿だった。きみ子は慰めの言葉も浮かばず、ただ布団に臥せって泣く多賀子の背中をさすってやるのが精一杯だった。

翌日になると、多賀子は昨夜のことを忘れたかのように、いつもの多賀子に戻っていた。きみ子はますます多賀子に信頼を寄せた。辛い思いを抱えてもあれだけ人に優しくできる多賀子に、きみ子は自分も励まされる思いがした。

二

きみ子は以前に増して、身を入れて働くようになった。そしていよいよあと十日で、鈴木の英語塾に通えるという日の午後、飯塚の父から手紙が届いた。きみ子はそれをエプロンのポケットに入れて働き、一日の仕事が終わった深夜になって封を開けた。

そこには、妹の雪子が風邪から肺炎を併発して、今病院に入院していると書かれていた。ついては金が要る。自分は依然として失業中で金がないからお前に頼むしかない、とある。そこに書かれた入院費は、とても多賀子の店で貰っている給料では足りない額だった。

どうしよう、多分雪子は栄養不良から肺炎になったのではあるまいか。母はあのような人だから、雪子の病室に付き添っているのかも危うい。誰もいない病室で雪子は泣いているかも知れない。きみ子はそう思うと、たまらない気持ちになった。

きみ子はいつか多賀子が、クラブだと三倍の給料になると言っていたことを思い出していた。自分もそんな所で働けないだろうか。しかし、伝もない。そう悩むきみ子の頭からは、英語の塾のことも完全に消えてしまっていた。

きみ子は急に無口になった。雪子のことばかり考えていたからである。いけないと思いながらも、客の相手をしている時も、心は上の空だった。多賀子はきみ子が塾のことばかり考えていると思ってか、咎めることはなかった。

きみ子はクラブという所で働きたかった。しかし、どうすればいいか分からずにいた。そんな時、宇野が店に現れた。宇野はそれまでも時々、店に顔を出していたが、きみ子がいるためか泊まることはなかった。きみ子は宇野が多賀子のパトロンだと思っていたが、どうやら逆で、多賀子に金の無心に来ているらしい。多賀子はそんなことは勿論きみ子には言わないし、きみ子も聞かなかったが、自然と分かることだった。

この日、多賀子は用足しに出かけていて留守だった。きみ子は、宇野は遊び慣れた人だからクラブのことも知っていようと思い、迷った末、思い切って相談することにした。

事情を聞いた宇野は「そんなことだったら女将さんに相談したら」と言ったが、暫くしてから、「そうだな、女将さんもそんなまとまった金は持たないいか」と溜め息混じりに言った。

「だったら、わしが何とかしよう。クラブは何軒か知っているから」

「女将さんのご好意を裏切ることになって心苦しゅうございますけど……」

きみ子が苦しそうな声でそう言うと、宇野は「仕方ないよ、ほかならぬ妹さんのことだもの」と慰めるように言い、「電話するから、いつでも出られるよう、荷物を纏めておくようにな」と言った。

宇野から電話があったのは、それから五日後だった。明日の夜に迎えに行くから、近くの公園で待っているようにと宇野は言い、「くれぐれも女将さんに見つからないように」と付け加えた。

その夜、きみ子は多賀子に詫び状を書くことにした。多賀子から貰った万年筆を握りながら、これも多賀子に返さなければ、と思っていた。多賀子を裏切らなければならないのだから、自分が貰うわけにはいかない。

女将さん。申し訳ございません。わたくしはどうしてもお金が入り用なんです。ですからここを辞めさせていただこうと思います。短い間でしたが、本当にお世話になりました。有難うございました。

きみ子はここまで書いて、ふっと溜め息をついた。

お会いして事情をお話申し上げるのは、辛うございますので、こうしてお手紙を書かせていただいているのでございます。

そう書いてから、きみ子は溜め息をついた。多賀子を裏切るのが心底辛かったからである。しかし雪子のことを考えると、そんなきれい事は言ってはいられない。仕方なく詫び状を書き終えて、封をしてから、きみ子は万年筆をそっとその傍に置いた。

次の日、きみ子はさすがに落ち着かなかった。普段どおり仕事をしていても、心の奥が痛んで苦しかった。何も知らない多賀子は、いつものようにきみ子に接した。それが却ってきみ子には辛く、夜までの時間がとてつもなく長く感じられた。

ところが夜になって、多賀子が急に風邪気味だから早く上がると言い出した。しかも、きみ子に風邪を移してはいけないと言って、いつも一緒に寝ている部屋ではなく、以前、きみ子が駆け落ちしてきた夜に佐藤が泊めてもらった二階の狭い部屋で休んでしまった。きみ子は最後の夜をこんなふうに、しかも病気の多賀子を残して去ることにますます気が咎めたが、夜に抜け出す時のことを考えれば、これでよかったのだと思うことにした。

いつもは多賀子と一緒にする後片付けを一人ですまし、部屋に入ると、昨夜認めていた多賀子への詫び状と、多賀子からもらった万年筆とを小さな机の上に置き、深々と頭を下げた。そして用意していた赤い羽織を着て、下着などを入れた小さな風呂敷包みを手にすると、電灯のついていない、暗い土間に降りた。

そしてそっと店の格子戸を開けようとした時、突然後ろから、「きみ子さん、もう行くのね」という多賀子の声がした。仰天してきみ子が振り返ると、ネルの寝巻に毛糸の羽織をかけた多賀子が、上がり口に立っていた。

「すみません、女将さん」

きみ子がそう言うと、多賀子は後の言葉を遮るように、「いいのよ、もう何も言わないで、妹さんのためでしょ」と優しく言った。多分宇野から聞いたのであろう。きみ子は何も答えられなかった。

「せっかくの英語、やれなくて残念だわね」

多賀子は沈み切った声でそう言ってから、わざと明るい声で、「でもあなたは若いんだから、これからチャンスはいくらでもあるわ」と言った。しかし、きみ子は絶句したまま、もう自分には二度と英語なんか学べる機会はないであろうと悲しく思っていた。

しばらく沈黙が続き、多賀子が溜め息混じりにこう言った。

「わたしは今、あなたに何もしてやれない。情けない女なのよ」

「とんでもございません。お世話になっていながらご挨拶もしないで黙って出て行こうとしたわたしこそ、阿修羅のような女です」

「……わたしはこれまでこの世で自分が一番不幸だと思っていた。でも、わたしは女学校にも行ったし、若い頃は色々、楽しいこともあったわ。でもあなたは高校にも行けなくて、英語の塾も諦めて、妹さんのために今から修羅場のようなところに行くのね」

多賀子の声は涙に濡れていた。きみ子は何をどう言っていいのか、言葉を失っていると、多賀子は思い出したように、「早く行きなさい。あまり待たせたら宇野さんに悪いわよ」と口早に言った。そしてきみ子が「でも……」とためらうのを制して、「早く！」とその背中を押してくれた。

「女将さん、申し訳ございません」

「そんなこと、どうでもいいから」

多賀子の言葉に、ようやく決心したきみ子は、店の格子戸を開け、外へ出た。外は春とはいえ、寒い風が吹いている。格子戸を静かに閉めてから、きみ子は歩き出した。

もうこの時刻になると、店の前の人通りも絶えてしまっている。きみ子は最後に多賀子に会えてよかった、多賀子に直接詫びることができて本当によかったと思いながら、夜道に足を進めた。

すると、しばらくして後ろから多賀子が「きみ子さん」と呼んで追いかけて来た。そして息を切らしながらやっと追いつくと、「きみ子さん、忘れ物」と、手の中のものを差し出した。薄暗い街灯に照らされたそれは、あの赤い万年筆だった。

「女将さん、それは、それだけはいただけません」

「どうして？　あなたのものでしょ」

「わたしは女将さんを裏切ってしまったんです。そんな私がどうしてそんなもの、いただけるでしょう」

口早に言いながら、きみ子は夜の女になろうとしている自分に万年筆なんか必要ないとも思っていた。

「あなたはわたしを裏切ってなんかいない。それに、さっきあなたは自分は阿修羅だと言ったけど、それは何もあなたが悪いんじゃない。人間はみんな阿修羅にならないと生きてはいけないのよ」

それはきみ子にとってあまりにも悲し過ぎる言葉だった。けれど、そうは言われたものの、きみ子はどうしてもその万年筆を受け取ることはできず、逃げるようにその場から立ち去っていた。

宇野は多賀子の店の近くの公園できみ子を待っていた。きみ子が黙礼すると、宇野はまるで先刻のきみ子と多賀子のやり取りを知っているかのように、黙って歩き出した。きみ子もまた何も言わずその後に従った。私鉄に乗り、二人はやがて新宿の繁華街に出た。新宿は多賀子の店からそう遠くはないが、きみ子には初めての場所である。ここに限らず、東京できみ子は店の近所にしか行ったことはなかった。仕事も忙しかったからだが、そもそも東京見物になど関心もなかった。

初めて来た新宿は色とりどりのネオンに彩られ、あの岐阜の柳ケ瀬とは比べ物にならないほど大きくて、賑やかな街である。宇野は来慣れたふうで、すたすたとその大通りを歩く。きみ子は宇野にはぐれないように、着物の裾を気にしながらついて行くのがやっとだった。

やがて宇野は一軒の豪華な建物の前まで来ると、立ち止まり、「ここだよ、きみ子さん」と言った。そこは周りの建物よりも一際ネオンがけばけばしく、いかにも男達の官能を誘う装飾が施されたクラブだった。とうとう自分もこんな所で働くようになったのかと思うと、きみ子は改めて自分が情けなくなり、そして怖くなってきた。

建物の中に入っていく宇野にずっと遅れて、きみ子は恐る恐るその後に続いた。宇野は、そこの経営者なのか三十半ばの女と何やら話した後、きみ子に奥へ来るよう命じた。きみ子が掛けていたショールを取って、奥に入ると、そこはこのクラブの事務所であるらしく、段ボール箱などが雑然と置いてある。

「この娘だよ。ここで働きたいというのは。妹さんが大病して病院に入院している。だから金になる仕事をしたいそうだ」

宇野がそう紹介すると、けばけばしい化粧をしたその女は煙草をくゆらせながら、「あんたかい、うちで働きたいというのは……」と無愛想に言い、きみ子の頭からつま先まで、見定めるように目を走らせた。

「はい」。きみ子は覚悟を決めてそう答えた。

　女は真紀子といい、経営者ではなく雇われママだったが、実質的には店の運営を任されているようである。真紀子はきみ子に経歴を訊き、その返事を聞き終わると、「うちは男達の酒の相手をするのが商売なんだ。料理屋の下働きのような肉体労働こそしなくていいが、体を使って働くことは同じだよ」と言った。

　きみ子はその言葉が何を意味するのか分からなかった。事務所からガラス越しに見える店内で、クラブの女達はみんな、きみ子が映画などでしか見たことのない派手なドレスや和服を着て、楽しそうに笑いながら、酔った客の相手をしている。これで、菊屋ほどではないにしても体を使って働いているなんて。きみ子はそう不思議に思ったが、黙っていた。

　真紀子はきみ子だけを事務所の表に出すと、宇野と二人で中で何かひそひそと話を始めた。どこからか聞こえる流しの演歌歌手の流行歌に混じって、きみ子の耳にもそれが途切れ途切れに聞こえてきた。

「あの娘は男を知っているだろうね」

「さあ」

「駄目じゃないか。そんな生娘、連れて来て。相変わらず無責任な男だね。あんたっていう男は」

「そんなことまでわしは知らん。あの娘に聞いたらどうだ」

　そこから先は、流しが近くで唄い出したので聞き取ることはできなかった。きみ子はその流行り歌を聞くともなく聞きながら、岐阜の柳ケ瀬のストリップ小屋のことを思い出していた。あの時、あの小屋の夫婦にとって自分の人格などどうでもよく、ただ自分の裸体だけが必要だったが、ここも同じだろうか。またもあの屈辱的なものを味わわねばならないのか。

　きみ子が逃げ出したい気分になっていると、宇野がようやく事務所から顔を出した。

「きみ子さん、採用だって」

「有難うございます」。きみ子は半ば反射的に答えていた。

きみ子が勤めることになったクラブ「夜の蝶」は、ホステスだけで三十人近く、ボーイやその他の従業員を合わせると五十人以上が働く大きな店である。

きみ子はここで生まれて初めてドレスというものを着た。その赤くて透けて見えそうな派手なドレスが恥ずかしかった。それに靴もはかなくてはいけない。それも踵の高いピンクやブルーのいわゆるハイヒールである。ハイヒールは見栄えのためか靴底が小さくできていて、どのサイズもきみ子の足には合わなかった。長いこと菊屋で年中はだしになって働いていたから、きみ子の足は知らぬ間に男のように大きくなっていたのである。

真紀子はそんなきみ子の足を見ながら「お前の足はまるで男のようだね。そんな足だと、客から嫌われるよ」と舌打ちをしながら言った。きみ子が半泣きになって「すみません」と謝ると、「お前は料理屋にいたんだったね。何をしたらこんなになるんだい」と厳しく問うた。

「下働きで、いつもはだしで働いていましたから」

きみ子が恥ずかしそうに小声で答えると、真紀子は、「仕方ないね。明日、お前の足に合う靴を探して来るから。今夜は来たはがりだから働かなくてもいい」と不機嫌そうに言うのだった。

それから真紀子は「ルミ」という源氏名をきみ子に与えた。源氏名とは店に出る時に使う名のことで、ホステスは決して店で本名は名乗らない。

早速きみ子は次の夜から店に出た。何しろ初めてで勝手が分からなかったが、客の扱い方は先輩のやり方を見て覚えるように言われていたので、きみ子は言われた通りにした。しかしここのホステス達は客の扱いがうまく、きみ子にはとてもできそうにもない。すっかり自信をなくしたが、妹の雪子のためにもここであきらめるわけにはいかなかった。

幸い、ホステス達はきみ子を初めてだからと庇ってくれた。こんなことは初めてである。菊屋では仲居のおあきからどんなに打たれても誰一人として庇ってくれる者はなかった。そのうち、きみ子は見よう見まねで客の接待の仕方を覚えていった。

ホステス達はかなりの時間をかけて、まるで競うように念入りに化粧をする。それはもちろん、自分の身を飾るためであるが、単に美しくなりたいという願望からではなく、客の男達の気を誘うホステスとしての役割からであった。ちょうど蜂を誘うために美しく咲く花のように。だからきみ子も、少しでも客の気を引くために、先輩ホステスのやり方を真似て丹念に化粧をした。ここでの化粧に比べれば、多賀子の店でのそれはほんの身嗜み程度のものだった。

午後の三時近くに近所の銭湯につかり、与えられた着慣れない青いドレスを着ると、クラブの控室で慣れない手で念入りに化粧をする。きみ子は派手なドレスも化粧も決して好きではなかった。それに踵の高いハイヒールをはくと、硬い革靴が足の皮膚に食い込んで痛い。はだしの方がどんなに楽か分からないと思うと、菊屋での辛かった下働きの仕事さえ恋しくなってくる。

それでも数日で足の痛さも気にならなくなると、こんなに楽な仕事はないのではないかと思うようになった。これで菊屋の仲居達よりも随分高い給料がもらえるなんて、きみ子は罰が当たるとさえ思った。しかし、すぐにその考えの浅はかさを思い知らされることになる。

きみ子は酒が嫌いだった。菊屋にいた時も始終、酒の燗をつけていたが、その独特の匂いが臭くて嫌だった。けれど、ここでは客に酒を飲ませるのが仕事だ。客が酒を飲めば、それだけ店の売り上げが増し、それがまたホステス達の給料に加算される。客に酒を飲ませるには、まずホステスが飲まなければならない。もともと酒を好まないきみ子は、それでも仕事だと思って飲むのだが、もどしてしまうこともあった。

クラブで働き出して一週間ほどたった夜、きみ子が酒を飲み過ぎて隅のソファで休んでいると、先輩のホステスがやって来て、「ルミさん、そんなことで、あんた駄目じゃないの」と、励ましとも軽蔑とも取れる口調で言った。

「どうすればいいのですか」

きみ子が苦しさに喘ぎながらそう聞くと、そのホステスは「慣れよ。早くここの水に慣れることよ。それにこれもね」と、右手に持っている煙草をくるくると器用に回しながら、「酒も煙草も早く覚えることね」と言って去って行った。

きみ子は自分の考えの甘さを思い知らされた。さっきまで楽に稼げるなどと思っていたのに。それでも雪子のことを思い、ソファから立ち上がった。しかし、ここで働く本当の試練を、きみ子はまだ知らなかった。

きみ子を店に紹介した後も、宇野はクラブに度々やって来た。きみ子は宇野が来ると店の奥に隠れた。宇野が自分の体を求めていることに薄々気付いたからである。宇野は思いのほか、しつこい男で、きみ子を出せと店の中で叫び散らした。そのたびに、この店の村山という若い用心棒が宇野を追い払ってくれる。村山はきみ子よりも歳が三つも上というのに、きみ子のことを「姐さん」と呼んだ。

宇野の女癖の悪さは店でも評判だった。生まれは仙台の呉服屋の長男だが、酒と女で身を持ち崩し、親から勘当され、東京に出て来た。初めは薬のセールスをしていたそうだが、元来の怠け癖が抜け切れず、多賀子の飲み屋に潜り込んだという。きみ子が思っていた通り、多賀子のパトロンではなく、いわばヒモだった。

そのうち宇野はきみ子を諦めたのか、クラブに来なくなった。

店のきらびやかな外見の裏で、ホステス達の間には客を取り合う醜い争いがあった。ホステスにはそれぞれに自分の得意客があって、その客がくれば専属でもてなし、その売上げに応じて歩合がつく。ホステス達の給料がいいのはその仕組みのせいである。だから、自分の客がいなければ、いつまでたっても安い固定給のままだ。そのためホステス達は客に気に入られるように念入りに化粧し、われ先に媚びを売る。そして一旦自分のものにした客を他人に奪われたら、それこそ烈火の如く怒るのだ。この生存競争の激しさを知れば、酒に酔って気分が悪くなるくらいの苦労は最早苦労の内には入らなかった。

きみ子は当初、そんなホステス達を醜いと思った。こんな所で働かなくてはならないのが嫌だった。けれどクラブに来てから三カ月もたつと、きみ子は逞しいホステスに成長していた。浴びるほど酒を飲んでも気分が悪くなることもなくなったし、煙草の味も覚えた。きみ子は妹のために一日も早くここの水に慣れようと、そのために出来ない努力もしたのだ。元来無口なきみ子はお喋りになり、言葉遣いも自然とぞんざいになった。そして気づかぬまま、客の男達に媚びる術さえも覚えてしまっていた。きみ子は自分でも変わってしまったと思った。客を前に、恥ずかしい言葉でも平気で口にしていたからである。こんな自分は本当の自分ではない、きみ子はそう悲しく思うのだった。

それでも、きみ子は他のホステス達と同じように騒いでいると思っているのに、ママの真紀子から呼ばれ、注意を受けた。

「ルミさん、相変わらず、あんたは暗い顔をしているね。それじゃ、この商売で生きてはいけないよ」

「すみません」と謝りながら、きみ子はこれだけ努力していても、やはり自分には無理なのかと思った。

その夜、ホステス達にあてがわれた寮の蒲団の中で、きみ子は改めて、自分は菊屋で下働きをしていた方が性に合っているのかも知れないと考えていた。菊屋の仕事は確かに重労働で、意地悪い仲居のおあきもいたが、それでも客に媚を売り、ふざけ合って働かなくてはならない今の仕事よりも、まだましな気がしてくる。きみ子はそれが何より辛かった。

だが、それから二月もすると、きみ子にも立派な客がついた。中井という、大手企業に勤める三十過ぎの営業マンである。中井は得意先の客を時々このクラブに招待していたが、会話からも大変な博学ぶりが見て取れた。長身で痩せていて、黒縁の眼鏡をかけた中井は身なりもよく、見るからに高給取りのエリートだ。中井は得意先の客を時々このクラブに招待していたが、会話からも大変な博学ぶりが見て取れた。きみ子は最初に中井を見た時、世の中にこんな立派な男がいるのかと驚き、溜め息が出たほどだ。だから中井はホステス達の憧れの的だった。独身か妻帯者なのか誰も知らなかったが、きみ子は、きっと家に帰れば女子大か、少なくとも高校を出ている奥さんがいることであろう、自分らのような無学な女なんか本気で相手にするものかと思っていた。

ある日、中井は昼間に日比谷公園へきみ子を誘った。客の誘いに応じるのもホステスの大切な仕事だが、その時の中井の話題は、東京オリンピックが終わっても日本の経済はまだまだ成長するとか、資源のない日本はこれからもどんどん海外に進出しなければならないなどという、きみ子には難しすぎる話ばかりだった。

きみ子は公園のベンチに座って、熱心に話を続ける中井の横顔を見ながら、この人には奥さんがいるのだろうかと他愛のないことを思っていた。ホステス達の中には、「ルミさんはいいわね。わたし、中井さんのような人と結婚したいわ」などと言う者もいたが、男とか結婚とか、あまり考えたことのないきみ子には、そんなことはどうでもよかった。

きみ子の気かかりはただ妹の雪子のことだ。この間父から貰った手紙によると、雪子はひとまず退院したものの、いつまた再入院が必要か分からないと書かれていた。こうして耳こそ中井に貸していても、思いは遠い飯塚の父や妹の許に飛んでいた。

しばらくして、中井は自分の話をきみ子が半ば上の空で聞いていることに気づいたのか、「君はドレスより着物が似合うね」と言って話題を変えてしまった。きみ子はその日、ママの真紀子から借りた赤い着物姿だった。長く着物ばかり着ていたので、洋服は苦手だったからだ。

「そうですか」。きみ子はそう答えただけで、会話も途切れ、そのまま中井とは公園で別れてしまった。帰りの電車の中で、きみ子は大事な客を失ってしまったと思ったが、いまさら悔やんだところで仕方がない。やっぱりこの商売に肌が合わないのかも知れないとぼんやり思っていた。

けれど中井は、その後もきみ子を指名した。きみ子は心配が杞憂に終わってホッとしたが、しばらくたった、ある夜、中井はハルという別のホステスを指名した。どうも、たまたまきみ子が休んだ夜に、ハルは中井の相手をして、自分の客にしてしまったらしい。

きみ子がハルの所へ行って、「あの、ハルさん、中井さんはわたしのお客さんなんですけど……」と言うと、ハルは、「あんたも馬鹿ね、お客は早い者勝ちよ。よく覚えておきな」ときみ子を罵った。それからハルはきみ子を無視して、わざと中井達と大きな声で騒いだ。

呆然とするきみ子に、先輩のホステスが、ここでは客の取り合いは日常茶飯事のことだと言って慰めてくれた。ホステス同士で殴り合いになることもしばしばだという。

そんなある夜のことである。今度は逆にきみ子がハルの客を奪った。店が終わると、逆上したハルが来てきみ子を罵るが、きみ子も負けておらず、「あんただって、わたしのお客を取ったじゃない」と言い返した。するとハルはいきなりきみ子に殴りかかり、乱闘になった。きみ子は菊屋で重労働をして働いていたから腕力では負けない。きみ子はハルの背に馬乗りになると、髪の毛を思い切り引っ張った。当然のことながらハルは悲鳴を上げた。それを聞いて店のママが飛んできて二人の喧嘩を止めたのだった。

ママに窘《たしな》められながら、きみ子は自分自身が情けなかった。叱られたからではない。このように喧嘩までして生きていかなくてはならない我が身が切なかったのだ。

だが、一旦きみ子の心の中に芽生え始めた醜い、まるで阿修羅のような心は、きみ子が必死に揉み消そうとしても、なかなか消えそうにもなかった。きみ子はそんな自分自身の心を恐れた。

それ以来、ハルはきみ子を怖がった。きみ子は、自分はそんな恐ろしい人間ではなく、ただ貧しさが故にあのような行動に走ったのだとハルに言い訳したかったが、その機会を持てずにいた。

けれど、いまさら何を言おうと、ここではみんなが敵同士であることに変わりはなかった。表面では一見、仲が良いように思われたが、一人ひとりの心の奥底では互いに反目し合っていた。それはここのホステス達がみんな多かれ少なかれ、きみ子と同じように貧しい家庭の女達ばかりだったからである。一円でも多く金を稼ぎたい。一円でも多く故郷に送金したい。きみ子の思っていることを、ここのホステス達はみんな考えていたのである。

きみ子はそんな彼女達を哀れに思う。けれど、あのハルと喧嘩をして馬乗りになり、彼女の髪の毛を引っ張ったことを思い出し、いったい自分はいつからあのような悪女になったのだろうかときみ子は思った。かつて岐阜の地で、春まだ浅い日のこと、障子洗いを終えてゴム草履をはこうとした時に、ふと見つけた名も知らぬ花が冷たい風に吹かれているのをかわいそうに思い、両の手で庇ってやったことがある。あの優しい心はいつ、自分の中から消え失せてしまったのだろう。きみ子は自分の心が醜くなっていくのを感じ、悲しかった。

ハルが中井という男を本気で好きになったらしいと、きみ子が気づいたのは、それから間もなくのことだった。ある夜のことである。きみ子は指名された別の客のもとに行く途中、隅の薄暗いテーブルに座っているハルと中井の話を偶然耳にした。

「ねえ、奥さんと別れてわたしと結婚して……」

ハルは鼻にかかった甘えた声で中井に言っていた。暗くてよく見えなかったが、多分、中井は困った顔をしていたことであろう。中井のような大学出のエリート・サラリーマンが自分らのようなホステスを本気で相手になんかするものか。いくら男女のことに疎い自分にも、そんなことぐらい分かる。ハルにはそんなことも分からないのか。きみ子はそんなことを考えながら、その場を立ち去った。

その夜、ハルと中井は店にが終わるまで話し込んでいた。店が閉じられてから、きみ子がいつものように化粧室で化粧を落としていると、ハルが勇んで入って来て、「ルミさん、わたし、近々ここを辞めて結婚するのよ」と弾んだ声を出した。

「結婚するって、どんな人と?」

きみ子は先刻ハルが中井と話し込んでいるのを知っていたから、多分相手は中井だろうと思ったが、わざと知らぬふりをして訊いた。

するとハルは、「中井さんよ」と言ってから、「あっ、いけない。中井さんはルミさんも好きだったわね」とわざとらしく口に手を当てた。きみ子は別段、中井のことを何とも思わなかったから、「いいのよ、わたしは中井さんのことなんか何とも思ってないから」と言うと、ハルは「でも、前に一度、中井さんとデートしたでしょ。クラブのホステスが客とデートするのは、その客が好きになった証拠よ」と言う。そんな暗黙の決まり事があるのか。きみ子はそう思いながら、「わたしと中井さんとはそんな仲じゃないのよ。安心して」と笑って言った。

「そう、よかったわ。本当はルミさん、あなたがいるから、わたし心配だったのよ。中井さんがわたしと結婚してくれるかって。でも今の奥さんと別れるって、それだけははっきり言ってくれたわ」

ハルはようやく安心したように言うと、化粧室から出て行った。

きみ子は半信半疑だった。もしかしたら、ハルは中井に騙されているのではないか。もしもそうなら、あまりにもハルが哀れである。きみ子はそう思っていた。

中井が店に現れたのは、それから十日ほどたった夜のことである。生憎ハルは休みで、きみ子が相手をした。

「ハルさんとご結婚なさるそうですね。おめでとうございます」

水割りをつくりながら、きみ子がそう訊くと、それまで上機嫌だった中井の顔がにわかに曇った。それは、ハルと結婚する意志のない何よりの証に見えた。やはり中井はハルを騙していた。きみ子は以前ハルと乱闘騒ぎまで起こしたことも忘れて、ただただハルが哀れに思え、中井に敵意のようなものさえ感じた。けれど、顔色だけは変えず、「お式はいつですか?」と訊いた。すると、中井は無言のまま席を立とうとする。きみ子は咄嗟《とっさ》にその腕を摑むと、口早にこう言った。

「やっぱり騙したんですね、ハルさんを。そりゃあ、こんな所で働いているわたし達は、あなた方から見れば虫けらかも知れません、でもわたし達も人間です。馬鹿にしないでください」

だが、相変わらず中井は無言だった。腕を取られて困り果てたような顔をしている中井に、きみ子は続けて「あなたは男でしょ。男が一旦口にしたことを反故《ほご》になさるなんて。どこかの立派な大学をお出になってるか、わたしは知りませんが、ハルさんとの約束だけは守ってください」とまくしたてた。

中井はなおも無言のまま、きみ子の手を腕から振りほどこうとする。けれど、きみ子の腕力は強く、簡単にはほどけない。きみ子も、自分はこんなヤワな男には負けないと思いながら、必死に摑んで放さなかった

そこへママの真紀子がやって来て、「何をしているの?」と言った。すると中井は、つくり笑いを見せながら、「力比べをしているんだ」と言った。きみ子は、なんて嘘のうまい男だろうと思ったが、真紀子の手前、それ以上中井の腕を摑み続けることもできず、やっと手を放した。

「ルミさんは力持ちだね。負けたよ」

中井は痛そうに腕をさすりながら、そう演技した。きみ子も、「そんなに痛かった? 中井さんが力試しなんてやろうと言い出すからよ」とその演技に応じたのだった。

このことがあってから、中井はぱったり店に現れなくなった。ハルが自殺未遂を起こしたのは、それからしばらくしてからである。幸い発見が早くて一命を取り留めたが、きみ子は何かしら責任を感じ、ハルのアパートに四、五日泊り込んで彼女を看病した。

元気を取り戻したハルは、「ありがとう、ルミさん。わたし、どうかしてたのよ。わたし達は商売なのにね」と礼を言い、「それに、この間大喧嘩したのに、味方になってくれたのね」と言って笑顔を見せた。

その夜、きみ子は飯塚の父から手紙を受け取った。それによると、近頃は飯塚の町も炭鉱失業者が増え、みんな生活保護を受けている、自分も生活保護でも受けたいと思う、と書かれていた。前にも父は生活保護を受けようかと手紙を寄越したことがある。その時も、きみ子は父に生活保護を受ける列に並ばせたくなくて、自分が稼ぐからと手紙を書いたのだが、今度も同じように、きみ子は自分が働いて送金するから生活保護だけは受けないで欲しいと、父に返事を書くことにした。

きみ子が安物の便箋につけペンで書いていると、何だか廊下の方が騒がしくなった。いったい何だろうと思いながら、手紙を書き終えて廊下に出てみると、同僚のホステスのユリが真紀子から叱られている。聞こ

えてくる話によれば、ユリはここのボーイである米田という男と付き合っているようだ。

「ホステスとボーイとの付き合いはご法度だって、あんたも知っているでしょう」

ユリはおそらく承知の上なのか、何も答えなかったが、きみ子には初めて聞く話だった。

真紀子は後ろにいるきみ子に気付くと、「ルミさん、あんたは新入りだから知らないと思うけど、うちではボーイとホステスとの個人的な交際はご法度だからね。お客さま第一だから」と厳しい口調で言った。

きみ子は、「はい、分かりました」と答えたが、もとより男と交際しようなど思ってもみなかった。男はあの板前の佐藤でもうこりごりだと常々思っていたからだ。男に媚を売ることは、仕事だからあるとしても、心の底から男を好きになることは恐らくはないであろうと思っていた。

しかし、ママの言うご法度が単に職場での恋愛を禁じたものでないことを、きみ子はすぐに知ることになった。この店でボーイとホステスとの交際を禁じているのは、それはホステスがただ客の酒の相手をするだけではなく、客に自分の体までも許すよう暗黙に強いていたからだった。

他のホステス達がしているように、きみ子もまた自分を指名してクラブにやって来る客を繋ぎ止めるため、体を使うようになった。男達はまるで飢えた狼のように、きみ子の体を弄んだ。きみ子はそのたびに、これで父が生活保護を受けなくてすむ、と思って耐えた。

きみ子が菊屋で肉体労働をして鍛え上げた若い体は、飢えた男達を満足させるのに充分だった。お蔭できみ子は水揚げを増やし、いつしかクラブの寮を出て、小さいがアパートの一間を借りられるまでになった。そして、きみ子は迷うことなく、その部屋に男達を引き入れた。お陰できみ子の稼ぎはますます増えていったのである。

もう寒くなった頃、どこで聞きつけたのか、あの宇野がきみ子のアパートに訪ねて来た。きみ子はだらしなくドレスを着たままドアを開け、宇野を見ると、「ああ宇野さん、あんた、お金持ってるの?」と言った。するとと彼はもじもじしながら、「いいじゃあないか、きみ子さん。昔のよしみで」と、多賀子の店にいた頃とは別人のようなことを言った。

「そう、持ってないのかい。あたしゃあね、貧乏人は嫌いなんだ。あたしを抱きたかったら金持っといで」

きみ子はそれだけ言うと、さっさとドアを締めてしまった。

きみ子は最早、冷たい風に吹かれている名も知らぬ花を見ても不憫だとは思わない、むしろその花を土足で踏みつけて行く、そんな女になっていた。


店ではホステス同士の客の取り合いがなおも続いている。きみ子はハルと一旦打ち解けたのだが、所詮はライバルである。そのうち別の客をめぐって言い争いになり、しまいにはハルは中井のこともきみ子のせいだと口にするようになっていた。ハルとの醜い対立はママの真紀子にも知られ、二人は度々呼ばれて注意を受けたが、それでも睨み合いを止めなかった。真紀子は二人のうちどちらかを首にしたかったが、順当に考えれば身を引くべきは新参者のきみ子である。そのことはきみ子だって充分知っていたが、でも自分から辞めるのは口惜しかった。

店に一人の女が来るようになったのは、それから間もなくのことである。こんなところに女の客が来るのは珍しい。きみ子も不思議に思っていると、五十間近に見えるその女は、何度か顔を出すうち、きみ子に「うちで働かない?」と声をかけてきた。聞けばクラブの経営者で、つまり同業者だったのである。その時は気付かなかったが、後で考えると、おそらく真紀子から頼まれたのであろう。きみ子は一日も早くハルと離れたかったから、その誘いをすぐに承諾した。

こうしてきみ子は「夜の蝶」を辞めて、同じ新宿にあるクラブ「女の城」で働き出し始めた。昭和四十年の冬、年の瀬も慌ただしい頃のことである。前の店では毎夜、ドレスを着て、耳にはイヤリングをしていたのに、「女の城」では着物を着ていられた。きみ子はドレスもイヤリングも苦手だったから、着物姿で客の相手ができるこの店は働き易かった。

きみ子は借りているアパートから毎夕、新しい店に通った。けれど馴染みの客を部屋に泊まらせ、体を許すことだけは何ら変わらなかった。

三

相変わらず飯塚の父の元に送金しなければならなかったが、それでも手元には幾らかの金が残る。きみ子は知らぬ間に贅沢を覚えていた。飯塚にいた頃は言うに及ばず、あの岐阜の菊屋で働いていた頃は、楽しみと言えば夜眠るぐらいのものであった。しかし今はそうではない。アパートでは一人だし、好きなものを食べ、好きなことができた。きみ子はいつの間にか、貧乏というものを忘れかけていた。それはきみ子が特別愚かなのか、それとも人間は本来そういうものなのか分からない。ただ、きみ子は子供の頃から貧乏が嫌で、早くそこから抜け出したかった。それがようやく叶ったのである。

クラブ「夜の蝶」の用心棒をしていた村山が、きみ子のアパートを時折訪ねて来るようになった。村山はほかの男達のようにきみ子の体を求めたりしない。相変わらずきみ子を「姐さん」と呼んで慕った。きみ子はそんな村山に小遣いを与えながら、いつの間にか便利に使うようになった。菊屋で仲居のおあきから顎でこき使われた時の辛さも忘れて。きみ子が、人間は金さえ出せばどんなことでもやらせることができる、そんな阿漕《あこぎ》なことを覚えたのもこの頃だった。

その村山が岸辺という男を伴ってきみ子のアパートに来たのは、昭和四十一年の松が取れた頃だった。岸辺が何をしている男なのか、勿論きみ子は知らないし、知ろうとも思わなかった。岸辺は背が高くスマートで、引き締まった口元もどこかインテリに見えた。以前「夜の蝶」で働いていた時に同僚のハルを騙した、あの中井にどことなく似ている。この岸辺も大学出なのだろうが。きみ子は二人のためにコーヒーの用意をしながら、蛍光灯の明かりに照らされている岸辺の横顔を盗み見て思うのだった。

村山は岸辺のことを「兄さん」と呼んでいる。後で村山から聞かされた話では、岸辺信夫というその男は北陸の金沢の出身で、東京の美術大学に通っているという。そう聞かされても、きみ子は岸辺に関心がなかった。美大に通っている男なんか、中学しか出てはいない自分とは関わりないことだと割り切っていた。

十日程してから、村山はまた岸辺を連れて、きみ子のアパートに現れた。岸辺は村山にあれこれ命令する。人のいい村山は何でも「はい」と言うことを聞いた。見かねたきみ子が、「村山さん、あんまり岸辺さんの言うことを聞かない方がいいわよ」と岸辺に聞こえないように小声で忠告すると、村山は、「姐さん、岸辺の兄貴はそのうちに有名な画家になるんだよ」と言った。有名な画家、本当だろうか。きみ子は村山の言うことが信じられなかった。

次に二人がきみ子のアパートを訪ねたのは、三月の初め、春の嵐が吹き捲くる夜のことだった。その夜はあまりの嵐のため、きみ子の勤めるクラブは臨時休業だった。村山と岸辺は濡れ鼠になってきみ子のもとに現れた。

「どうしたの、こんな雨風のひどい夜に」

きみ子が乾いたタオルで二人の濡れた頭をかわるがわる拭いてやると、村山が「どうしても岸辺の兄貴がルミさんに会いたいって言うから」と言った。きみ子は新しい店でもルミという源氏名を使っていた。

「わたしに会いたいって」

きみ子が怪訝な声でつぶやくと、岸辺は思い詰めたようにこう言った。

「君が描きたい」

「わたしを？　……だったら、裸にでもなりましょうか」

すると岸辺は極めて真面目な声で、「裸になんかならなくてもいい、君の顔が描きたい」と言った。

「わたしの顔を……」

その時、嵐のためか突然、部屋の電灯が消え、きみ子は慌てて蝋燭に火をつけた。岸辺はその仄明るい光の中で、「ルミさん、君の顔は知的だ。僕はそんな知的な君の顔を絵に描きたい」と真顔で言った。

「わたしが顔が知的？　からかわないでよ、わたしは中学しか出てないのよ」

きみ子が笑いながらそう言うと、岸辺はなおも真面目な顔でこう続けた。

「人間の顔というものは学歴とは関係がない。いくら最高学府の学問を修めていても、白痴の顔は白痴だ。そこへいくと君の顔は知的だ」

岸辺の目は真剣そのもので、きみ子は言葉に詰ってしまった。そんなことを赤の他人から言われるのは初めてである。少なくとも中学を出て働きに来てからは、疎まれることはあっても、人から評価されるようなことはなかった。きみ子は、それがたとえ嘘でも嬉しかった。

きみ子が黙っていると、岸辺はまるできみ子を諭すようにこう言った。

「ルミさん、君は自分のことを過少評価している。人間は自分自身を過少評価してはいけない。そうしたら本当に自分自身が駄目になってしまう」

そういうものであろうかと、きみ子は思った。クラブにやって来る客達は「美人だね」とか、「体つきがいいね」などとは言うが、大抵はお世辞である。自分がどんな顔をしているか、毎日鏡を見ている自分が一番よく知っている。けれど、岸辺の言っていることはそんな社交辞令ではない。本気で言っているのだ。

きみ子がそう思っていると、岸辺は「ねえ、君の顔を是非描かせて欲しい」と、きみ子の手を取りながら真剣にそう頼むのだった。きみ子は仕方ないと承諾したが、心の奥では嬉しかった。

それから岸辺は、きみ子が勤めに出る前の午後の時間を利用して、デッサンに来るようになった。

岸辺は清楚な感じを出したかったのだろう、きみ子に白いセーターを着せて椅子に座らせた。白いセーターはまるで女学生のようで、きみ子は恥ずかしかったが、岸辺の言う通りにした。きみ子はそうして椅子に座っていると、いつの間にか、自分がクラブで働いていることも、男達に体を許して稼いでいることも不思議と忘れ去っていた。岐阜で女中として働いていたことも、まるで夢の中の出来事のように思われてくる。

きみ子はこうしている間、自分の暗い過去や今を忘れ去ることができた。

しかし岸辺がデッサンを終えて帰ってしまうと、きみ子はたちまち現実の世界に引き戻されてしまう。生きるためにクラブ勤めもしなければならないし、客を引き留めるために体も許さねばならない。かりそめの女学生の自分はわずか一時で、泥沼のような現実の時は長い。それでも、きみ子はその一時に幸せを感じていた。

そうこうするうちに東京の街に夏がきた。岸辺は大学が夏休みに入ると、郷里の金沢に帰省してしまった。きみ子は絵のモデルをしている時は岸辺に何ら特別の感情を持たなかったが、こうしていなくなると、自分にとって岸辺がどんなに大切な存在か改めて気付いた。岸辺は泥沼に生きるきみ子にとって、心のオアシスだった。寂しさを埋めるように、きみ子は客の前ではしゃいだ。

宇野がきみ子を訪ねて来たのは、ある蒸し暑い日であった。どことなく窶《やつ》れた表情に、「どうしたのですか」と聞くと、宇野はこれから故郷の仙台に帰ると言う。とうとう多賀子から棄てられたのだ。きみ子は五十に手が届こうかという宇野のくたびれた風貌が哀れになり、「今夜、わたしの部屋にお泊まりになりませんか」と誘った。すると宇野は、「いいよ、若い君をわしは汚したくはない」と言い、力無く帰って行った。その後、宇野に会うことはなかった。

九月になっても、岸辺は現れなかった。きみ子は、やはり岸辺のようなまじめな青年が、いつまでもクラブ勤めの女に構うわけないと寂しく思った。

ところが十月も下旬にさしかかった頃、岸辺は一人できみ子のアパートに現れた。この日はクラブの定休日で、岸辺はそれを事前に知っていて直接ここへ来たようである。

岸辺の顔を見た時、きみ子は嬉しくて嬉しくて、岸辺に抱きつきたいほどだったが、理性を働かせ、「岸辺さん、どうしていらしたんですか」と、どうにか平静を保ちながら尋ねた。すると岸辺は、親から「絵描きなんかするような息子はわしの息子ではない」と言われ、勘当されたのだと答えた。九月には東京に出て来ていたが、アルバイトで忙しく、きみ子の所に来られなかったのだと言う。しかも家賃が滞って、下宿も追い出されていた。

「でしたら新しい下宿が見つかるまで、わたしのアパートに泊まってください」

きみ子がそう言うと、さすがに岸辺は躊躇したが、きみ子は熱心に自分の部屋に来るよう勧めた。

「それはできないよ」

「どうして？　住んでいたアパートには帰れないんでしょ」

きみ子がそう言うと、岸辺は小さく頷いた。

「だったら、ここに泊まってください。わたしはちっとも構いませんから」

それはきみ子の岸辺に対する哀願でもあった。

そして「やっぱり、君の所へ泊まるなんて非常識だよ。ルミさん」と言う岸辺に、「わたしは構いません。あなたが何日お泊まりになろうとも。それにわたしはルミなんかじゃありません。本当はきみ子です」と言った。それが何を意味しているか、きみ子にははっきりと分かっていた

しかし岸辺は立ち上がると、玄関で靴をはき、ドアを開けた。いつの間に降り出したのだろう、外は雨だったが、岸辺はそのまま闇に消え去ってしまった。

きみ子は心に開いた穴を感じながら、自分は岸辺を愛してしまったのかもしれないと思っていた。けれど、だからといって、岐阜の菊屋で板前の佐藤を愛した仲居のおなかや、男と駆け落ちをしたおうめのように、深く愛していたわけではなかった。その証拠に、翌日になるともう岸辺のことは忘れていた。

それから幾日かして、岸辺は再びきみ子のアパートに現れた。よほど困り果てたのであろう、新しい住処が見つかるまで、しばらく部屋に置いて欲しいと岸辺は言った。

「構いませんよ。どうぞ」

平静を装いながら、内心きみ子は嬉しかった。岸辺と一つ屋根の下に住めるのである。「すいません」と言いながら、岸辺は部屋に入って来た。こうして岸辺との同棲生活が始まった。

岸辺は一緒に住むようになっても、きみ子の体に指一本触れようとはしなかった。夜も衝立の向こうで休む。きみ子は岸辺のそういうところが好きだった。クラブに来る、まるで飢えた狼のような男達とは違っていたからである。それに実にきちんとしていて、アルバイトで得た収入の中から少ないながら毎月きちんと家賃を払う。きみ子はそんな岸辺にますますのめり込んでいった。

岸辺と暮らし始めたとはいえ、きみ子はこれまで通り男達に体を許した。部屋には岸辺がいるから、クラブの近くの安ホテルを借りた。きみ子は男達に抱かれながら、部屋で待つ岸辺のことを思った。岸辺はきみ子がこうして稼いでいることを知らない。こんな自分を見たら、きっと軽蔑するだろう。きみ子はそう思うと悲しかった。けれど生きるためには仕方ないと、きみ子は心の中で泣きながら思い直すのだった。


十一月の初旬、きみ子は久し振りに故郷の飯塚に帰省することにした。前に帰ったのは、まだ岐阜の菊屋にいた頃だから、三年振りである。

きみ子は昭和三十九年に開通した新幹線に乗って大阪まで行き、そこから特急で九州へ向かった。この前は仲居のおなかが貸してくれた地味な着物で帰ったが、今はあの頃の五倍以上の稼ぎがあるので、きみ子は派手な服を着て、腕には洒落た腕時計をしていた。

あの時と同じように折尾で筑豊線に乗り換えると、間もまく列車は飯塚の駅に滑り込む。飯塚は相変わらず衰微しきっていた。あの時はそれを寂しく思ったが、今のきみ子にはただ汚らしくて貧乏な町としか映らない。憧れだった嘉穂高校にも行こうとは思わなかった。きみ子は迷うことなく真っ直ぐに我が家に向った。

家に着くと、母が奥から出て来て、「きみ子、何かあったのかい」と娘の突然の帰省に驚いて、「いったい東京で何をしとると?」と、母はきみ子の派手な服装をしげしげと見ながら、まるで小馬鹿にしたように言った。

「クラブに勤めちょるとよ」

きみ子はハンドバッグの中から煙草を取り出すと、マッチで火をつけて、くわえながら答えた。その仕草に仰天した母は言葉もない。きみ子はそんな母に、バッグから赤い財布を取り出して、稼いできたお金を渡した。それは前に帰った時に父に渡したものとは比べ物にならない程の多額のお金だった。

そしてきみ子は「お母ちゃん、お茶、頂戴」と命令口調で言った。がめつい母は大金を貰って満足したのか、急に機嫌をよくして、「はい、はい」と言いながら、いそいそとお茶を運んで来た。

きみ子は茶を飲みながら家の中を見回した。相変わらず母は掃除をしていないらしく汚かったが、もうきみ子はこの前のように甲斐甲斐しく掃除をして働こうとは思わなかった。きみ子はすっかり変わってしまったのである。

昼近くに、どこからか帰って来た父は、きみ子の派手な服装に驚いたようだったが、そのことで何かを言うこともなく、ただ、きみ子に極めて冷淡に振る舞った。きみ子が父に、「これでお酒、飲んでね」と言ってお金を渡そうとしても、「要らない」と不機嫌そうに言う。

「どうしてね、どうして要らんの」

きみ子がそう聞くと、父は母から聞いたのであろう、「クラブで働いているそうだなあ」と言い、黙っているきみ子に、「どうせ、男を騙して儲けた金だろう。わしはそんな金で飲みたくはない」と怒ったように言った。

父のあまりの言葉にきみ子は体が固まってしまった。父は何を言っているのか。きみ子が放心していると、父はこう続けた。

「どうせクラブなんかで働いている女は男と寝るんだろう。そんないかがわしい商売をしている女はわしの娘なんかではない。クラブなんかすぐに辞めろ」

父の声には悲しみが溢れていたが、きみ子にはその思いを汲み取る余裕はなかった。いったい自分がどんな思いをして男達に体を許しているか、辱めを受けながら、死ぬ思いをして、やっと手に入れたお金なのに、父は少しも理解してはくれない。そう思うと、きみ子は怒りと悲しさで体が震えた。

「クラブなんかに勤めていたら、ろくなことはない。そんな所で働くぐらいなら、このままうちにいろ」

父は激怒してなおもそう言う。きみ子はやっと声を振り絞ると、こう言い返していた。

「どうして、わたしの送っているお金をあてにしているくせに……」

すると父はさらに激昂し、「わしには生活保護がある。お前の仕送りなんかあてにしなくてもいいんだ」と言い放った。

「これまで送っていたお金は、みんなクラブで働いて稼いだお金なのよ」

きみ子はそう言いながら、三年前に帰って来た時のことを思った。あの時、父はきみ子が稼いできたお金を一晩で使ってしまい、きみ子は体の力という力が抜けてしまう思いをしたのだが、それでも今のように憎しみは感じなかった。むしろそんな父を不憫とさえ思ったほどだ。

「こっちでは働き口もないし……東京で今の仕事を続けるわ」

きみ子がつぶやくように父にそう抗すると、父はなおも声を荒げた。

「そんなことまでしてお前に養ってもらいたくない。さっきも言ったように、わしには生活保護がある」

「生活保護？　お父ちゃんはいつからそんな敗北者になったの。生活保護なんて惨めよ」

「だったら男に身を売るのが惨めではないのか。生活保護は国民の当然の権利だと、県知事の鵜崎も言っていた」

きみ子は県知事の鵜崎など知るわけもなく、ただ父が疎ましく思えた。

隣に立っていた母がきみ子を庇うようにして話に割って入り、きみ子の思いどおりにさせればと父を諭した。だが父はそれを無視して、とうとうこう言い放った。

「もうお前のような売女《ばいた》とは親子の縁を切る。だから早く東京でもどこでも好きな所に帰れ。その代わり、仕送りは絶対にするな」

「帰るわよ、そんなにわたしが嫌なら帰ってやるわよ」

きみ子はそう言うと、母が止めるのも聞かず、といたばかりの荷物をまとめ、我が家を飛び出した。

「きみ子、もう二度とうちの敷居はまたがせないからな！」

玄関先で、父の言葉が追うようにきみ子の耳に届いた。きみ子は父の思いが理解できないわけではなかった。娘が家のために身を落とすのが耐えられないのだ。しかし、どうしようもないではないか。お金を用立てるよう手紙を寄越したのは誰なのだ。それにもとはと言えば父が働かないせいなのだ。きみ子は、それを棚に上げて責めるばかりの父が憎らしかった。

今自分がここで踏みとどまればすむのかもしれない。一瞬そう思ったが、しかし、きみ子は最早、後に引けなかった。家を振り返りもせず、小走りに離れた。こらえきれずに涙が溢れてきた。

きみ子は閑散とした飯塚の町を歩きながら、もう二度とこの町へは帰るまいと悲しく思っていた。きみ子は自分の苦労を少しも分かってくれない父も憎かったが、お金を見てまるで人が違ったようになった母も嫌だった。

しかし、雪子はどうしているのだろうか。そのことが気がかりだった。

きみ子はバスで直方まで行き、飲み屋で酒を浴びるほど飲んだ。けれど飲めば飲むほど酔いはせず、頭の中が冴えてきて、悲しみばかりが増した。あの時、あの岐阜の菊屋で必死で働いて得たお金で飲んでくれた父が恋しかった。

きみ子はふと岸辺のことを思った。家族から棄てられても、自分には岸辺がいる。それが支えになった。

夜汽車で東京に戻ったきみ子は、再び岸辺と暮らし出した。もう衝立で隔てて寝ることもなく、きみ子と岸辺とは男と女になっていた。きみ子は岸辺に抱かれながらこんなにも幸福なものかと初めて感じていた。お金のために男達に体を与えている時は、いつだって辱めを味わっていたのに、岸辺との抱擁は幸せに満ち満ちていた。

それでも、きみ子は一人になると、つい故郷の父のことを思った。狭いアパートの古畳に座っていると、ふと幼い頃のことが思い出されてくる。坑夫の勤務は不規則で、父は午後の二時頃に帰って来ることがあった。幼いきみ子が家の近くで遊んでいると、突然背後から父の声がして、振り返ると、父はきみ子を抱き上げ、「きみ子、また重くなったな」と嬉しそうに言った。家に帰ってからはよく風呂にも連れて行ってくれた。きれいに体を洗ってくれて、湯から上がると決まってラムネを半分ずつ飲み、帰りは肩車をしてくれた。

あんなに愛していた父を憎まなくてはいけない。そう思うときみ子は悲しくなった。心の中にぽっかりと穴が空いてしまった。その空虚な心を埋めてくれるのは岸辺しかいない。いつの頃からであろう、きみ子はそう思うようになっていた。

岸辺はクラブのホステスの誰からもよくもてた。ニヒルな顔立ちのせいもあるが、岸辺が金沢の老舗の御曹司だという噂がまことしやかに流れたせいでもある。

きみ子は岸辺を誰かに奪われそうで、いつも不安だった。とりわけ新しく店に入った朱美というホステスが、岸辺に親しく近づいていた。朱美は美貌に恵まれていて、その上グラマーである。表情も振舞いも自信に満ちていた。それに高校を出ているという。きみ子は、岐阜の菊屋で事務員として働いていた裕子を思い出した。板前の佐藤を半分騙すようにして東京へ出て来たのも、一つにはあの裕子の存在が理由だった。きみ子はそんな劣等意識も手伝って、朱美に冷たく接した。

きみ子は生来、何事につけても我慢強い性格であった。小学生の頃、きみ子の家は貧しく、きみ子の着ている服も友達よりも粗末だった。新しい服はおろか千代紙すら買ってもらえず、それどころか、きみ子はボタ山でボタ拾いをしたり、炭鉱で坑夫達が入る風呂焚きをして小銭を稼ぎ、家計の足しに渡していた。思えば、きみ子はあの頃から我慢というものを自分自身に強いてきたのだ。だから、あの岐阜の菊屋で下働きをしていた時、妹の雪子にそんな惨めな思いをさせまいと思い、僅かな給金の中から服を買って送ったのだ。惨めな思いをするのは自分だけで十分だ思ったからである。

きみ子は我慢というものに慣れ切っていた。そして、じっと我慢をしていれば、いつの日かはきっといいことがあると自分に言い聞かせながら生きてきた。けれど今度のことはそうはいかない。きみ子は岸辺を誰からも奪われたくなかった。たとえ岸辺と一緒に暮らしていても、その不安が消え去ることはなかった。

きみ子は相変わらずクラブに勤め、岸辺は大学に通う。そんな単調な日々が続いたが、きみ子は岸辺といると幸せだった。そしてこのまま結婚できればどんなにいいかと思うようになっていた。しかしきみ子は自分からそれを口にはしなかった。女から結婚を申し込むなんて、はしたない。きみ子はそう考える一面があった。それに、もう一つの理由は、自分は高校も出ていないという負い目だった。だから、きみ子は岸辺が自分にプロポーズしてくれるのを、じっと待つことにした。

岸辺は何も言わなかったが、しかしきみ子は別段悲しくはなかった。今は一緒に暮らせるだけでいい。岸辺が自分の傍に居てくれるだけでよかった。きみ子は、結婚なんてそれは高望み、今の生活を有難いと思わねば罰が当たると思っていた

岸辺はきみ子と同棲するようになってからも、きちんと部屋代を入れていた。ある夕食時、きみ子が「もう部屋代なんかいいのよ。わたし達はもう他人じゃないんだから」と言うと、岸辺は、「いいんだよ。同棲というのは、男と女が共同して生活をすることなんだ」と答えた。きみ子はそんな岸辺がますます好きになった。

学生の岸辺が手渡す部屋代は、多分アルバイトをして手にしたものであろう。岸辺はお金に執着しない。それは、きっときちんとした家庭で何不自由なく育ったからだろう。きみ子は自分が貧しい環境の下で育っただけに、そんな坊ちゃん育ちの岸辺になおさら惹かれたのかも知れない。

それから間もなく、きみ子は勤めていたクラブ「女の城」を辞めて、別のクラブ「リスボン」に移った。「女の城」はクラブというよりもキャバレーという感じだったが、「リスボン」は小さくてこぢんまりとした静かなたたずまいの店である。給料は安かったが、それでもここでは前のように馴染みの客に与える必要はなかった。それが、きみ子がこの店を選んだ理由である。もちろん朱美の存在が嫌だったこともあるが、岸辺という愛する男が現れた以上、いくら仕事とはいえ他の男に抱かれることはできない。第一、岸辺に申し訳ないと思ったからだ。

この店ではホステスも少なく、客の奪い合いもない。その代わり店の掃除やグラスを洗う仕事もあったが、それはきみ子には少しも苦にならなかった。

きみ子と岸辺との同棲生活は数カ月が過ぎた。岸辺は相変わらずアパートと大学の往復が続き、きみ子も店とアパートとを行き来した。岸辺はアルバイトのせいか帰りが遅くなることもあったが、それでもきみ子よりは早く帰っていた。

きみ子が夜中に帰宅すると、以前一人の時には真っ暗だった部屋から、今は明かりがほんのりと漏れている。それを見ると、きみ子は自分が幸せな女だとしみじみ思うのだった。思えば、きみ子の長い人生の中で、後にも先にもこの時が最も満たされた時だったのかも知れない。

朱美が「リスボン」で働くようになったのは、それからしばらくしてのことである。朱美がこの店にきみ子がいることを知って来たのか、知らずに来たのか、それは分からないが、きみ子は冷たい視線を向けた。しかし朱美はそれに臆することもなく、以前同様明るく自信に満ちていた。けれど岸辺のことはどうやら諦めたらしく、岸辺が店に来ても前のようにすり寄って行くことはなかった。今のきみ子にはそれだけが唯一の救いだった。

陽気な朱美にはすぐに客がついたが、どちらかといえば陰気でおとなしいきみ子にはなかなか客がつかない。きみ子は劣等感も手伝って、朱美に烈しいライバル意識を燃やすようになった。

そんな折、突然岸辺が絵の仲間と写生旅行に行くと言い出した。予定は一週間ということだったが、しかし十日たっても、二十日過ぎても岸辺は戻って来なかった。きみ子は連絡もくれない岸辺の身を案じたが、そのうち、岸辺はやはり自分のもとを離れてしまったのだと思い、たまらない気持ちになった。もしやと朱美の顔が浮かんだが、しかし朱美は変わらずクラブで働いているから、岸辺とは一緒ではない。きみ子は店の仄暗《ほのぐら》い灯の下で客と戯れる朱美の姿を見ると、何となくほっとした。

きみ子にようやく客がついたのは、このクラブに勤めて三カ月が過ぎようとする頃だった。

五十過ぎと見える会社経営の男は鈴木善郎といい、一目で貧乏人からのし上がったと見て取れた。こんな仕事をしていれば自然と分かってくる。

「お前も飲むか」

「いえ、結構でございます」

きみ子は、鈴木に進められてそう答えながら、自分はこんなふうに客に敬語なんか使うから敬遠されてしまうのだと思った。きみ子がそんなことを考えていると、鈴木が「お前は随分と大きな指をしているな」と、きみ子の手を見てしみじみと言った。

「はい、長いこと、料理屋の下働きをしておりましたので」

きみ子はそう答えてから、やはり自分はこの客にも嫌われてしまったと思った。鈴木が急に暗い顔をして、何も言わず帰ってしまったからである。しかし、案に相違して、鈴木は店に来るたびにきみ子を指名した。

ある時、鈴木は酔った勢いか、突然自分の身の上話を始めた。

「わしはな、新潟の水呑百姓の五男坊で、十四の時に東京に出て来た。風呂屋に奉公に入って三助みたいなこともやった。学問のない奴は、人の嫌がるきつくて下等な仕事をしなければならないからな。そうして死ぬほど働いて小銭を貯め、今の少しは世間に知られた鉄工所を始めたんだ」

きみ子はその話を聞くうちに、涙が溢れそうになった。あまりにも自分と境遇が酷似していたからである。

自分もあの菊屋で、人の嫌がる便所掃除を率先してやっていたが、それはやはり自分が中学しか出ていない、下積みの女だと思っていたからである。

「ご苦労なさったんですね」

「ああ、わしの気持ちが分かってくれるのか。他のホステス達は『また、その話』と言って馬鹿にして聞いてはくれないのだよ」

そうつぶやく鈴木が、きみ子にはあの時の父と重なって見えた。やはりまだ菊屋で働いていた頃、故郷の飯塚に帰った時、きみ子の渡したお金を飲み代に使い切って母に打たれ、自分の膝で泣いた父。こんなクラブなんかに遊びに来る男達は、みんな裕福な男ばかりだと思っていたのに、このように苦労した男もいたとは、今まできみ子は想像だにしなかった。

「三助、三助と馬鹿にされながら、それでも愛想よくして銭を貰う。辛かった……」

「分かりました。分かりましたから、もうそんな悲しいお話、おっしゃらないで下さいまし」

きみ子はあの時に父にしてやったのと同じように、鈴木の肩を抱いてやった。そうして改めて、父の哀しみを思っていた。

鈴木は辛い過去を生きてきたが、それでも今はまがりなりにも社長である。東京オリンピックが終わっても日本の経済は成長を続けていたから、街には鈴木のように一代で財を成す人間が溢れていた。一方で父のように時代の波から落ちて行く人間もたくさんいるのだと思うと、きみ子はどうにもならない流れに翻弄される、人の運命が切なかった。

鈴木が熱海の温泉に行こうと言い出したのは、それから十日あまりたった頃である。きみ子は少し失望した。確かに鈴木とは客とホステスの関係だが、それでもきみ子は父のように思って尽くしていた。しかし、やはり鈴木も他の客と同じように女の肉体を求めるだけの男なのかと思ったからである。

それでも、きみ子はその誘いを断ることはできなかった。鈴木が他の男達のように札びらを散らつかせてではなく、おずおずと誘うのが救いと言えば救いだった。

この頃になっても、まだ岸辺は写生旅行から帰らなかった。きみ子は岸辺に悪いと思いながら、鈴木の誘いを受けるのもホステス稼業だからと割り切ることにした。それに岸辺はもう二度とこの安アパートには戻って来ないような気がしていた。

その日、四月のさわやかな風が吹く中を、きみ子は淡い赤みがかった袷に道行の羽織を着て、待ち合わせの東京駅に行くと、既に鈴木は先に来て待っていた。

特急の列車に乗り込み、熱海で降りると、おそらく鈴木の馴染みであろう、こぢんまりとした温泉宿に着いた。宿の女中は二人が来るのを先刻承知していて、愛想よく迎え、部屋に案内した。

食事をすますと、しばらくして鈴木が湯に入ると言う。きみ子は、「お背中、お流ししましょうか」と言ってから、鈴木の後に従い、後ろから背広を脱がしてやった。そして自分は袂の中に入れておいた紐でたすき掛けになり、着物の裾をからげ上げると、風呂場へ行った。

きみ子が白い石鹼のついたタオルで鈴木の背中を流していると、突然鈴木がこう言った。

「ああ、まるで夢を見ているようだ。風呂屋の三助だったわしが、こうして若い娘から背中を流してもらえるなんて」

鈴木の声は高い風呂場の天井に響いたが、この時のきみ子には、何だか鈴木が泣いているように聞こえた。だから、背中を洗う手を止めて、「もう、そんな悲しいこと、おっしゃらないで下さいまし」と言った。

「そう言ってくれるのは、お前さんだけだよ。うちでは女房も娘達もみんなわしのことを馬鹿にしている。風呂屋の三助上がりだってね」

その言葉に、きみ子はまた父を思い出した。同時に、この男は孤独なのだとも思う。それもあの父と同じではないか。

「ルミさん、有難う」

しみじみとそう言う鈴木に、きみ子は自然にこう言っていた。

「わたしはルミではありません。本当はきみ子と申します。どうぞ、きみ子とお呼びください」

「きみ子さんか、いい名だ。親御さんにもらった名だね」

「はい」

この時、思わず、きみ子の両眼から涙が溢れ出た。目の前の鈴木という哀れな男を思ってなのか、それとも遠くなった父のことを思って流した涙なのか、きみ子自身にも分からなかったが、ただ、今夜はこの男に体を許してもいいと、きみ子は思っていた。

だが、その夜、鈴木はきみ子を求めなかった。ただ、「疲れた」と言って一人床に就いてしまった。風呂で背中を流し終えてから、一緒に湯船に浸かった仲だというのに。

きみ子には鈴木の真意が解せなかった。何か気に入らなかったのかと不安になったが、そうではないらしく、翌日は朝から上機嫌できみ子をあちこち案内した。そしてまた夜になると、一緒に湯には入ったが、無言のまま、その夜もやはり一人床に就いた。

思い当たるとすれば、一緒の湯船の中で、きみ子が鈴木の顔を濡れタオルで拭いてやっている時のことである。鈴木から「きみ子さん、どうしてお前さんはそんなに親切なんだ」と言われ、きみ子はこう答えた。

「……わたしには故郷に父がおります。親孝行したくても、忙しくて滅多に帰れません。だからあなたを父だと思って、こうしてお世話させていただいているのです」

鈴木はそれを聞くと、もう何も言わなかった。

翌日、きみ子と鈴木は、熱海の温泉宿を後にしたが、鈴木はなおも無言のままだった。きみ子は鈴木の機嫌を損ねたのではないかと心配になったが、東京駅で幾ばくかのお金の入った白い封筒をくれた時はやっぱり嬉しかった。嫌われなかったのだ。

しかし、鈴木と熱海に行ったのは、やはりお金のためだと、きみ子は自分なりに思った。鈴木に、父だと思ってお世話させていただいていると言ったのも、やはりお金のためではなかったのか。きみ子は寂しく思ったのだった。

きみ子はそのままアパートに帰ったが、岸辺はまだ戻った気配がなかった。きみ子は、やはり自分は棄てられたのだと思った。いくら愛していると言われようとも、岸辺は自分とは違う。自分のような、中学を出るとすぐに集団就職した女とは本質的に異なるのだ。だから愛想をつかされるのも当然だと思った。

いつものきみ子なら、そう考えただけで気でも狂いそうになるのだが、この時はそうではなかった。つい今まで鈴木と一緒だったからかもしれない。きみ子は無意識のうちに、岸辺から鈴木へと心が移り、いつの間にか鈴木のことばかり考えるようになっていた。

岸辺はそれは若くて、自分の憧れていた大学生かも知れないが、勘当され貧乏で、自分が養っていかねばならない。それに比べ鈴木は確かに無学だが、社長である。金は有り余るほど持っている。きみ子の心変わりには、小さい時からの貧しさが影響していた。貧乏人が金に執着するのは、どうしようもない性なのかもしれない。

それから二、三日して、店に現れた鈴木は、きみ子を、自分の借りている家に住まわせたいと言った。正直、きみ子は嬉しかった。貧乏から解放されると思ったからである。この時、きみ子の頭からは岸辺の存在は消えていた。

きみ子が店を辞め、鈴木の妾になったのは、それから程なくしてからであった。どうして鈴木がきみ子を自分だけの女にしたかったのか、この時のきみ子には分からなかったが、鈴木の本心は、幼い時から恵まれなかったきみ子を哀れんで、それに自分の不遇な人生を重ね合わせたからであった。

鈴木がきみ子に貸し与えた家は、東京郊外の、武蔵野に近い閑静な住宅地の一角にあった。家の造りは古かったが、昔、名の知れた人が住んでいたと思われる立派な建物だった。

きみ子はその確かに古くはあったが豪勢なお屋敷に、中学を出たばかりと思われる女中と二人で住むことになった。こんな家に住むのは無論初めてのことである。生まれ育った家は炭住と呼ばれる二間しかない家だったし、岐阜の菊屋の女中部屋も、狭苦しい粗末な所に何人かが折り重なるようにして寝ていた。

しかし、きみ子はこの家に越してから十日もたつと、そんな貧しい自分の境遇も忘却して、まるで大家の奥様のように振る舞った。そして、甲高い声で、ちょうど自分が菊屋でされていたように女中をこき使った。

幸江というその女中は、どちらかといえば愚図な女だった。ある日、幸江はきみ子の命令した家の廊下の雑巾がけを忘れていた。外から帰った来たきみ子は腹立たしくなって、「どうして言いつけた通りにやらなかったの」と叱りつけた。

「すみません」。そう言って畳に手をついて謝る幸江に、きみ子はなおさら腹立たしさを覚え、尚も叱りつけた。その時の幸江はわずか二年前のきみ子自身だったが、きみ子はそんなことなど忘れていた。いや、本当は無理に忘れようとしていた。

きみ子はおいしい馳走を口にするようになったが、それも幸江の前でまるで見せびらかすようにして食べた。幼い頃からの貧しい境遇で失った何かを取り返そうとするように、傲慢に振る舞った。そして、そんな自分の哀れな心を、きみ子自身が一番分かっていた。だから、幸江の前でその美味しい馳走を食べている時、きみ子の心には涙があり、その目には憂いさえあったのだ。

鈴木が来ない日、幸江は小さくなってきみ子の給仕をする。きみ子はそんな幸江に、「今夜のご飯は少し固いわね」と小言を言った。「それに廊下の掃除だってやってないじゃないの」。きみ子はそう言ってまた幸江を叱る。幸江はそのたびに畳に手をついて、「すみません」と謝る。その時のきみ子は、あの菊屋でのおあきであり、幸江はきみ子だった。

いけない、もっと優しくならなければ、と思うのだが、その時のきみ子にはできなかった。きみ子は幼い頃、自分に阿修羅になってはいけないと語った祖母が今の自分を見たら、どんなに悲しむであろうと思った。

この時のきみ子は裕福になったのでは決してない。鈴木という初老の男の妾として生きるきみ子は、鈴木がいなければ貧乏であることには変わりなかったのである。ちょうど、戦争に敗れた日本が焼け跡から立ち上がり、朝鮮戦争を契機にして経済成長ばかりを追い求めて生きて来た、その姿にどことなく似ていた。

鈴木は滅多にここへ来なかった。家事は幸江がするから、きみ子は特にすることがなく、お屋敷に来て数日もすると、すぐに退屈になった。これまでが働き詰めであったからなおさら暇をもてあました。

きみ子は一日を本を読んで過ごすことにした。それも買い求めるのではなく、近くの区立図書館に借りに行くことにした。そのためには洋服が欲しい。図書館に行くのに、一目で妾と分かる恰好では行きたくはなかった。ある時、きみ子は鈴木に、「ねえ、洋服、買って。それも白いセーターと地味なスカート」と甘えるように言った。きみ子が鈴木に甘え声で何か頼んだのは、後にも先にもこの時だけである。鈴木は、「よしよし」と言ってその日は帰ったが、翌日には白いセーターと紺色のスカートに、茶色の革靴まで買って来てくれた。

きみ子はそのセーターとスカートを身につけ、革靴をはくと早速、図書館に行き数冊の本を借りた。そして本を小脇に抱え、図書館の大きくてきれいな庭を歩いた。こうしていると、きみ子は自分が囲われ女ではなくて、どこかの良家のお嬢様のような気になって嬉しかった。

お屋敷に戻ると、きみ子は貪るように本を読んだ。借りて来た中にトルストイの『復活』という小説があった。そこに登場するカチューシャという女性は、半分お嬢様で、半分小間使いであった。何と今の自分と境遇が似通っていることであろうと、きみ子は思ったが、どうしてか悲しくはなかった。きみ子は日がな一日、本を読めることで満足だった。

だが、そうした生活は三月とは続かなかった。鈴木が脳溢血で急死したのである。当然ながら、きみ子はお屋敷を出なくてはならなかった。きみ子はまた元の貧しい女になったのである。

お屋敷をほんのすこしの荷物を持ってきみ子は、また元のアパートに帰った。岸辺が帰ってきてもいいようにアパートはそのままにしていた。

三カ月振りだが、岸辺は未だ戻った様子はない。きみ子は岸辺が恋しかった。それと同時に、自分は罰が当たったのだとしみじみ思った。お金につられて鈴木の妾になり、しかも若い女中をあんなに叱り飛ばしてしまった。その辛さは誰よりも自分が一番知っているのに。神様はそんな自分の傲慢さに怒って、自分から鈴木という旦那を取り上げてしまったのかも知れない。

やはり自分は阿修羅ではないかと、きみ子は涙ながらに思った。だから岸辺は愛想をつかしたのかも知れない。しかし、今となっては、それならそれで仕方ないことだと、きみ子は溜め息混じりに思うのだった。

翌日からきみ子はまたクラブ「リスボン」に勤め出した。ママもホステス達も、みんな鈴木の悲報を知っていたから、一様にきみ子に同情してくれた。きみ子は、あの武蔵野のお屋敷での生活を忘れようとするかのように、努めて明るく振る舞った。ジューク・ボックスに合わせて歌も唄ったし、あのお屋敷では決して吸わずにいた煙草の本数もめっきり増えた。

しかし勤めを終えて、一人アパートに帰って来ると、言い知れぬ寂しさを覚えた。岸辺が恋しかった。いつか近くの公園で若い夫婦が小さな女の子を連れているのを見たことがあるが、きみ子は無意識のうちに、自分もいつの日か岸辺とそんなふうになりたいと思っていた。けれど、岸辺は帰って来ないばかりか、手紙一本寄越さない。きみ子は悲しかったが、岸辺を探し出す術も分からないし、時間的な余裕もなかった。

四

そんなある日のこと、いつものように、きみ子が勤めを終えて帰ると、その日、アパートの窓から電灯の明かりが溢れていた。もしや、岸辺が帰ったのではないか。いや、きっと、そうに違いない。部屋の鍵を持っているのは自分の他には岸辺だけだ。きみ子が慌ててドアを開けると、案の定、部屋の中に岸辺がいた。

「あなた、帰って来たのね。今までどこに行っていたの?」

きみ子が口早にそう聞くと、岸辺は「あちこちだ」と不機嫌そうに答えた。

「あちこちって、やっぱり、絵のことで?」

きみ子はやはり口早にそう聞いてしまってから、すぐに後悔した。あまり執拗だと岸辺に嫌われると思ったからである。

こうして、また岸辺との暮らしが始まった。きみ子は鈴木とのことを岸辺に言わなかった。岸辺もまた自分の留守中のことを、きみ子に聞くことはなかった。きみ子には再び充実した日々が戻ってきた。

そんなある日の夕方、勤めに行く道すがら、きみ子は岸辺が朱美と親しげに歩いているのを偶然目にした。きみ子は朱美に激しい嫉妬を覚えた。きみ子は店に行くのをやめてアパートに戻り、岸辺の帰りを待った。そして帰って来た岸辺に、「あなた、朱美さんとつき合ってるの? わたしという女がいるのに」と責めるように言った。

「あれか、偶然だよ。歩いていたら朱美に会ってね。久し振りだったからお茶でも飲もうということになったんだ」

「ほんと? 今のあなたの言葉、信じていいのね」

きみ子には岸辺が誤魔化しているようにしか聞こえなかったが、それ以上、聞くのを我慢した。

この夜、きみ子は岸辺に抱かれながら、どうしてか鈴木のことを考えた。たった三カ月の妾暮らしだったが、週に一度現れた鈴木は、それでも滅多にきみ子の体を求めたことはなく、茶を飲んでそのまま帰ってしまうことが多かった。一体何のために鈴木は自分を妾にしたのか、きみ子にはとうとう分からずじまいだった。

鈴木に死なれた今、自分が頼りにしなければならないのは、やはりこの岸辺だ。もう二度と岸辺から離れたくない。きみ子は岸辺の温もりを感じながら、そう強く思った。

「わたしを棄てないで」。いつの頃からか、きみ子は岸辺に口癖のように言うようになった。それも決まって岸辺と抱擁した後だった。今、岸辺に棄てられたら生きてはゆけない。少なくともその頃のきみ子はそう思った。

すると岸辺は、「大丈夫。心配することなんかない」とこれも決まって言う。きみ子はその言葉でやっと安心し、岸辺の腕の中で眠るのだった。

この頃のきみ子は二つの顔を持っていた。一つの顔はあの店で見せる、大人というよりは、金のために女の色香を売る夜の顔。そしてもう一つは、岸辺に「棄てないで」とまるで子供のように甘えてせがむ顔だ。

きみ子はいつ、岸辺が誰かに奪われはしないかとはらはらしていた。そして岸辺を自分だけのものにするために、岸辺にこれまで以上に尽くし、お金も渡すようになった。

再び同棲を始めて半月が過ぎた頃、アパートに朱美が現れた。そして部屋に上がると、きみ子を無視するようにして岸辺と馴れ馴れしく話すのである。朱美はその後も度々やって来ては部屋に上がり込んだ。きみ子は表面では余裕の表情をしながら、内心とても嫌だった。朱美とにこやかに会話する岸辺を見ると、胸が張り裂けそうなくらい不安になった。

ある夜、朱美が帰ってから、きみ子は岸辺に「あなた、朱美さんとわたしと、どっちが好きなの?」と迫った。すると、岸辺は何も答えず、ただニタニタと笑っている。

「ねえ、どっちが好き?」

なおもきみ子がそう聞くと、「どっちだっていいじゃないか」ときみ子を突き放すように言った。

「いや、真面目に答えて」

きみ子が泣き出しそうな声で聞いても、岸辺は面倒なのか何も答えない。

「朱美さんはわたしよりも美人だから……」

「馬鹿だな、お前に決まっているじゃないか」

「そう、信じていいのね」

きみ子は岸辺の言葉に安堵した。岸辺が愛しているのは、朱美ではなく、自分だと確かめられたからである。もう朱美と親しくしないでと言いたかったが、嫉妬深い女だと思われたくなくて、きみ子は出かかった言葉を呑み込んだ。

岸辺は勘当されて以来、仕送りを絶たれていた。それでも裕福な家庭で育ったせいか、贅沢なところがあった。きみ子とは対照的だが、またそこが岸辺に惹かれる所以《ゆえん》であった。岸辺を朱美に取られたくないきみ子は、岸辺のためにお金を一円でも稼がねばと思い、店で以前にも増して女の色香を売った。この時は、岸辺から利用されているだけかもしれないなどと、疑うこともなかった。

その年の秋も過ぎ、東京の空に木枯らしが吹く頃、また岸辺がアパートに帰らなくなった。もしかしたら朱美の所ではないかと胸騒ぎがしたが、しかし自分より三つも年下の朱美はまだ未成年である。それに岸辺が本気で朱美なんか好きになるはずはない。岸辺が本当に愛しているのは自分だ。きみ子にはそんな自信もあった。

けれど岸辺は三日たっても、一週間が過ぎても帰らなかった。さすがのきみ子も不安になり、思い切って朱美のアパートに行った。

部屋には朱美だけで、岸辺の姿はなかった。きみ子が岸辺の居所を聞いても、朱美は知らないと言う。きみ子は、朱美が岸辺をどこかに隠して嘘をついているとは思えなかった。朱美はそんな虚言を言うには若すぎる。

一体、岸辺はどこへ行ってしまったのだろう。きみ子は部屋で一人、膝を抱えた。もう岸辺が二度とここへは帰って来ないような気がして、知らぬ間に涙か流れ出た。こんなに尽くしているのに、たとえ自分は欲しいものがあっても我慢して貢いでいるのに、それでも岸辺は自分から離れてしまったのかと思うと、また涙が頬を伝わるのだった。

それでもクラブの勤めを休むわけにはいかない。きみ子は岸辺のいなくなった寂しさを、クラブの客達と戯れて紛らわした。きみ子は以前とは別人のように、明るくというより、羽目を外すようになった。これには周囲もいささか驚き、何かあったかと聞く者もいたが、きみ子は「何にもないよ」とふざけるように答えた。

クラブで客達とふざけ合っていると、岸辺のいない独りぼっちの暮らしを忘れることができた。しかし店が閉まると、きみ子はまたアパートでの孤独を思い、言いようのない寂しさに襲われるのだった。

十日たっても、十五日過ぎても、岸辺は戻っては来なかった。きみ子はいてもたってもいられなくなり、ある夜、勤めの帰りにまた朱美のアパートに行った。最近、朱美は店を休みがちで、この夜も無断欠勤していた。

ドアを開けた朱美は、岸辺はもうここにはいないと言った。

「嘘おっしゃい、いるのでしょう」

きみ子がとがった声でそう言うと、朱美は泣きそうな声でこう言った。

「ほんとよ。昨日までここにいたんだけれど、昨日遅くに連れて行かれたわ。宮沢組の男達に。信じて」

宮沢組というのは、この辺一帯を根城にしている暴力団で、きみ子の勤めているクラブにもよく来る。岸辺は宮沢組とどんな関係があるのだろうか。きみ子は不思議に思ったが、でも、今は一刻も早く岸辺を助け出したかった。

きみ子は朱美のアパートを出ると、その足で真っ直ぐ宮沢組の事務所がある新宿へ向かった。

宮沢組は暴力団であり、やくざである。任俠映画に出てくるやくざは義理堅く、いわゆる強きを挫き、弱きを助ける男気に満ちているが、実際のやくざはそんなものではなく、世間のダニのようなものである。けれど、若いきみ子は、岸辺を救うためなら暴力団も恐くなかった。

宮沢組のいかめしい事務所の前に立つと、きみ子は一回だけ深呼吸をしてから、その硬い扉を開け、「ここに岸辺という者がいるでしょ。早くわたしに返してよ」と少々声高に言った。

するとと目付きの悪い、いかにもやくざ風の男が出て来て、「姐ちゃん、岸辺に何の用だね」とドスの利いた声で聞く。その男は何度かきみ子の勤めるクラブに来たことがあった。きみ子は恐かったが、それでも岸辺を取り返すためと思い、「ねえ、早く岸辺を返して」と言った。

すると男は、「岸辺は俺達に喧嘩を売ってきた男だ。返すわけにはいかないね」と言う。いつの間にか、きみ子の周りを数人のやくざが取り巻いていた。きみ子は体の震えを必死にこらえ、「岸辺があんた達に何をしたか知らないけど、早く返してよ」と強気に言ってみせた。

すると男達は突然きみ子を羽交い締めにし、代わる代わるきみ子の頬を打った。きみ子は岐阜の菊屋でおあきから始終打たれていたので、馴れていたが、そこは男のことで、痛みは比ではなかった。それでもきみ子はじっと我慢した。どうしても岸辺を取り戻したかったからである。そのうちに、奥からでっぷりと肥った年配の男が現れて、「もうそのぐらいでやめておけ」と言った。

その男は、宮沢嘉一という宮沢組の組長で、幾度も店に来たことがある。すると、男達は組長の命令に従い、きみ子を放した。

「岸辺を連れて来い」

組長の宮沢はそう言った。

「どうするんですか？」と男達の中の一人が尋ねると、宮沢は「この女に返してやるんだ」と言う。

「だって野郎は、俺達のことを嗅ぎ回ってる男ですぜ」

「岸辺は小者《ざこ》だ。たいしたことはない。それに今のところ警察とも繋がってはいないらしいし……」

宮沢はそう言うと、岸辺を連れて来るようにまた子分に命じた。

間もなく奥から連れて来られた岸辺は心持ち痩せ衰えたように見えた。宮沢はその岸辺に、「奥方のお出迎えだ」と言ってから、「それにしても岸辺、お前の女は度胸があるな。こんな所に単身で乗り込んで来るなんて、女にしておくのは惜しい」と笑いながら言うのだった。

宮沢組の建物から出ても、きみ子はまだ体が震えていた。なんて恐ろしいことをしたのかと思うと、今になって冷や汗がにじんだ。同時に、岸辺が自分にとってどんなに大事な男であるかを改めて感じていた。

きみ子は一緒に並んで歩いている岸辺に、「もうわたしを棄てないで、わたしの所にずっといて」と言いたい気持ちをぐっと押さえた。それを口にしたら嫌われるのではないかと、また思ったのである。

岸辺が宮沢組とどんな関係があるのか、きみ子はあえて尋ねることはしなかったが、その後、どうやら組との縁は切れたようであった。しかし朱美はまたも、きみ子のアパートに顔を出すようになった。朱美は岸辺にまるで夫婦か恋人同士のように話す。岸辺もまたきみ子の心配を無視して朱美に応じた。

そんなある夜のことであった。きみ子が勤め先から戻って来ると、朱美が来ていた。朱美は相変わらず岸辺と戯れている。いつもなら何も言わないきみ子だが、その夜は嫉妬にかられ、朱美の顔を見るなり、「朱美さん、早く帰って」とヒステリックに言った。すると、朱美はまるで鳩が豆鉄砲を喰ったような顔で、きょとんとしている。

「それにもうここには来ないで。この人はわたしだけの人よ」

朱美はその激しい剣幕に仰天したのか、真っ青な顔になったが、負けてはいなかった。「この人は、私の方が先に知っていたのよ。少なくともあんたよりはね」と岸辺に寄り添って言うのだった。

その言葉を耳にした時、きみ子の胸の奥にむらむらと女の闘争心のようなものが湧いてきた。

「愛情は時間じゃないわ。一目会った時から好きになることもあるわ。今のこの人はわたしに首ったけよ」

岸辺は今のきみ子にとって、生き甲斐といおうか、文字通り心の拠り所だった。だからきみ子は、岸辺に寄りかかって「わたしはルミさんよりこの人を愛しているわ」と言う朱美を、手で乱暴に押し退けて、「昔はどうだったか知らないけど、今はあんたよりわたしを愛しているのよ」と激しく言い放った。

二人の女に挟まれて、岸辺は無言のままだった。実はこの時、岸辺は頭の中で計算していた。どっちの女を取ったら得か、冷静に考えていたのだ。

朱美は確かに美人で都会的で、育ちも決して悪くなく、父親は中学の教師だという。こうして夜の女になったのも、厳格な父親に反抗してのことだと、岸辺は聞いていた。しかし、だとしたら、お嬢様育ちの朱美に寄りかかって暮らすことはできない。

孤独である。

それに比べきみ子は、中学を出てすぐに働きに出なければならないほどの貧乏な家の女だ。それに何より孤独である。去年、故郷に帰った時には、父親と言い争いをしてきたらしい。賢い女だから、それを口にすることはないが、岸辺は直観でそれが分かっていた。だからきみ子に惚れるだけ惚れさせよう。このきみ子なら、惚れた自分のためなら、どんなことをしてでも稼ぐだろう。そこが朱美と異なっていた。

岸辺は故郷の呉服屋を継ごうとも、絵画で名を成そうとも思わない。ただ、女に寄りかかって生活をしたかっただけだったから、きみ子を選ぶことにした。

どっちを取るのかと二人の女から問われた時、岸辺は即座に、「きみ子だ」と答えた。朱美は逆上して、「ほんと、ほんとにルミさんが好きなの?」と聞いた。

「ああ、僕はきみ子の知的なところがいい」

朱美は突然泣き出した。きみ子は朱美に勝ったと思ったが、どうしてか朱美を憎いとは思えなかった。朱美が泣きながら帰った後、しばらくしてから、きみ子は台所仕事をしながら、「ねえ、あなた、朱美さんに言ったこと、ほんと?」と聞いてみた。しかし岸辺は答えない。

「あなた、朱美さんに言ったこと……」

きみ子は台所を離れて岸辺のもとに行くと、その体に縋りつき、まるで幼子のように泣きじゃくった。すると、岸辺はやっと、「好きだよ、お前が。朱美に言ったことは本当だ」と言った。

「嬉しいわ。あなたのためだったら、わたし、どんなことをしてでも働くわ」

きみ子は嬉しかった。もうあの朱美から岸辺を取られはしないかと案じることもないし、岸辺が自分だけを愛していることが分かった。きみ子は幸せだった。この人と一緒だったら、たとえどのようなことがあろうとも恐くはない。この人のためだったら、どんなことでもできる。若いきみ子はそう思った。

きみ子は岸辺の打算など夢だに考えなかった。この人はいつか絵を描いて大成する。そうすれば、いつの日か自分も画家の奥様になれる。それまでの辛抱だと甘い夢のようなことを考えていた。

翌日の夜、いつものように店に行くと、朱美が辞めたと同僚のホステス達が話していた。多分岸辺との恋に破れたからだと思ったが、きみ子は誰にもそのことは言わなかった。きみ子も、できればここを辞めたかったが、しかし岸辺に収入がないから、きみ子が働かなくてはいけない。

朱美が去り、きみ子も一旦はすべてがうまく行くと思ったが、しばらくするとまた不安がむくむくともたげてきて、きみ子を苦しめた。朱美があれであきらめたとは限らない。いつまた岸辺と寄りが戻るかも知れない。そう思うと、きみ子は気が気ではなかった。

きみ子は一日も早くここから離れたいと思うようになった。岸辺を独り占めにしたかったからだ。

「もうわたしはこんな東京にはいたくない」

いつしか、きみ子は岸辺にそんな言葉をこぼすようになっていた。それはあの岐阜の菊屋で佐藤に言ったのと同じ言葉だったが、ただ、あの時は佐藤など愛してはおらず、利用しただけだった。しかし今は違う。岸辺を愛すればこそ、きみ子は東京にいたくなかったのだ。

岸辺が朗報をもたらしたのは、翌年の梅雨の始まりの頃だった。大阪に尊敬する絵の先生がいるから、美大を辞めて大阪に行きたいと言い出したのだ。きみ子には願ってもないことで、すぐに承諾した。

「大阪へ行ったら、わたし、一所懸命働くわ」

台所仕事をしながら、きみ子は声を弾ませた。

「いいよ。そんなに頑張らなくても」

そう言う岸辺に、きみ子は傍に行き、スカートの膝を折ると、こう言った。

「だって、あなたは大切な絵の修行があるでしょ。働いてなんかいたら修行にならないわ。あなたは絵で有名になりたいんでしょ。大成するまで女房のあたしが働いてあなたを養うのは当たり前じゃない」

そして無言の岸辺にこう続けた。

「あなたが絵の大家になったら、わたしも絵の大家の奥さん、もし、そうなったら、夢みたいだわ」

きみ子は自らのことを女房とか奥さんと口にしたことで、顔が火照るのを覚えた。それは、かつて味わったことのない幸せな気分だった。きみ子はその夢を信じることにした。それが、故郷や父を捨て去ってしまったきみ子の唯一の生き甲斐だった。

「それで、いつになったら大阪へ行けるの？」

「……多分、六月頃だと思うよ」

きみ子はその日に思いをはせながら、一人、楽しい想像をふくらませた。

けれど、その後何日たっても、大阪の先生と連絡がつかないらしく、岸辺の話はなかなか進展しなかった。一日も早く東京を出たいきみ子は、そんな岸辺にいらいらした。きみ子は相変わらずクラブ「リスボン」で働いていた。岸辺はアパートに閉じ籠もって絵ばかり描いていた。元よりきみ子には絵心なんかなかったし、岸辺もきみ子に絵を見せない。それでもきみ子は充実した日々を送っていた。

そして、ついに先生から返事が来て、いよいよきみ子と岸辺は大阪へ行くことになった。梅雨の終わり特有のスコールのような雨が続いた頃である。きみ子は激しい雨の中、気を弾ませながら荷物を纏めにかかった。荷物といっても一部屋分だから、たいした量ではない。

きみ子はふと手を休めて、アパートの窓から、降りしきる雨を眺めた。雨はさっきよりもまた一段と激しさを増している。それは大阪でのきみ子の過酷な生活を暗示していたが、もとよりきみ子にはそんなこと予見できるわけはない。きみ子にはこの雨が、東京で染み付いてしまった汚れを洗い落としてくれる、再出発の祝いにすら思えていた。

そして東京に本格的な夏が訪れた時、きみ子の姿はこの広い東京のどこにもなかった。

第三章　大阪情念

一

昭和四十三年の夏、森川きみ子は岸辺信夫と共に大阪の地に移り住んだ。

岸辺は大阪に来てからまるで人が変わったように怠惰になり、毎日酒ばかり飲んで暮らすようになった。けれどきみ子は、そんな岸辺を咎めることはしなかった。きみ子は岸辺を愛していたし、それに故郷も棄ててしまったきみ子には岸辺の他に頼れる者がいなかったからである。

岸辺が尊敬する福田武一は、自分の古い木造アパートの部屋をきみ子達に明け渡して、自分は別のアパートに引っ越していった。岸辺は毎日そこに絵を習いに通うことになる。

きみ子はすぐに働き口を見つけなくてはならなかった。蓄えもろくになかったから、働かなくてはたちまち生活に困窮してしまう。きみ子は福田から部屋を譲ってもらった翌日には、もう職安に並んでいた。パチンコ屋の店員、駅の掃除婦、きみ子は岸辺を養うために少しでも実入りのいい仕事を探した。岸辺には画家として大成してほしい。生活のことを案じることなく、ただ絵のことだけ考えてほしい。そう思っていた。

きみ子は駅の掃除婦として働き出したが、相変わらず貧しかった。収入は東京のクラブで働いていた頃の半分以下だったから、給料前にはほとんどお金は残っていなかった。

そんなある日のことである。福田の部屋から帰った岸辺は、飯台の上に置かれた粗末な食事を見ると、「きみ子、こんなものを俺に食わせるのか」と不機嫌そうに言った。

「ごめんなさいね、何しろお給料前だから」

「こんなものが食えるか。きみ子、俺は絵で大成しようとしている人間だ。美を追求する人間がこんな不味いものを食っていたら大成なんかできるか」

岸辺はそう言ってきみ子を怒鳴りつけた。

「ごめんなさいね、明日はお給料日だから、お給料をいただいたらあなたの好きなお肉を買ってくるから」

きみ子がそう答えると、岸辺は、「口答えをするな」と飯台をひっくり返した。そして、きみ子が思わず顔をしかめたのが気に入らないらしく、きみ子の頬を二、三度打つと、部屋から出て行った。

「あなた、今からどこへ行くの」

きみ子の言葉も岸辺の耳には届かなかった。一人残されたきみ子は、溜め息をついて畳に座り込んだ。昼間、あんなに必死で働いているのに、いくら力仕事には慣れているといっても掃除婦は大変な仕事である。仕事のやり方もいちいち先輩の掃除婦に頭を下げて教わらなくてはいけない。それも岸辺のためと歯をくいしばって働いているのに、岸辺はそうした苦労を全く理解してはくれない。

きみ子は掃除の仕事ですっかり荒れてしまった手で、こぼれた食べ物を拾いながら、もう岸辺とは別れたほうがいいのかも知れないと思っていた。

けれど、すぐに、きみ子は心細くなってきた。岸辺はもう二度と戻っては来ないのではないか、もし今岸辺に棄てられたらどうしよう。そして、こう思うのだ。きついとはいえ自分の仕事は単純労働ではないか。それに対して岸辺は美を創造するという大変な仕事なのだ。美を創造するには、美味しいものを食べ、きれいな服を着て、ゆったりと気持ちを構えておく必要があるのだ。そうして、岸辺に悪いことを言ってしまったと後悔するのだった。

その夜遅く部屋に戻った岸辺に、きみ子は「ごめんなさい」と平謝りに謝った。岸辺は「分かればいい」と言ったが、その顔には含み笑いがあった。きみ子は謝ることに必死で、その含み笑いまでは気づかなかった。その夜、きみ子は岸辺に抱かれながら、最高の幸せを感じていた。

中学しか出ていないきみ子に、そうそう待遇のいい仕事はなかった。きみ子は少しでもお金が欲しかったから、人の嫌がる便所掃除も率先してするようになった。あの岐阜の菊屋でも便所掃除ばかりしていたから、そんなに苦痛には感じない。菊屋の辛い奉公が思わぬところで役立っていると、きみ子は少しおかしく思った。

だが、岸辺はそんなきみ子を臭いと言って嫌った。臭いなどするわけはないのだが。ある時、あまりに身勝手な物言いに堪えかねて、きみ子はつい口答えをした。

「わたしが一日中、汗だくになって仕事をしているのは、みんなあなたのためよ。あなたに少しでも美味しいものを食べさせたい、そう思って働いているのよ」

すると岸辺は、「恩を着せるな」と言って、またきみ子を打った。

そうなるときみ子は、自分は岸辺に悪いことを言ったと後悔した。一流の画家として大成しようとしている岸辺の男としての自尊心を傷つけてしまったと思うのである。だから岸辺に、「ごめんなさいね、わたし、言い過ぎました」と謝った。

「分かればいいんだ」

威張ってそう言う岸辺を、きみ子は男らしいとさえ思った。

大阪に秋風が吹き始める頃になっても、きみ子は相変わらず掃除婦として働いていた。この日もビルの便所を掃除していると、きみ子は偶然、岸辺の師匠である福田に出くわした。ベレー帽をかぶった、いかにも画家らしい風貌の福田は、岸辺が今スランプ状態に陥っていると話した。

「思うように絵が描けなくていらいらしている。だから傍にいるあんたが労って欲しい」

福田はそう言うと、「芸術家というものは、えてしてそうしたもんですよ。奥さん、温かく彼を見守ってやってくださいね」と優しく微笑んだ。

きみ子は掃除用のバケツを持ったまま、「有難うございます」と礼を言った。きみ子は福田が岸辺のことを気にかけてくれているのも嬉しかったが、何より福田から「奥さん」と言われたことが嬉しかった。そんなふうに呼ばれたのは勿論初めてである。籍こそまだ入れていないが、よそから見るとそういう関係に見られているのだと思うと、こそばゆい気になった。

掃除をする手にも知らぬうちに力が入る。時々、岸辺が腹を立てて自分を打つことがあるが、それも自分を愛し、頼りにしているからなのだ。この時から、きみ子はそう思うようになった。

それからのきみ子は辛いことがあっても、たとえ岸辺から激しく打たれようとも、弱音を吐かなかった。そしていつか岸辺が画家として大成することを夢見ていた。雑誌のグラビアなどに載る有名な画家一家の写真には、必ず夫人が寄り添うようにして写っている。岸辺が大成したら自分もあのようになれるのだ。きみ子は以前にも増して、岸辺の才能に賭けようと思った。

その岸辺が突然アパートから去ったのは、その年の初冬のことだった。

その頃、きみ子はビルの掃除婦を辞めて、近くの縫製工場で女工として働いていた。流れ作業であるから、きみ子のように特別な技術を持たない女であっても勤まった。きみ子は毎日ミシンを踏みながら、もう飲み屋やクラブでは働きたくないと思っていた。たとえ仕事はきつくとも、こんなふうに自分の手と足とを使って働くほうがいい。それに、岐阜の菊屋での下働きに比べたら楽なものである。クラブ勤めは夕方から夜だったから、きみ子はこうして朝早くに弁当を持って出られることも嬉しかった。それに縫製工場では化粧をすることが禁じられていた。化粧の粉が飛び散って大事な製品を汚すからである。若い女工の中にはそれに不満を持つ者もいたが、きみ子はむしろ有難かった。クラブ勤めの頃を忘れることが出来たからである。

けれど賃金は僅かであり、岸辺と二人食べていくのがやっとで、とても岸辺に贅沢をさせられるものではなかった。岸辺がアパートから忽然と姿を消した夜、きみ子はどうして岸辺が去ったのか分からないでいたが、そういえば数日前に、岸辺がまた食事が不味いと言って怒ったことを思い出した。きみ子はただ謝ったが、岸辺はそんなきみ子に愛想がつきて出て行ったのかも知れない。きみ子は仕事で疲れ切った頭でぼんやり考えた。

きみ子は岸辺の消えた部屋で放心したように座り込んだ。狭いと思っていたが、こうして一人になると急に広く感じる。きみ子は通勤用の地味なスカートの膝を折りながら、自分は岸辺から棄てられたと思い、言い知れぬ孤独感に襲われた。それは凍りつくような寂しさだった。

きみ子は古畳の上にうずくまって泣いた。今まで岸辺に尽くしてきたことは一体何だったのだろう、そう思うと虚しかった。東京でクラブに勤めていた頃、夜遅く帰って来ると電灯が淡く灯っていて、岸辺が自分を待っていてくれた。きみ子はできればあの頃に戻りたかった。しかし、それは叶わない。自分は独りぼっちになったのだ。

やっと泣き止んだきみ子は立ち上がると、戸棚から岸辺のために買っておいたウイスキーを取り出し、一人浴びるように飲んだ。クラブ勤めの頃は毎晩客を相手に飲んでいたが、アルコールに強いわけではない。けれど今は、酔えないばかりか、飲めば飲むほど悲しみが増してきた。

けれど、泣きながらウイスキーを飲むうちに、きみ子はもしかしたら岸辺はまたここに戻って来るかも知れないと思い始めていた。いや、きっと岸辺は自分の所へ戻って来る。きみ子はそう信じることにした。

翌日、きみ子は何事もなかったように縫製工場に出勤した。岸辺はきっとここへ、自分の所へ戻って来る。そう思うと、きみ子は今日も仕事に励もうと思うのだった。

きみ子の勤める縫製工場では、幼児用の服を作っていた。きみ子の仕事はその服の部分縫いをミシンでする単純作業だった。きみ子は朝から一日中、それを黙々と続ける。ミシンは工業用に造られた大型の動力ミシンなので、両足にありったけの力を入れて踏まないと動かない。だから一日その動力ミシンを踏んでいると、仕事を終えた時には足がまるで棒のようになった。

日本は依然として驚異的な経済成長を続けていた。大阪は江戸時代から「天下の台所」と言われてきたように現代でも経済の中心地である。工場で一日中汗だくになって働いても僅かな賃金しかもらえないきみ子とは関わりなく、街は相変わらず景気がよかった。

大阪は翌年の国際万国博覧会を控え、大変な建設ラッシュである。多くの建設労働者達が全国から大阪に集まって来ていた。九州から来た中には、殊に閉山が相次いでいる筑豊からの人が多い。きみ子は彼らの話す九州弁を聞くと、涙が出るほど懐かしく、自然と父母や雪子のことを思い出した。父はまだ失業中なのだろうか、雪子はまた肺炎が再発してはいないだろうか、などと案じられ、あの冷たい母のことも思った。一日の仕事を終えてアパートに帰る途中、ビルの間からのぞく夕日を見ながら、母は今頃、夕飯の支度をしているだろうなどと思った。

給料をもらった晩、きみ子は故郷の父に宛て、二年ぶりに僅かだが送金することにした。大阪へ来てから、いや岸辺という男と同棲するようになってから、故郷へは送金はおろか葉書一通出していなかった。簡単に手紙を書き終えて封をしたが、ただ、自分の住所は書かなかった。大阪へ来たことはまだ知らせていない。知らせるつもりもなかった。それは故郷を棄てたなによりの証だった。

きみ子は棒のように疲れた足を古畳の上に投げ出し、さすりながら、ふと部屋の中を見渡した。やはり一人だけの部屋は広く感じる。きみ子は自分がまだまだ岸辺に尽くし足りなかったと思い、「あなた、わたしが我がままだったわ。反省するから早く帰って来て」と言うと、涙をこぼして泣いた。それでも一日働いて疲れていたので、きみ子はその本当は狭い部屋の掃除を素早くすますと、煎餅布団を敷き、横になるとすぐに寝入ってしまった。

翌朝、きみ子はいつものように起きて朝食を作ると、急いで食事をすませてから、弁当を手提げの中に入れ、朝日の当たる長くて細い露地裏を歩いて大通りにある工場へと向かった。

工場へ着き、更衣室でこれまたいつものように灰色の作業着を着て、黒い作業ズボンをはき、素足の足に作業用の白いズックをはく。短い茶色の前かけを締めると、結い上げた頭に白いネッカチーフを被りながら、きみ子は走るようにして殺風景な広い工場へ行き、動力ミシンの前に座った。左足で工場の粗末な板の床を踏ん張り、右足で重たい動力ミシンのペダルを力いっぱい踏むと、ミシンはウウッと大きな唸りを立てた。やがて他の女工達も同じように動力ミシンを踏み出すと、広い工場の中では女工達は皆懸命に働いているから話し声もなく、ただ動力ミシンの唸る音だけがいっぱいに響く。今は馴れたが、働き出した頃はアパートに戻ってもその音がきみ子の耳元に残っていた。

きみ子はこうして働いている間が一番落ち着けた。岸辺のことをくよくよと考えることもなく、仕事に没頭できたからである。女工達はまるで競うようにして働いた。みんな同じ賃金なのに、誰もが「あの人よりも自分の方が仕事が早いし、丁寧だ」と思っている。それは何もここの女工ばかりでなく、この時代、日本中の誰もがそうだった。「我こそが企業戦士だ」と思っていた。本当はただ経営者からこき使われているだけなのだが、哀れな労働者達はそのことに気づかずにいた。

きみ子もまた他の女工達に負けたくなかった。だから必死になって動力ミシンを踏んでいると、岸辺のことも考えずにいられた。けれど仕事を終えてアパートに帰ると、また言い知れぬ孤独の中で過ごすのだった。

こうしてきみ子は年の暮れも、明けて四十四年の正月も、一人きりで安アパートで過ごした。それでも岸辺はきっと自分の所へ帰って来ると堅く信じていたが、しかし三月になり、大阪の地に春が訪れても、岸辺は戻らなかった。

二

やはり岸辺に棄てられたのか。岸辺に充分な贅沢をさせられなかったからだ。きみ子は自分を責め、寂しさから仕事帰りに酒を飲むようになった。お金はわずかしか持たないのだから、行くのは小さな飲み屋である。酒を飲んでも寂しさは却って増すばかりだと分かっているのに、きみ子はその暖簾をくぐっていた。

縫製工場の仕事は忙しいが単調だ。同じようにきみ子自身の生活もすこぶる単調だった。そして大阪の地に爽やかな皐月が通り過ぎ、長くて鬱陶しい梅雨が来た頃、その暮らしに少しばかりの変化が訪れた。工場にウエディング・ドレスの縫製の仕事が入って来たのだ。きみ子は勤めて半年位しかたたないが、腕を買われてすぐにその仕事に回された。古くからいる女工の中には、いわば新参者のきみ子を妬む者もいたが、きみ子はそんな視線を無視して半ば得意気に働いた。

六月の大阪はやはり蒸し暑い。殊に工場の中は扇風機はあるにはあるが、何しろ広いからきみ子の所までは風は届かない。きみ子は時々仕事の手を止めて、首に掛けたタオルで顔の汗を拭きながら仕事に勤《いそ》しんだ。黒い作業ズボンも膝上までからげ、作業用の白いズックも脱いだ。そのはだしの右足の裏が、動力ミシンの金のペダルに当たってひんやりと心地好い。動力ミシンは足に渾身の力を入れて踏むから、左足もやはり工場の床に踏ん張るのだが、古びた粗末な床の板目のざらさらした感触が心地好く、やはり気持ちがいい。背中を汗が滝のように流れるし、ミシンの唸る音は暑苦しいが、そのひんやりとした足の裏の冷たさだけは救いだった。それにこれは恐らく気分からであろうが、こうしてはだしになっていると、不思議と足が思うように言うことを聞いてくれて、仕事の能率も上がるようだ。

ウエディング・ドレスの製作は手がいる部分が多く、しかも絶えず納期に急かされていた。ここで縫い上げられたドレスの大半は外国に輸出される。この頃の日本は、きみ子のような地方出身の貧しい労働者を雀の涙ほどの低賃金で長時間働かせておいて、出来上がった製品を安い価格で外国に輸出し、経済成長を続けていた。お陰で、この仕事に抜擢されたきみ子達は夜の九時、十時まで残業をさせられる。だからその大半は家に帰らず工場に住み込んで働いた。きみ子もまた岸辺がいないことを幸いに工場に住み込んだ。アパートに帰れるのは、与えられている二週間に一度の休みの日だけである。

広い工場は夜の六時半にもなると大半の女工達は帰ってしまい、ウエディング・ドレスの仕事をする何人かの女工が残っているだけだ。大半の電灯が消された中、きみ子達が働く一角だけが明々と蛍光灯が灯され、動力ミシンが昼間と変わらぬ暑苦しい唸り声を立てている。

何しろ細かいところまで神経を使う作業だから、仕事中は他のことを考える余裕さえもないが、残業の仕事が終わって、ふと今縫い上げたばかりの純白のドレスを見ると、こんなきれいなものを着るのは一体どんな女性だろうなどと考えてしまう。自分はこんな物を着て華やかな式を挙げることは一生ないだろう。そう思って何気なく目を下に落とすと、膝の上までからげ上げた黒い作業ズボンからはだしの足がのぞいている。一日中、汗だくになって働いても、自分はこんなものを着れる身分ではない。この純白のウエディング・ドレスは間もなくこの殺風景な工場を出て、豪華な結婚式場に行けるのに、自分は明日も明後日もこの工場で化粧もせず、灰色の粗末な作業服を着て働かなくてはいけないのだ。そう思うと全身の力が抜けていくようだった。岐阜の菊屋で働いていた頃はいつも味わっていた情けなさだが、少なくとも大阪へ来てからは一度も味わったことのない思いだった。

夜の十時過ぎ、女工達は長かった一日を終えると、倉庫の二階の宿舎で休む。、材料や納品前の製品が段ボールに山積みされた倉庫のなかの階段を登り、大部屋に布団を敷くと、皆申し合わせたかのようにこの工場の一番の働き者である両足をさすってから就寝する。

きみ子は粗末な布団に身を横たえながら、岐阜の菊屋で女中達と布団を並べて寝た頃のことを思い出していた。時がたてば、どんなに辛いことも懐かしく、ほろ苦く思い出されるだけだ。もし、このまま岸辺が帰らなくても、時さえたてば岸辺との暮らしを懐かしく振り返ることができるのかもしれない。少なくともその頃には、岸辺を恨んだり、泣いたりすることはないだろう。きみ子は隣の女工の静かな寝息を聞きながら、そんなふうに思っていると、いつの間にか寝入ってしまった。

大阪の夏は夜になっても蒸し暑く、七月になるとそれが一層厳しくなった。扇風機を近づけると薄手の絹の生地が飛んで作業にならないから、女工達は暑さを少しでもやわらげるため、工場の中に男の眼がないことを幸いに、みんな作業着を脱いで白い木綿のシミーズ一枚になって働く。その肩から露出した逞しい腕が、絹地を縫い上げるために忙しく蠢めくのが、天井から吊るされた蛍光灯に照らし出されている。

何しろ今夜中に仕上げなければならない量が予め決められているから、それを仕上げなければ、どんなに疲れていても休めないのだ。女工達は昼間の作業で疲れている体に鞭打ち、一刻も早く終わらせようと、てきぱきと作業する。どの女工もきみ子の真似をしているのか、それとも夏はそうして働いているのか、黒の作業ズボンを膝までからげ上げ、はだしだった。

残業の僅かな休憩時こそ、女工達は「今は結婚ブームだからね」とか「どんな人がこんなのを着てお嫁に行くのかしら」などと、冷たい麦茶を飲みながら無駄話をするが、再び仕事に戻ると皆また黙々と作業をする。休憩時に取り戻した夜の静けさも、こうしてすぐに動力ミシンの苦しそうな唸りに占領されてしまった。

連日工場に住み込んでの残業続きであるから、当然のことながら手当てがつく。女工達は地方から出稼ぎに来ている貧しい女ばかりだから、残業もそれが楽しみで働くのだ。きみ子だって例外ではなかった。

その給料が出た日、翌日の休みを前に二週間ぶりでアパートに向かったきみ子は、縫製工場の門を出ると、久し振りにあの飲み屋に行ってみることにした。大阪は昔から「川の街」といわれているが、きみ子がよく行くその飲み屋の前にも、名前は知らないが大きな川が流れていた。この辺りは大阪一の繁華街である「新世界」に近かったが、きみ子は行ったことはない。

暖簾をくぐり、お世辞にもきれいとはいえないとまり木に腰かけて酒を飲んでいると、やはり岸辺のことが思い出されてくる。だが、もう泣くことはなかった。きみ子は岸辺のことをほとんど諦めていた。

向こうのテーブルで、四、五人の派手な服装をした女達が、下品な大阪弁で賑やかに飲んでいた。話から察するに、どうやら近くのトルコ風呂で働いている、いわゆるトルコ嬢らしい。卑猥な言葉で客のことを面白げに話している。

きみ子は女達が帰ってしまってから、飲み屋の主人に女達のことをそれとなく聞いてみた。もうここの主人とはすっかり顔見知りである。すると主人は、「ああ、あの女達はトルコで働いているんだよ。随分と稼ぐそうだよ。わしも働きたいのだが、残念ながら男だからね」と言って笑った。

「随分と稼ぐってどれぐらい？」

きみ子はほんの冗談半分で聞いた。

「へたな大学出の課長よりもいい稼ぎだそうだよ」

「へえ、そんなにも。わたしも働こうかしら」

きみ子はこれも冗談のつもりで言った。

「あんたなんかに勤まるもんかね。あの女達は初めての客の前でも素っ裸なんだよ。あんたは見知らぬ男の前で素っ裸になれるかね」

きみ子が何も答えないでいると、主人はこう続けた。

「それにあそこは体も売るんだよ。客の背中を洗うだけじゃないんだよ。あんたはあの赤ちゃんの服を作っている工場の女工さんじゃないか。堅気の人にはどだい無理な仕事さ」

飲み屋の主人はきみ子が夜の女だったことを知らない。きみ子は、すると自分は玄人女には見えないのかと思い、何となく安堵した。

「でも働いてみたい。そんなに儲かるなら。わたしなんか朝から夜の九時、十時まで足が棒になるぐらい動力ミシンを踏んで働かされるのに、給料は雀の涙だから……」

きみ子がなおも冗談ぽく笑いながら言うと、飲み屋の主人はきみ子に忠告するように言った。

「駄目、地道に生きるんだよ。あんなことしてたら、ろくなことはない」

勿論きみ子にも本気でそんなところで働く気はなかった。もう男相手の商売などこりごりである。料金を払って外に出ると、もう辺りは真っ暗だった。蒸し暑いが、大阪は海が近いから、故郷の飯塚と違って風がある。きみ子は少しだけ酔った頬に、その夜風を心地よく感じながらアパートに帰った。

きみ子が鍵を開けようとすると、鍵はすでに開いていた。きみ子は怖くなって、そっとドアを引き、中を覗き込んだ。すると、そこに岸辺がいた。半年以上留守にしていた岸辺の突然の帰宅である。きみ子は嬉しくなり、「あなた、帰って来てくれていたのね。わたしの所に、嬉しいわ」と畳の上にスカートの足を折りながら甘えるように言った。すると、岸辺はただ「ああ」とだけ答えた。

「いつ、帰って来たの?」

「今し方だ」

「よかったわ。この頃、工場の仕事が忙しくて、住み込んで働いているのよ」

そう言うきみ子に、しかし岸辺は何も答えない。

「今までどこへ行っていたの?」

しばらくして白いエプロンを締めながらそう聞くきみ子に、「どこだっていいじゃないか」と岸辺は不機嫌そうに答えただけだった。

きみ子は、そんな岸辺を怒らせてはいけない、岸辺が怒って出て行ったら、またも心が凍るような日々を過ごさなくてはならない、それが怖かったから、それ以上何も聞かなかった。

空腹だろうと思い、有り合わせのもので食事を拵えると、「相変わらず、お前の作るものは不味いな」と岸辺はやはり不機嫌そうに言った。

「ごめんなさい。急なことだったので……、明日はご馳走作るわ」

きみ子はそう謝りながらも、今の給料では岸辺に満足を与えるだけの食事はとても作れないと思っていた。

その夜、本当に久し振りに岸辺に抱かれながら、きみ子は岸辺のいなかった昨日までの孤独感を思った。

さっき食事をすませ、きみ子が台所に立って洗い物をしていた時、岸辺はきみ子の後ろに立つと、「実は仲間と写生旅行に行ってたんだよ。急に決まったのでお前に言わなくて悪かった」と優しい声で謝ってくれた。きみ子は「いいのよ。わたしも帰って来た早々どこへ行ってたかなんて聞いたりして悪かったわ」と、流しで茶碗を洗いながら軽く答えただけだったが、心の中では嬉しさでいっぱいだったのだ。

この時のきみ子は岸辺の言ったことを全く疑わなかった。最初にきみ子に問われ、岸辺が「どこだっていいじゃないか」と不機嫌そうに答えた時、きみ子はやはり女の所かと嫉妬を覚えたのだが、写生旅行だと思うと、岸辺を疑った自分を咎めるのだった。しかし写生旅行が半年もかかるなんて考えもしなかった。

岸辺は部屋の中では一日中ごろごろとしている。きみ子は岸辺が帰って来ても、工場に二週間住み込んで働かなければならなかった。それが岸辺は不満らしく、きみ子が二週間ぶりに綿のように疲れ切って帰っても、相変わらず「飯が不味い」と言っては卓袱台をひっくり返した。そして、飛び散った物をきみ子が黙って片付けていると、「貧乏人の真似をするな」と言ってまた腹を立てた。

「贅沢な人ね。食べられるだけで有難いと思わなければ罰が当たりますよ」

幼い頃から貧乏だったきみ子は本当にそう思っていたから、しみじみそう言うと、岸辺は「俺に説教する気か」と言って、きみ子の頬を打った。けれど、これも岸辺の自分に対する愛の表現だと思うと、きみ子は辛いどころか嬉しくさえあった。それだけ岸辺から頼りにされている、そう思ったからである。

きみ子の心をよそに、岸辺はますます不機嫌になった。きみ子が工場に住み込んでいる日は外泊しているらしい。きみ子の与える小遣いも少なかったから、酒代もままならず、それが岸辺には不満なのだった。きみ子は真剣にもっと稼ぎのいい仕事をしようと思うようになった。岸辺には贅沢な暮らしをさせてやりたい。それが岸辺を自分の元に繋ぎ止める唯一の方法なのだ。きみ子はそう切実に思うようになっていた。最早岸辺のいない暮らしなんか考えられない。今岸辺から愛想をつかされ、棄てられたら、死んだ方がどんなにましかしれない。きみ子はそうまで思うようになっていた。

そのうち、きみ子はあの飲み屋で見かけたトルコ嬢達のことを考えていた。飲み屋の主人は「へたな大学出よりも稼ぎがいい」と言っていたが、それなら岸辺にもっと贅沢をさせられるではないか。

きみ子は本心では今の仕事を辞めたくはなかった。男達に媚を売ることもなく、自分の手と足とを使って働く昼間の仕事は有難かった。それに工場では熟練工として認められている。確かに朝から夜遅くまでミシンを踏んで足が棒のようになり、はだしの足の裏に血豆ができて腫れ上がることもあるが、比較的仕事量の少ない春の頃には、昼休みに工場の庭で燦々と照り注ぐ太陽の下、若い同僚達とバレーボールもすることもできた。

しかし、きみ子は何より岸辺と離れたくなかった。きみ子は迷った挙げ句、工場を辞めることにした。工場の経営者も年配の女工頭も、せっかく身につけた技能がもったいないと、辞めずにここで働くように勧めたが、きみ子の決意は固かった。それでもウエディング・ドレスの仕事の終わる秋口までは働いた。

大阪で一番の繁華街は新世界といわれる一帯である。そこはバーや飲み屋が軒を連ね、そしてあの通天閣があった。通天閣は大阪の象徴であり、大阪人の誇りでもある。きみ子が初めてその新世界に足を踏み入れたのは、大阪に本格的な秋が訪れた頃だった。

三

けばけばしく眩《まばゆ》いネオンの光景は、東京の新宿と変わらなかった。ネオンの一際どぎついトルコ風呂の出入口でトルコ嬢募集の貼り紙を見たきみ子は、そのまま迷うことなく店の中に入って、自分を雇ってくれるよう頼み込んだ。すると、蝶ネクタイをしたそこの支配人らしい男は、書類を出して来て、そこに必要事項を書くように言った。

奥では、髪の毛をぎゅっと結い上げてきれいな髪飾りをした、赤くて短い湯文字一つの真っ裸の女達が、はだしのまま赤い絨毯の上を忙しげに行き来している。女達は皆体格がよく、殊に乳房は大きくて、女であることを誇らしげに主張しているように思え、また、男達の玩具にされるのを嫌がって泣いているようにも見えた。

これから自分もああして湯文字一つの裸になり、男たちの玩具になって働くのかと、きみ子が悲しく思っていると、支配人が「お前、今夜から働くかい。金、欲しいんだろう」と尋ねた。

「はい、宜しくお願いいたします」

「働くといっても、しばらくは練習だ。うちは熟練したトルコ嬢しか使わんからね」

支配人はそう言うと、奥の方に向かって、「おい、新入りだ。誰かこの女に仕事の要領を教えてやってくれ」と声を張り上げた。しばらくして現れた三十過ぎと見える女は、肉付きのいい体に桃色の太腿までしかない短い腰巻だけの姿をしていた。そのタカという女に従い奥に行くと、きみ子は早速、裸になって赤い湯文字を腰に巻くよう命じられた。

「裸になるんですか」

分かってはいたが、びっくりしたようにきみ子が聞くと、タカはあきれた顔でこう言い放った。

「何言っているんだい。ここへ来る男達はうちらの裸が目的なんだよ。トルコの女は客の体を洗うだけじゃない。客に体を売って働くんだ。だから金を稼げるんだよ」

仕方なく、きみ子は命じられた通り、着ていたワンピースを脱いだ。人前で生まれたままの姿になるのは、あの岐阜のストリップ小屋以来のことである。これも岸辺のためと思い、諦めたように下着も取ると、すぐに与えられた短い赤い湯文字を腰に巻いた。

すると、タカは、「トルコの女の髪が長くては、客の体に当たって客が嫌がる」と言うと、きみ子の髪を手際よく結い上げにかかった。痛いほどきつく結い上げ、そしてきれいな髪飾りをすると、きみ子はさっき見たトルコ嬢と同じ姿になっていた。

それからタカはきみ子を仕事場である風呂場に連れて行き、洗い場にうつ伏せになると、きみ子に向かい、馬乗りになって体を洗うよう命じた。きみ子が言われた通りにしていると、「もっと力を入れて、腰を浮かせて、腰に力を入れる」と、また厳しい口調で命令する。

「すみません」

そう言ってきみ子が女の命令通りにしていると、タカは「今夜はこの辺で止めておこう」と言ってから、今度は雑用をするよう命令した。

きみ子がようやく赤い湯文字一つの裸から解放されると思って、慌てて洋服を取りに行こうとすると、タカが「どこへ行くんだい」と声をかけた。洋服を取りに行くと答えると、「馬鹿な女だね。ここは裸が商売なんだよ」と嘲るように笑って言う。「すみません」と謝りながら、きみ子は心の中に言い知れぬ屈辱感を覚えたが、赤い湯文字一つの裸のまま、掃除やタオル洗いなどの雑用をやるよりなかった。

きみ子がその仕事をしている間にも、個室からトルコ嬢に連れられて客が出て来る。個室の前できちんと正座して、敷いてある絨毯に両手をつき「有難うございました」と言ってお客を見送っているトルコ嬢も、当然のことながら赤や桃色の湯文字一つの素っ裸だった。それに忙しげに行き来している女達もみんな裸だった。きみ子はこれまで自分がしてきた料理屋の下働きやクラブのホステスを、女としての最下層の仕事だと思っていたが、しかし、ここまで自分が惨めに晒されることはなかった。ストリップをした時でさえ、まだ踊るだけだと割り切ることができた。だが今、きみ子はトルコ嬢達の働く姿に異様さを感じていた。彼女達は、ホステスと同じ夜の女といっても、男達の性欲を満足させるための性奴隷なのだ。

そうしてきみ子が赤い湯文字一つの裸で雑用をこなしていると、もう秋も半ばだというのに背中に汗が流れ落ちる。ふと自分が裸であることを思い出し、その裸を見知らぬ男達が意味ありげにニヤニヤと見やりながら通り過ぎるのに気付くと、きみ子は堪えられなくなった。いくらお金のためとはいえ、こんな所ではとても働けない。たとえ岸辺から棄てられようとも。そう思い、きみ子は嗚咽した。

その時、タカの怒鳴り声が背中で響いた。

「何遊んでいるんだい。さっさと言われたことをやりな」

「はい。すみません」

きみ子はその声に弾き飛ばされるようにまた掃除を始めた。

こうしてその夜からきみ子はトルコ風呂の女になった。トルコ嬢の修行は確かに辛かったが、岸辺から棄てられないためと思って歯を食いしばって努めたので、上達は早かった。きみ子は一週間もたつと客を取っていた。きみ子はその思いとは逆に再び客達に春を売る夜の女になっていた。しかも東京でのホステス稼業とは異なり、初めての客の前でも裸にならなければならないのだ。それは最早恥ずかしいなどというものではなく、屈辱の世界だった。

トルコ風呂には実に色んな男達が来る。学生風の若いというより、まだほんの子供のような男もいれば、爺さんもいた。サラリーマン風の男が多いが、中には背中に彫物をしたやくざもいる。きみ子達はそれらの客を如才なく相手しなければならない。

クラブにいた頃と同じように、ここでも指名制がとられ、馴染みの客を持つとチップも弾んでくれる。きみ子も早く自分を指名してくれる客が欲しかったが、新参者ゆえ、きみ子を指名する客などいなかった。それどころか、「お前はマッサージが下手だ」と言って入れ墨者の客から怒鳴られることもあった。そんな時、きみ子はただ「申し訳ございません」と言って謝るより他なかった。

きみ子は屈辱的な思いでいるのに、他の女達は誰もそんなことを気にもしてないのか、きみ子には至って呑気に見えた。客の来ない時は、女達は控え室とも休憩室ともつかない粗末な部屋で、安物の菓子などを食べながらお喋りに興じ、客待ちをする。当然、みんな裸である。きみ子は自分も裸なのにそんな光景を異様に感じていた。

トルコ嬢達の話は客のことが主だが、そのうち自分らの大きな乳房を両手で摑むと互いに見せ合って、「うちのが大きい」、「いや、わたしの方が大きい」などと言って自慢し合った。トルコ嬢の乳房は単なる体の一部ではなく、シャボンだらけの客の背中を摩り上げる大切な商売道具であるから、自慢し合うのも無理からぬことかも知れないが、きみ子は不思議に思った。この人達はこの仕事が嫌ではないのか。自分はできることなら明日にもここを辞めたいと思っているのに。

そう思ううちに、きみ子は縫製工場のことを思い出した。あの工場でも、女工達は口にこそしなかったが、皆仕事の腕を競い、自分を誇らしく思っていた。工場では技能を振るう腕を競ったが、ここでは自らの肉体を自慢しあう。きみ子はそう思うと改めてここで働くのが嫌になるのだが、そんな時はまた岸辺の顔が脳裏に浮かんできて、諦めるのだった。

トルコ風呂で働くようになって半月がたった。午後の三時近く、いつものように更衣室でワンピースを脱いでシミーズだけになり、何気なく窓から階下を見下ろした。人々が忙しげに行き交う昼の街は、たった今、きみ子も歩いていた場所なのに、どうしてか自分とは関わりのない世界のように思えた。無論きみ子と同年齢の女達も歩いている。会社の事務員か、それとも若い主婦か、女達は陽の当たる街を忙しげに行き交っている。

幸せな女達だ。少なくとも自分のように恥辱的な稼ぎなどしなくていいのだから。きみ子はそう思ったが、次の瞬間、岸辺が飯台の上のご馳走を満足そうに食べている顔を思い浮かべ、自分は自分だと割り切ると、シミーズを脱ぎ裸になった。

初めの頃は客の前で裸になることにあんなに恥辱感を覚えていたのに、慣れるということは恐ろしいもので、きみ子は徐々に恥ずかしさが薄れていく気がしていた。そんな自分もまたきみ子は情けなく思う。しかし、この頃、日本人の多くが、金のために恥の意識を棄てつつあった。きみ子のように裸にこそならずとも、金のためならどんなことをしても構わないという風潮が、日本の至るところを汚染していた。金さえあれば幸せになれる。日本人の誰もがそう信じて疑わなかったのだ。

トルコ風呂の営業は通常、午後四時頃から深夜の二時、三時までだが、客が立て込む土日や祝日は朝方まで開けている。客の背中に馬乗りになって体を洗うのは大変な力仕事だが、きみ子には格別重労働とは思われなかった。けれど、仕事はそれだけではない。実は客はそれが目的なのだ。きみ子はそれが嫌だった。

そんなある日、何時ものようにきみ子が更衣室で裸になっていると、後からTシャツにジャケット、ジーパン姿の幸子という若いトルコ嬢が入ってきた。Tシャツもジーパンも最近若者達の間で流行りだした服装である。きみ子は幸子の正確な年齢は知らないが、自分より明らかに年下と見ていた。

幸子はいつも屈託のない顔をしているのに、この日はなぜか暗い顔をしていた。きみ子が気になっていると、幸子は「きみ子さん、今夜、仕事が終わってからちょっといい」と今にも泣きそうな声を出した。

「ええ、でも、どうして？」

「聞いてもらうだけでいいの」

幸子はやはり沈んだ声で答えてから、Tシャツを脱いだ。きみ子は、そこに現れた豊かで健康な乳房を見ながら、今夜も貪欲な男達の玩具にされるのだと思うと、自分もそうであるのに、幸子が不憫になった。とはいえ幸子はこの間も、同僚と乳房を互いに見せ合ってふざけていたのだが。他の女達が更衣室に入って来たので、きみ子はそれ以上、幸子に聞けなかった。

夜の十二時近く、仕事を終えたきみ子がビルから出ると、闇の中に幸子が待っていた。二人は黙って夜道を歩いた。

「わたしに話って、何なの？」

きみ子が優しく尋ねると、幸子は何も言わず、突然きみ子の胸に顔をこすりつけて泣き出した。幸子の豊かな乳房がきみ子の腰のあたりに触れる。

「幸子さん、何があったの？　泣いてばかりいては分からないでしょ」

けれど、幸子はただ泣くばかりである。きみ子はその場にしゃがみ込んで、幸子をしっかりと抱きしめた。きっとこの娘は悲しいことがあったのだ。自分に幾度も辛いことがあったように。そう思うと、まだ年若い幸子がかわいそうで堪らなくなってきた。

「幸子さん、一体どうしたの？　何があったの？」

しばらくしてきみ子はまた幸子に訊いた。けれど幸子はひたすら泣き続けている。きみ子はもう幸子に何も聞こうとは思わなかった。人には他人に決して言いたくないことがある、それは誰に教わらなくても、十六、七の頃から苦労に苦労を重ねて来た自分自身が一番よく知っていることだった。

きみ子はその場にしゃがみ込んだまま、幸子をより強く抱きしめた。街にはきみ子達の不幸な境遇とは関係なく、ネオンが明るく瞬いている。その見慣れたネオンが今夜は一層恨めしかった。

どのくらい時が流れたのか、胸の中の幸子はいつの間にか泣き止んでいた。

「きみ子さん、ごめんなさいね」

幸子はきみ子の胸から顔を放すと、立ち上がり、持っている赤いバックの中から白いハンカチを取り出し、泣き腫らした瞼を拭うと、「わたし、こんなに苦労ばかりしているのに、名前だけは幸子ですって。可笑しいでしょ」と悲しく笑って言った。きみ子は、かける言葉が見つけられず、黙って立ち上がった。

二人は何も言わずに、ネオンの眩いビルの谷間を歩き出した。そして幸子の家に続くバス停まで来た。

「また悲しいことがあったら、わたしに言ってね。今夜のように」

別れしな、きみ子がやっとそれだけ言うと、幸子は無言のまま頷いた。

幸子と別れて、きみ子は一人夜道を歩き出した。結局、幸子は何も理由を言わなかった。でも、きみ子は一つだけ知り得たことがある。以前、幸子が自分の乳房を見せ合って自慢するのを見て、なんと恥辱心のない女だと思ったが、やはり幸子も心の奥底では言い知れぬ苦しみを抱えているのだ。他の女達だって、きっと他人に言えない事情があるのに違いない。そう思うと、きみ子の足取りは重くなった。


稼ぎのよくなった食卓には、岸辺の好きなご馳走が並ぶ。休みの日、きみ子は以前よりも丁寧に食事を作った。それは岸辺に隠れて、トルコ風呂で働いていることへの、一種の後ろめたさからかも知れない。それでも岸辺はどうして急に食卓が豪華になったのか聞くこともなく、ただ満足げに食べている。きみ子は明け方まで部屋に戻らない理由も、工場が二交代制になり遅番で働いているのだと言ってあった。その言葉を岸辺が信じているかどうかは定かでないが、ともかく、きみ子の中では、こんなに贅沢をさせているのだから岸辺が自分を棄てることはないだろうという安堵があった。

きみ子が女の恥辱心まで殺して大金を稼ぐことが、ますます岸辺を怠惰にしていることに、きみ子は気づかなかった。食事を満足げに食べる岸辺の顔を思い浮かべると、きみ子はこの仕事を辞めるわけにはいかないと思い、客の求めに応じて体を許し続けるのだった。

働き出して二月もたつと、赤い湯文字一つで見知らぬ男達の前に立っても殊更何も思わなくなっていた。きみ子は最近、更衣室で一人で洋服を脱いでいると、決まって思い出すことがあった。たった三月程だったが、自分を妾にした鈴木善郎のことであった。鈴木は若い頃、風呂屋の三助をしていたという。学問のない人間は下積みの仕事をしなければならないと言っていたが、まさしく今の自分がそうであると、きみ子はつくづく思った。

誰もいない更衣室の小窓からふと外を見ると、冬の新世界の街は、まだ昼の最中というのにもうネオンだけは点いている。通天閣にも灯がともっていた。きみ子はその灯を見るともなく見ながら、今夜は何人の男の背中を洗い、何人の男に自分の体をゆだねなければならないのだろうかと思うと、また気が重くなった。ついこの間まで勤めていた縫製工場でも、仕事を始める時には更衣室で作業着に着替えていたが、あの時は陽が昇る朝であったのに、今は陽が西の空にあり、後数時間で沈もうとしている。できることならまた工場に戻りたいと叶わぬことを思いながら、次の瞬間きみ子はそれを打ち消すように、少々乱暴にワンピースを脱ぎ、裸になった。

腰に短い湯文字を巻きつけ、長い髪を両手で痛いほどぎゅっと結い上げ、きれいな髪飾りをつける。目の前の大きな鏡には、きみ子の豊かな乳房が映っていた。

そしてきみ子はトルコ風呂の掃除に取りかかる。実は大抵のトルコ嬢は掃除を面倒がって中年の掃除婦を雇ってさせるのだが、元来が働き者であるきみ子は掃除など少しも苦にはならない。いや岸辺のために一円でも惜しかったから、いつだってこうして掃除をした。ステンレス製の風呂桶を磨いていると、手を動かすたびに、迸《ほとばし》った水で濡れた乳房が一緒に左右に揺れた。

こうしてきみ子が辛い思いで仕事をしているというのに、岸辺は至って呑気なものだった。岸辺にはいつも夜は外食をさせるが、きみ子が「今日から仕事で遅くなるから、外で食べてて」と嘘をついて渡すお金もそれなりの額で、岸辺は決まって嬉しそうな顔をして、それを受け取るばかりだった。

きみ子に馴染みの客がついたのは、大阪の街にも雪がちらついた頃だった。更衣室で服を脱いで裸になるのも辛くなってきた。そういえば、きみ子が初めてここに来た秋の頃、あのタカから命じられて裸になると、寒さがこたえた、もう今ではきみ子はその寒さにも、この仕事にもすっかり慣れ、他のトルコ嬢とさして変わりない働きをするようになっていた。あのタカが「あんたは覚えが早いね」と褒めるほどだったから、きみ子の思い込みではない。

その客は岡本といい、背中に見事な彫り物のある、一目でやくざと分かる四十過ぎの男だった。きみ子は東京でやくざがどのようなものであるか知っていたから、始めは怖かったが、客にはそんな入れ墨者は多く、一々怖がっていたのでは仕事にならない。それにきみ子は後で知ったことだが、実はこの店は暴力団の経営だった。きみ子達トルコ嬢が死ぬ思いで稼いだ金のうち何割かはピンはねされ、その資金源になっていた。けれど、そんなことが分かったとて、きみ子達は黙って働くだけだ。勿論、労働基準法などで守られるはずもなく、仕事は深夜まで、まるで追い立てられるように続く。あの岐阜の菊屋でのように頬を打たれこそしなかったが、見えない鞭がきみ子達を打った。

岡本はこの店に来るたび、どうしてかきみ子を指名した。そして、ただ体をマッサージしながら洗ってもらうだけで、それ以上のことは求めなかった。それでいて料金は一人前に払うし、チップも他の客より多くくれる。きみ子にとっては有難い客だった。

その日もきみ子が何時ものように、湯文字一つの裸になって岡本の体に馬乗りになり、うっすらと汗をかきながら力を込めて背中をマッサージしていると、ふいにこう話しかけられた。

「相変わらず、お前さんは力があるね。お陰で疲れが取れるよ」

「有難うございます」

きみ子がそう答えると、「どうしてそんなに力持ちなんだね、あんたは？」と聞く。

「わたしは坑夫の娘ですから。力持ちなのはきっと親譲りなんですよ」と、きみ子は笑いながら言った。

「あんた、名前は何という？」

「おきみと申します。どうぞ、おきみと呼んで下さいまし」

「下さいまし」という言い方は、この世界の女の言葉の特徴かもしれない。きみ子は岐阜の菊屋で初めて「おきみ」と呼ばれた時はあんなに嫌だったのに、今では自分のことを平気でそう言っていた。

「おきみさんか、分かった」

「宜しくお願いいたします」

きみ子がマッサージの手を休めることなくそう言うと、しばらく黙っていた岡本は、「おきみさん、ご亭主は？」と尋ねた。きみ子がそれに答えずマッサージを続けていると、今度は「同棲か？」と聞いた。

「お客様、わたしらのような、こんな所で働いている女が普通の奥様になれますか」

きみ子は笑って答えながら、やはり自分は変わったと思った。ここへ初めて来たころ「こんな所で働くのは無学な女ばかりだよ」と言われて、悲しかったことがある。今では自分を貶《おとし》める言葉を平気で口にしている。それでも、今のきみ子にはそんなことはどうでもよかった。岸辺に棄てられさえしなければ、どんな仕事だって耐えることができると、きみ子は常々思っていたからだ。

きみ子は岡本の見事な彫り物の背中を洗い終えると、「お客様、終わりました」と言ってから、先に洗い台から床に降り、スリッパを揃えた。うつ伏せになっていた岡本はむっくりと起き上がり、きみ子の揃えたスリッパをはく。きみ子達は仕事の時はいつもはだしで、スリッパをはくことはない。もう冬の、それも夜のことであったから、はだしでタイル貼りの床を踏むと冷たかったが、あの菊屋ではたとえ真冬でもはだしだったので、きみ子は平気だった。

岡本を流しに連れて行き、背中のシャボンを洗い流していると、岡本から髪を洗うよう命じられた。「かしこまりました」と答え、きみ子は岡本の後ろに回って髪を洗った。それが終わると、岡本はやはりそれ以上は何も要求せず、きみ子もそれを心得ていたから黙って洋服を着せると、岡本はいつものようにチップを手渡した。

トルコ嬢たちはお客を見送る時に、風呂場の出口の赤い絨毯の上に正座して、ふわふわとした絨毯に手をつき、「有難うございました。またお越しくださいまし」と言いながら頭を下げる。きみ子もそうして岡本を見送った。岡本が一体どういう男なのか、この時のきみ子は無論知るはずもなかった。

岡本が出て行った後、きみ子は風呂場を片付け客を招いたが、入って来た男を見てびっくりした。きみ子が東京のクラブにいた時、用心棒をしていた村山だったのだ。きみ子も驚いたが、村山も赤い湯文字一つで丸裸のきみ子を見て仰天した様子だった。

きみ子は岸辺のためと覚悟を決めて働いていたから、たとえ見知った人に裸を見られようとも構わなかった。鳩が豆鉄砲でも食ったように突っ立っている村山に、きみ子は、「さあ、お背中を流しましょう」と言うと、いつもお客にしているように服を脱がせ、洗い場に連れて行った。

村山の体にシャワーをかけてから蒸し風呂に入れ、寝台の上に寝かせると、きみ子は背中に馬乗りになってマッサージを始めた。しばらくして、村山はようやく落ちついたのか、「姐さん、岸辺の兄貴は元気ですか」と聞いた。きみ子より歳が三つも上というのに、村山はまるで弟のような物言いをする。きみ子もまた村山を年下のように扱っていたから、マッサージを続けながらこう答えた。

「ええ、元気よ。一度遊びにいらっしゃい。きっとあの人も喜ぶわ」

「兄貴も駄目だなあ、姐さんをこんな所で働かして……」

村山は何だかきみ子に申し訳なさそうに言う。

「仕方ないでしょ、わたし達は貧乏なんだから。それにあの人は今、絵の修行中なんですよ。だからこうしてわたしが働かないと」

「兄貴が絵を？」

村山の反応に、きみ子は一瞬、岸辺が本当は絵など描いていないのではないかと思った。自分は岸辺から騙されているのか。しかし、たとえそうだとしても今更岸辺を責める気にはなれなかった。きみ子はそこまで岸辺にのめり込んでいた。

もう村山は何も言わないし、無論きみ子からも話しかけることはしなかった。トルコ風呂の女はお客の話に相槌を打つだけで、こちらからは決して話しかけたりはしない。それがトルコ嬢の礼儀なのだ。

村山は帰りしな、唐突にこう聞いた。

「姐さん、姐さんはこんな所で働くのが辛くはありませんか」

きみ子は何も答えなかった。村山の後ろに回って黙ったまま上着を着せると、風呂場の出口に正座して、

「有難うございました。またお越しくださいまし」と頭を下げた。村山はもう何も言わす、帰っていった。

きみ子は村山が岸辺に自分のことを話すのではないかと思った。

それから数日が過ぎたある夜、きみ子は仕事ですっかり濡れてしまった体を拭き、地味な服を着ると、家路についた。一人であれば近くの屋台でラーメンでも啜《すす》るのに、今は部屋に岸辺がいるから早く帰らなくてはいけない。きみ子の足は気づかぬうちに小走りになった。

けれどその夜、きみ子が戻ると、珍しく起きて待っていた岸辺は、いつになく不機嫌な顔をしてこう言った。

「お前、こんな時間まで、一体どこで何してた」

「どこって、工場の仕事よ。この頃は仕事が立て込んでいて残業続きなのよ」

きみ子がほんの軽い気持ちでそう嘘をつくと、岸辺はますます顔をしかめた。

「どうしたの。今夜のあなたは少し変よ」

岸辺はそれには答えず、「仕事って、あの縫製工場か」と、問いただすように聞く。

「そうよ。ほかに働く所なんかないでしょ。あの工場しか」

きみ子は空腹だったから、それに岸辺のためにも夜食でも作ろうと思って、エプロンをかけながら、やはり軽い気持ちでそう答えた。すると岸辺は視線を落とし、つぶやくようにこう言った。

「実は今日、村山が来たんだ」

「村山さんが……」

きみ子は体中の血の気が引くのを感じた。そして、覚悟を決めて次の言葉を待つが、岸辺はなぜか何も言わない。それでも、きみ子が逃げるように台所へ立とうとすると、ついにこう言った。

「村山は新世界でお前に会ったと言ってた。一体いつから、あの工場は新世界に引っ越したんだ」

きみ子は岸辺の遠回しな物言いに、かえって恐怖のようなものを覚えたが、これも以前から覚悟していたことではないかと思い直した。

「前々から、そんないかがわしい所で働いているということは薄々分かっていたが……」

岸辺はやはり不機嫌そうな声で言った。

「お金が欲しかったのよ。縫製工場で貰う給料なんか雀の涙でしょ。私のような女が大金を稼ぐにはあんな所しかないでしょ」

みんなあなたのためなのよ。きみ子はそう言おうとして言葉を飲み込んだ。岸辺はそれ以上何も言わなかった。

それから四、五日後、きみ子が仕事を終えて夜中の二時に部屋に戻ると、岸辺はまだ起きていて、酔った様子でまた不機嫌な声を出した。

「今夜も男の前で裸になったのか」

きみ子は散らかった部屋の中を片づけながら、「ええ、トルコで働いているんだもの。裸にならないと勤まらないでしょ」と軽く答えた。

「男に抱かれるのか」

岸辺がふて腐れたように言うのに、きみ子はさすがに答えられず黙っていた。

「俺という男がありながら」

「……わたしは仕事をしてるのよ。働いているのよ」

すると岸辺は突然きみ子の襟元を摑み、頰を二、三度激しく打った。きみ子は岸辺に打たれながら、どうしてこの人は分かってくれないのだろう、すべて岸辺のためではないかと思うと情けなくなり、岸辺を恨めしくさえ思った。

岸辺はきみ子を打つだけ打つと、何も言わず横になり、いつの間にか寝てしまった。布団を敷き、岸辺の体を移すと、きみ子はその寝顔を見つめた。岸辺がこうして怒るのも、きっと嫉妬しているからだ。それだけ自分を愛しているのだ。そう思うと、今度は嬉しさが込み上げくるのだった。

次の日も、また次の日も、きみ子はトルコ風呂に働きに行った。岸辺は結局は贅沢がしたかったのであろう、それを黙認していた。

そんなある日のこと。トルコ風呂は土日が客が立て込むので、週末は絶対休めない。その日は月曜で、きみ子は休みだった。昨夜明け方まで働いて疲れ切っていたから、窓に朝日が当たる時間になっても、きみ子はまだ床の中にいた。岸辺はそんなきみ子に早く飯の用意をしろと言う。きみ子はそんな気力がなく、それに岸辺のために明け方まで働いたのだからと思い、「もう少し寝かせて」と布団の中から言ったのだった。

するとと岸辺は怒ったのか、服を着替えて外出支度を始めた。

「あなた、どこへ行くの」

驚いたきみ子は飛び起きると、岸辺の足に縋りついた。

「どこへ行こうと俺の勝手だ」

「どこにも行かないで、わたしを棄てないで」

きみ子は泣きながら哀願した。岸辺もきみ子を哀れに思ったのか、今度は優しくこう言った。

「煙草を切らしているんだ。お前のも買って来ようか」

「いいわ、わたしのはまだあるから。それより本当に煙草を買いに行くだけなのね。わたしを棄てないのね」

「ああ」

そう言って部屋から出ていく岸辺を、きみ子は「早く帰って来て」と言って送り出した。その時のきみ子は、トルコ風呂で湯文字一つになって逞しく働く姿からは想像もできない、子供のような姿だった。

きみ子は狭い台所で一人、朝食の支度をしながら、岸辺は本当に帰って来るだろうかと思った。僅かな時間がとても長く感じられる。そしてドアを開けて岸辺が戻って来た時、きみ子はその肩に飛びついてまた甘えたのだった。きみ子は、もうこの人なしでは生きてはいけないと改めて思っていた。


近頃、岡本は店に現れない。岡本が最後に来たのは、この店が入っているビルの前にある、たった一本の桜の木が花をつけていた時分だった。きみ子は別に待っているわけではないが、こんなにも足が遠のくと、やはり気になる。

その岡本がひょっこり姿を現したのは、雨ばかり降り続く六月の梅雨の頃だった。蒸し暑いこの時期、トルコ風呂は急に忙しくなる。

いつものように岡本の背中に馬乗りになって体をマッサージしていると、「おきみさんって言ってたね」と、岡本が声をかけた。きみ子が「はい、おきみでございます」と答えると、岡本は「あんたは力があるね。お陰で疲れが取れるよ」と、この間と同じことを言う。「わたしは坑夫の娘ですから、お陰で力だけは人様よりあるんですよ。だからこんな仕事もあまり苦にならないんですよ」と、きみ子もマッサージの手を休めることなく、あの時と同じように答えた。

「ところであんた、ご亭主は。……ああ同棲だったね」

岡本は思い出したように言い直すと、黙っているきみ子にこう続けた。

「よほど、その男を愛しているんだね。こんな所で働いて貢いでいるのだから。早いとこ、籍を入れたらいいのに」

「お客様、わたしらのような、こんな所で働いている女がまともな奥さんなんかになれるとお思いですか」

きみ子は前と同じことを口にした。すると、しばらくして岡本はまた、「そうか、同棲ね。あんた、その男によほど惚れているんだね」と独り言のように言う。きみ子は無言を返した。岡本もそれ以上何も言わない。赤いごてごてとした部屋の中には、きみ子が岡本の体を擦る音だけが響いた。

その時突然、風呂のドアが開き、若い男が入ってきた。一目で岡本の子分と思われるチンピラで、よほど大事な話なのだろう、きみ子を遠ざけると、何か岡本の耳元で囁いた。きみ子は職業柄、そういうことには慣れていたので、すぐに岡本から離れて流しの所へ行き、タオルを洗っていた。

すると岡本は、「何、岸辺の野郎が……」と興奮した声で怒鳴った。きみ子は思わず息を飲んだ。「岸辺の野郎」というのは、岸辺信夫のことではないのか。きみ子は直感でそう思っていた。近頃の岸辺は絵を描くこともなく、夜もきみ子よりも遅い。そういえば何か考え事をしていることが多くなっていた。女のことではなかった。女ができたのならきみ子は勘で分かる。岸辺は何かよくないことを考えているのではないか、危ない橋を渡っているのではないか。

きみ子がそう思っていると、岡本は、「おきみさん、悪いが急に用件ができた」と言って、いつものように幾許《いくばく》かの金を置いて慌てて帰ってしまった。

「有難うございました。またお越しくださいまし」

きみ子はそう言って頭を下げたが、すでに岡本は走り去っていた。きみ子は急に胸騒ぎがしてきた。すぐに、体調を崩したと言って店を早引けした。風邪一つひかないきみ子には珍しいことで、店の者は一様に心配したが、きみ子は一晩寝れば大丈夫と言ってから、服を着ると、外へ出た。

早引けといっても、夜の仕事であるからもう十一時を過ぎていた。きみ子はネオンの街を真っ直ぐにアパートへ戻った。けれど岸辺は部屋にいなかった。きみ子は不安になってきた。そのうちに岸辺からまたも棄てられたのではないかと思い、悲しくなってきた。

岸辺は朝方帰って来た。まんじりともせず一夜を明かしたきみ子は、どこへ行っていたのか尋ねた。

「女の所なんかじゃないよ。俺には女なんか、お前の他にはいない」

「そういうことじゃないのよ。何か危ないことしていない?」

きみ子の真剣な表情に、岸辺は怪訝な顔をした。

「何だい、藪から棒に。俺にはそんな甲斐性はないよ。こうしてお前に食わせてもらっているんだから」

「そう、だったらいいけど、生活の方はわたしが何とかしますから、今の仕事にもやっと慣れたところだから」

きみ子はそう答えながら、岡本が口走った岸辺は全くの別人なのかと思い、やっと安堵した。

その日、きみ子は昼近くまで岸辺に抱かれながら眠った。目が覚めてからも、きみ子はしばらく岸辺の腕の中で横になったまま、ぼんやり考えていた。岸辺は自分がトルコ風呂で働いていることを知った時から、いや、そのことで自分の頬を激しく叩いた時から、急に優しくなった。それに近頃は外出することもなく、アパートでじっと何かを思案している。きみ子は何か恐ろしいことが待ち構えているようで、漠然とした不安を覚えた。

岸辺の元に村山が足繁く通って来るようになったのは、それから二月程すぎた頃であった。二人はいつも何かひそひそと話していたが、きみ子は干渉しなかった。岸辺を信じたかったからだ。

岸辺が突然、沖縄に行きたいと言い出したのは、明けて昭和四十六年の一月だった。何でも絵の大家が沖縄にいて、絵の手解きを受けに行くのだという。その沖縄は太平洋戦争でアメリカ軍に占領され、依然としてその占領下にあった。時の総理大臣・佐藤栄作は、その翌年の昭和四十七年に、ようやく沖縄を「核抜き本土並み」で日本に返還させることになる。

岸辺は村山と一緒に行くという。きみ子はまたこの部屋に一人になるのかと思うと悲しかったが、今度はちゃんと行く先を告げているし、それに村山も一緒なら案じることもないと思った。

「旅費を用意しないとね」

きみ子がそう言と、岸辺は、「そいつはいい。俺が何とかする」と答えた。どうしてだろう、この人には一円の収入もないのに。きみ子はそうは思ったが、また何か言って嫌われたらいけないと思い直し、遠慮がちに一つだけ尋ねた。

「どれぐらい行っているの」

「予定は一カ月だが、長引くかも知れない。その時は連絡するよ」

いつになく優しい声で言う岸辺を、きみ子は信じることにした。一週間後、岸辺は村山を伴って沖縄に旅立っていった。

その半月後、岡本が店に現れた。いつものように岡本の体を馬乗りになって洗っていると、また彼の子分らしい男が現れて、あの時のように岡本の耳元で囁いた。きみ子がその場から離れようとすると、なぜか岡本はマッサージを続けるように言った。きみ子の傍で、子分から耳打ちされた岡本は声を荒げた。

「何、奴らが沖縄に行ったたって。こっちの動きを知ったのか」

「岸辺は大阪にいたんです。奴は我々の仕事を横取りしようとしてるんです」

きみ子は凍り付いた。やはり岸辺信夫のことなのか。しかし、顔色だけは変えなかった。

「それで奴は普段、何して食っている」

「同棲している女に稼がせているようです」

きみ子ははっとした。彼らの話している岸辺が岸辺信夫であることがほぼ確定的になったからである。きみ子の手は無意識に止まっていた。

「それで岸辺の女は何をしているんだ」

「トルコで働かしているようです」

「どうせ、そんなところだろう。……おきみさん、どうしたのかい」

きみ子はそう言われて初めて、手を止めていることに気づいた。自分が岸辺の女であることを悟られてはいけないと思い、「申し訳ございません」と言うと、再び手を動かして彼の体を洗い出した。

岡本の子分が帰ってしまうと、きみ子は急に怖くなった。岡本には自分が男と同棲していることを口にしていたからである。もし、岡本がそれを覚えていたら、自分が岸辺の女であることが分かってしまうかもしれない。

しかし岡本はそのことを忘れてしまったのか、それとも覚えていて、わざと忘れたふりをしているのか、いつものようにきみ子に体を洗わせると、そのまま帰って行った。

きみ子は同僚のトルコ嬢にそれとなく岡本のことを聞いてみた。すると同僚は、彼は密輸をしているようだと言った。密輸？　まさかあの気の弱い岸辺が密輸なんかできるわけがない。きみ子はそう思ったが、同棲している女にトルコで稼がせている岸辺という名の男なんて、いくら広い大阪でもそうそういるわけはない。同僚の話だと、岡本が関わっている密輸品は麻薬だという。きみ子は一刻も早く、岸辺にそんな危険な仕事を辞めさせたかったが、今岸辺が沖縄のどこにいるか知らないのだから、どうにもできない。

そこできみ子は支配人に呼ばれたので、話はそれ以上聞けなかった。きみ子は不安だったが、岸辺からの連絡を待つしかなかった。

岸辺からは半月程して便りが届いた。いかにも南国の沖縄らしい絵葉書には、絵の勉強が延びて後二カ月程かかると記されていた。きみ子はその話を信じたかったが、岡本の言葉が頭から離れなかった。きみ子はとにかく早く帰って来るようにと、絵葉書に書かれた住所に便りを出したが、その後は梨のつぶてだった。

きみ子は毎日のように岸辺に手紙を書いた。

岸辺が村山を伴って大阪に帰ったのは、三カ月後の三月だった。岸辺は自分の絵が高い値で売れたと言って、鞄の中のお金を得意げにきみ子に見せた。

「もうトルコなんかで働かなくてもいい」

岸辺はそう言ったが、きみ子は素直に喜べなかった。いくら絵のことに疎いきみ子でも、そうそう容易に、しかもこんな大金で売れるわけはない。きみ子にはそれが麻薬の密輸で得た金に思われ、だからトルコ風呂で働くことを辞めなかった。それが岸辺には不満だった。

ある夜、仕事から戻ったきみ子に岸辺は体を求めた。疲れていたきみ子は、「今まで働いてきたのよ。疲れたから早く休ませて」と突き放すように言ってしまった。

「俺は大金を稼いだんだ。もう、お前がトルコなんかで働く必要はない」

憤る岸辺に、きみ子は、そのお金は、と出かかった言葉を慌てて飲み込んだ。しかし岸辺はどうしてかそれ以上何も言わず、背中を向けて寝てしまった。

岸辺は時々、外泊するようになった。以前のきみ子なら余所に女でもできたのではないかと嫉妬を覚えるところだが、この頃はそうは思わない。たとえ余所に女ができたとしても、岸辺は最後は自分の所に帰ってくる。最近のきみ子はそう思うようになっていた。いや、女ならまだいい。岸辺が危ないことに手を出していないよう祈るような気持ちでいた。

岡本は相変わらず、トルコ風呂に足繁く通って来た。いつものようにきみ子に体を洗ってもらうだけだが、ただ、岡本はきみ子の同棲のことをよく尋ねるようになった。きみ子はそんな岡本に「わたしの稼ぎをあてにして何もしないで家でゴロゴロしているんですよ」と笑いながら答えた。

「そうかい」と言う岡本は、しかし信じてはいないらしかった。きみ子は岡本が偵察に来ているのだと思ったが、無論岸辺には話さなかった。

きみ子は岡本の存在も不気味だったが、それよりも警察が怖かった。もし岸辺が麻薬の密輸をしているとすれば、いつかは警察に捕まる。その時が岸辺との別れの時だ。そう思うからであった。それはやはりきみ子にとって死に値する辛さであった。きみ子はそんな不安を抱えながら仕事を続けた。

八月のある暑い日のこと、きみ子は休みで、部屋には岸辺と、そして遊びに来た村山もいた。ちょうど昼時分のことである。ドアを激しく叩く音がして、すぐに大きな声がした。

「岸辺、出て来い。中にいることは分かっているんだ」

それは岡本の声だった。すると岸辺と村山は「岡本が来た」と言って慌て出した。きみ子は咄嗟《とっさ》に「それならわたしが」と言うと、浴衣姿のままドアを開けて外に出た。やはり岡本が例の子分と一緒に立っていた。

岡本はきみ子の顔を見ると驚いた顔をして、「あんたは……」と言った。

「ああ、わたしゃあ岸辺の女だよ。文句あるかい」

きみ子は右手に火のついた煙草を持ったまま横柄に言った。

岡本は「やっぱりあんたは」とつぶやくと、「岸辺はいるか」と聞いた。きみ子が「いないよ」と愛想なく答えると、岡本の子分が「家捜しをさせてもらうよ」とドアに手をかけようとした。

「冗談じゃないよ。他人の家に勝手に入り込もうなんて。お断りだね」

きみ子がそう言うと、その子分は突然腹に巻いた晒の中から匕首《あいくち》を取り出した。きみ子はそれでも落ち着き払って、こう啖呵を切った。

「それでわたしを殺《や》ろうっていうのかい。言っただろう、わたしゃ坑夫の娘だよ。切った張ったは子供の時から慣れているよ」

きみ子は実のところ素足の下駄がガタガタと鳴るくらい震えていたのだが、しかし岸辺を守らなくてはいけないと思うと、「あんた達、早く帰りな」と威勢のいい言葉を放っていた。やくざと渡り合うのは東京での宮沢組以来のことである。あの時は宮沢組から岸辺を取り戻すためであったが、今は岸辺を渡さないため、いずれにしても岸辺のためである。

「聞こえないのかい。さあ、二人ともとっとと帰りな」

きみ子が最後の勇気を振り絞ってそう怒鳴ると、その見幕に仰天したのか、それともきみ子の懸命な気持ちをくんだのか、岡本はいきり立つ子分を諌め、すごすごと帰ってしまった。

きみ子は怖くて胸が波打ったが、その姿はまるで阿修羅であった。岸辺のために、岸辺を守るために阿修羅になっていた。

きみ子は岡本達を追い払った後も、岸辺に何も聞きただそうとはしなかった。岸辺達も自分からは何も語ろうとはしなかった。きみ子は警察を恐れていた。岸辺はそんなきみ子の心配を知らないのか、その後もよく村山と外出した。夜帰らないこともあった。そんな岸辺にきみ子は、何かしているのではないかと問うたことがある。すると岸辺は、「きみ子、俺は悪いことなんかしていない。お前は俺が信用できないのか」ときみ子の頰を殴った。そうなると、きみ子は、岸辺に悪いことを言ってしまった、こんなことを言ったら岸辺に棄てられるかもしれないと思い、だから、「ごめんなさい。ごめんなさい」と言って謝った。すると岸辺は黙ってきみ子を抱いた。きみ子は岸辺の胸の中で子供のように甘えた。

岡本がトルコ風呂に来たのは、アパートに怒鳴り込んでから一月後のことであった。いつものように岡本はきみ子を指名した。きみ子は最初どう対応してよいか分からなかったが、岡本がまるであの日のことを忘れ去っているように振る舞うので、きみ子もまた普段通りに接した。考えてみれば、ここでの自分はトルコ風呂の女であり、岡本はただの客である。アパートで会った岡本とは違う。

きみ子がそんなことを考えながら、岡本の見事な入れ墨の背中を力を込めてマッサージしていると、岡本は「相変わらずおきみさんのマッサージは疲れが取れるね」と言った。「そうですか、有難うございます」と答えながら、きみ子はこの人は一体何を考えているのだろうと思った。岡本はいつものようにきみ子に体を洗わせると、そのまま帰っていった。あんなに岸辺に対し敵対しているというのに、岸辺の女である自分には危害を加えるどころか、マッサージしかしていないのに、今日もこうして大金をくれた。きみ子には岡本が理解できなかった。

岸辺はきみ子の心配をよそに、相変わらず村山と一緒に動いている。「もう、いい加減で危ないことはやめてよ」と、きみ子は時々岸辺に頼んだが、岸辺は聞き入れてはくれなかった。きみ子も棄てられるのが怖くて、やはりくどくは言わなかった。

岸辺が警察に逮捕されたのは、大阪の地に冬が訪れようとする頃だった。きみ子がトルコ風呂で働いていると、村山が血相を変えて、きみ子の働いている部屋に入って来た。ちょうど一人の客が終わって、つぎの客を呼ぼうとしていた時だった。

「どうしたの、村山さん、何かあったの」

「姐さん、大変だ、兄貴がとうとう警察に捕まった」

まだ肩で息をしている村山の言葉に、きみ子はとうとう来るべきものが来たと思った。あんなに恐れていたのに、こうして現実のことになると意外にも冷静になれた。きみ子は店を早引けし、セーターに安物のオーバーを羽織ると、夜の大阪の街を警察署まで小走りに向かった。

息を切らしながら警察署に着き、厳めしい警官の立つ玄関をくぐると、きみ子は受付で岸辺の家の者だと申し出た。暗い待合室で待たされた。やがて、田島という五十過ぎくらいの刑事がきみ子の前に来て、「何をして働いているのか」と尋ねた。言いたくはなかったが、相手が警察だけに嘘はつけない。「トルコです」と、きみ子は小さな声で答えた。

「トルコねえ」

刑事はそうつぶやくと、「あんたは岸辺に騙されている」と言った。きみ子は黙っていたが、しばらくしてから、岸辺がいつ釈放になるのか尋ねた。

「そんなことは取調べが終わらんとね」

「あの、お金があれば出していただけるんでしょうか」

「お金ね……それはあるに越したことはない。でも、あんな男にどうしてそこまで尽くす」

その言い方が高圧的だったので、きみ子はあの岐阜の菊屋のおあきという仲居のことを思い出し、だからいつもの「はい」ではなく、「へえ」と答えてから、「岸辺はわたしの他には誰もいないんです。わたしが助けてやらないと」と言った。

「……あんたはまだ若い。もういい加減にあんな岸辺なんかに尽くすのはやめて、自分のことを考えたらどうかね」

きみ子はそれには答えず、「よろしくお願い致します」と言って頭を下げてから、警察署を後にした。

アパートに帰り、部屋の畳に座り込んだまま、きみ子はぼんやり考えていた。どうして岸辺はあんなにもお金に執着するのであろうか。お金なら自分が働いて充分過ぎるほど与えているのに。しかも、屈辱的な思いをしてまで働いているのである。岸辺はそんな自分の苦労を分かってはくれないのか。そう思うと、きみ子は情けなかった。けれど次の瞬間には、岸辺の保釈金を稼ぎ出すためにも、もっとトルコ風呂で稼がなければと思っていた。

きみ子は布団を敷き、疲れた身を横たわせながら、先刻の刑事の言葉を考えていた。もう岸辺に尽くすのはやめて自分のことを考えろと言っていた。勿論きみ子だってそう思ったこともある。でも今さら岸辺から離れることはできない。自分は岸辺の奴隷のようなものかもしれない。きみ子は初めてそう思った。

きみ子はもの心がついた頃、アメリカのリンカーンについて書かれた絵本を見たことがある。そこにアフリカから連れて来られた黒人奴隷が描かれていた。奴隷達はみんな腰に白い布を巻いただけで、奴隷市場で売り買いされていた。まだ幼かったきみ子は、ただ彼らをかわいそうに思った。考えてみれば、今のきみ子はあの奴隷のようだ。

絵本の黒人奴隷が腰に白い布を巻いただけの裸体であったように、自分もまた岸辺のためにトルコ風呂で湯文字一つの裸になって働かなくてはならない。それでも、きみ子は岸辺から逃げ出すことはできなかった。奴隷達は逃げ出さないように冷たくて頑丈な鎖で繋がれているように、きみ子もまた目には見えない鎖で岸辺に繋がれている。ただ一つ、黒人奴隷と異なるところは、彼らが白人の手によって無理やり繋がれたのに対し、きみ子は自ら男に鎖を繋いだのだ。

それからのきみ子は、昼は警察の留置場に出向いて岸辺の下着や好きな物を差し入れし、それからトルコ風呂に働きに行くのが日課になっていた。岸辺がどうなろうとも金は要る。そこらの店で昼食にラーメンを啜ると、仕事場へと駆けて行った。

村山がアパートに訪ねて来たのは、ちょうど休みの日の午後だった。きみ子は村山にコーヒーを出しながら、岸辺はこれから何をするか分からないから、早く岸辺から遠ざかって故郷に帰るように言った。村山の故郷は九州の大分だと、いつか岸辺が言っていた。

「ねえ、そうして頂戴。ねっ、村山さん」

「でも姐さんはどうするの」

「わたし、わたしはいいの、でもあなたは違うでしょ。故郷の大分にはお父さんもお母さんもいらしゃるでしょ」

きみ子がまるで姉のよう諭すと、村山は「でも岸辺の兄貴は俺がいないと何もできないんだ」と言った。

「だからよ。今度はあなたまで捕まってしまう。もしもそんなことになったら、わたし、あなたのお父さんやお母さんに申し訳ないわ」

「でも、俺は兄貴がいないと、何もできないからなあ」

「だからよ。村山さん。あなたはもっと自分の信念を持つべきよ。他人の言うなりになったら駄目。あなたは本当は何がやりたいの」

きみ子が少々声を荒立てながらそう聞くと、村山はためらいがちに、「本当はドラマーになりたい」と答えた。

「ドラマー?」

「ジャズのドラム叩きさ」

「だったら、それにおなりなさい。岸辺なんか相手にしないで」

すると村山はしばらく俯いていたが、「だったら姐さんはどうするの、このまま岸辺の兄貴と暮らすの。あのトルコ風呂で働いて兄貴を食わすのかい」と言った。

「わたしはいいの、このままで。あの人とわたしとはもう腐れ縁だから」

村山には自分と同じことはさせたくない。岸辺の言うなりにさせてはいけない。きみ子はそう思った。村山の帰った後、きみ子は彼に出したコーヒーカップを片付けながら、自分の言ったことを村山は分かってくれただろうかと思った。

村山のことを案じながら、いつものように仕事に出ると、彼女を指名する客があった。またあの岡本かと思っていると、それは何と岸辺を取り調べている刑事の田島だった。きみ子は嫌だったが、商売だから断れない。田島の背中に馬乗りになって体を洗っていると、田島はふいにこう言った。

「岸辺は初犯だ。ゲンナマさえ用意すれば明日にも出れる」

「本当ですか、刑事さん」

きみ子が勇んでそう聞き直すと、田島は「声が高い。俺が刑事であることがバレるじゃないか」と小声で強く制した。

「すみません。……それで、いかほど用意すればいいのでしょうか」

きみ子が声をひそめて尋ねると、田島は無言のまま指で金額を示した。それはきみ子には大金だったが、それでもすぐに「分かりました」と答えていた。

体を洗い終わると、田島はきみ子を求めた。きみ子は応じるより仕方がない。事を終えた田島は、今度来る時までに金を用意しておくよう言って帰っていった。きみ子は世間の裏側をまた一つ知ったような気がした。

それからのきみ子はがむしゃらに働き出した。岸辺を一日も早く留置所から出して、また二人で暮らしたかった。トルコ風呂では幾人もの見知らぬ男達に体を与えているが、それはきみ子にとって苦痛以外の何物でもない。けれど、岸辺に抱かれるのは当然それとは全く違う。それは勿論、愛情があるからだが、それだけではなく、きみ子の体が岸辺を求めていた。

幸い、季節は年末年始で、トルコ風呂はどこもかきいれ時である。きみ子はアパートへは帰らず、店に住み込んで働いた。だから大晦日、最初の客を他の女に回した店の支配人に、「何よ、客は最初にわたしに回すって約束したじゃないか」と事務所に文句をつけに行った。いつの頃からであろう、きみ子は時々まるで男のような物言いをするようになっていた。しかも大きな声だったので、支配人は驚いて振り返った。きみ子は赤い湯文字を腰に巻いただけの素っ裸である。事務所には暖房はあるが、それでも風呂場に比べたら寒い。しかし、きみ子は必死だから寒さも感じなかった。

支配人はきみ子の剣幕に仰天して、「悪かった」と謝った後で、「何だ、おきみ。お前はもう裸じゃないか。寒くはないのか。外は雪が降ってるぜ」と、きみ子の裸を見て自分も寒そうに言った。

「わたしゃトルコ風呂の女だよ。雪が降ろうと槍が降ろうと裸だよ。裸でないと男達相手に稼げないじゃないか」

きみ子はいつも働く時にしているように両手で髪をぎゅっと結い上げながら、はだしの足を床に踏ん張り、なおも強い調子で言った。手を動かすたびに大きな乳房が揺れ、早く働きたいと主張しているようである。

「でも、おきみ、お前のおっぱいは寒いといって泣いてるぜ」

支配人は皮肉とも受け取れる卑猥な言葉を口にした。

「余計なお世話だよ。泣こうとわめこうと、わたしのものだよ。働かせようと遊ばせようと、わたしの勝手じゃないか」

その一際凄い剣幕に恐れをなしたのか、支配人は「分かったよ。次のお客はお前に回すよ」と答えた。

「本当だね」

髪に桃色の髪飾りをつけたきみ子は、赤い湯文字を巻いた腰に両手を当てて、そう念を押した。

その日は午後からも客が立て込み、きみ子達は客の相手で息つく暇もなかった。きみ子は除夜の鐘も、客の背中を洗いながら聞いた。二十六歳になるが、裸で除夜の鐘を聞くのは初めてだ。その夜は明け方まで仕事が続いた。

元日もその次の日も、きみ子は働いた。あの岐阜の菊屋も人使いが荒かったが、それでも元日だけは休みだった。しかし、ここでは暮れも元日もない。ただ、ここでは働かされているのではなく、きみ子は岸辺のために自らその身に仕事を課していた。

朝方はさすがに客足が途絶え、きみ子は昼近くまで仮眠した。そして、また午後から客の相手をして働く。それが成人の日の頃まで続いた。いくら丈夫な体に恵まれたきみ子もさすがに疲れ果てるほどであった。でも、それでどうにか田島が示した金を用意することができた。

きみ子は田島に電話して、「お金ができました」と言った。すると田島は、「そうか、だったらこっちから取りに行く」とあの高圧的な声で答えた。「よろしくお願いします」と言ってから、きみ子は半月振りにアパートに帰った。散らかったままの部屋を片づけ、一人、小さな卓袱台でお茶を飲みながら、間もなくまた岸辺と暮らせるのだと、きみ子は思った。

岸辺が留置場から戻れることになったのは、逮捕されてから二十三日目であった。表向きは証拠不十分ということであった。田島が証拠を処分したのか、ともかく、きみ子が田島に与えた体と大金がきいたのだ。もう二月も終わり、大阪の地に春が来ようとしていた。

釈放の日、きみ子は仕事を休んで迎えに行った。岸辺と警察の廊下を歩いていると、偶然だろうか、田島に出会った。きみ子が丁寧に「有難うございます」と頭を下げると、田島は少し迷惑そうな顔をして、その場を立ち去った。きみ子は不思議に思ったが、考えてみれば、田島は刑事という立場を利用して金を受け取り、トルコ風呂とはいえきみ子の体を弄んだのだ。田島はあの時、代金を支払うことはなく、代わってきみ子が貴重な稼ぎの中から払ったのだ。それも一種の賄賂に当たるだろう。岸辺と一緒に帰りの電車に揺られていると、突然岸辺が思い出したようにこう言った。

「きみ子、お前はさっき、あの田島という刑事に礼を言っていたが、なぜだ」

「ええ、ちょっと」

まさか本当のことも言えず、ごまかすと、岸辺はまた「あの男が俺を取り調べた奴だ。お前は知っていたのか」と聞いた。きみ子は「そうだったの」と知らぬ顔をして答えた。岸辺はそれ以上は何も言わず、無言のまま、電車の窓からすっかり暗くなった外を見ていた。

車窓からは巨大なビルの窓の無数の明かりが、まるで飛んでいるように見える。きみ子はそれを見るともなく見ながら、父が警察に逮捕された時のことを思い出していた。あの時も、お金を稼ぐために岐阜の柳瀬でストリップをした。今度は岸辺の保釈金を稼ぐために、ストリップとトルコ風呂の違いはあっても、女の色香を売ることは同じである。そう思うと、きみ子は女に生まれた悲しさを思わずにはいられなかった。

その夜、きみ子は岸辺の好物を小さな茶袱台に並べた。警察の留置場ではろくなものは口にしなかったであろうと思ったからである。岸辺は旨そうに食べていたが、きみ子はどうしてか食が進まなかった。

「食わないのか」

「ええ。良かったら、これもあなたが食べて」ときみ子が言うと、岸辺は「じゃあ、ビールだ。ビールを飲め」と言って、ビール瓶を片手に持った。きみ子はビールを飲む前に何か口に入れようと思い、小皿にあった鶏肉を口に入れた。

その時、急に嘔吐のようなものが込み上げてきて、きみ子は急いで台所に走った。声を立てて口の中のものを吐いていると、「おい、どうした、きみ子。気分でも悪いのか」と居間から岸辺が心配そうに声をかけた。きみ子は苦しみながらも、その声が嬉しかった。

間もなく嘔吐は収まり、きみ子は「もう何ともないわ」と、岸辺を安心させるためにわざと大きな声を出した。きみ子はかけている白いエプロンの裾を口に当てて居間に戻りながら、今夜の自分はどうかしていると思った。普段は風邪ひとつ引かないのだが、さすがに仕事の疲れが出たのか。この時はそう思った。

その夜、久し振りに岸辺に抱かれても何ともなかったのに、翌日台所に立った時、きみ子は再び激しい吐き気に見舞われた。その日岸辺は「村山に会って来る」と言って、朝食後に出かけてしまったから、それを岸辺に知られることはなかった。

午後から、きみ子はいつものように店に行き、更衣室で厚手のセーターを脱いで裸になった。もしかしたらまた吐き気に見舞われるかも知れないと不安に思ったが、裸になって赤い湯文字を腰に巻いても、きつく結い上げた髪に桃色の飾り物をつけても、幸い嘔吐は出なかった。その夜もきみ子はいつものように男達の相手をして働いた。

三

きみ子が再び吐き気に襲われたのは、仕事を終えて同僚の幸子の誘いで屋台にラーメンを食べに寄った時のことだった。運ばれたばかりのラーメンに口をつけた時、きみ子は三たび激しい吐き気を覚えた。きみ子が慌てて口を押さえていると、幸子が、「あんた、おめでたじゃない?」と言った。きみ子は思いがけない言葉に驚いたが、言われてみると近頃、元々あまり好きではなかった酸っぱい食べ物が欲しくなる時がある。

「おめでた?」

きみ子がおうむ返しにそう言うと、「赤ちゃんよ。赤ちゃんができたのよ」と、幸子は心持ち弾んだ声で言った。きみ子は半信半疑のまま幸子と別れ、家路についた。

それから二、三日して、きみ子は産婦人科の門をくぐった。待合室で順番を待っていると、きみ子と同じ歳頃の若い女達が何人も座っていて、中には夫らしい男に付き添われた者もいる。

きみ子は妊娠したかもしれないことを岸辺に話していなかった。自分達は正式な夫婦ではなく、同棲だったからである。もう五年も一緒に暮らしているのに、夫婦でないことをこんなに悲しく思ったのは初めてである。ここにいる女達はおそらく正式に結婚しているのであろう。そう思うと、きみ子は女達が羨ましかった。

そんなことを考えていると、やっときみ子の番がきた。診察室の出入口の所で、若い看護婦が「森川さん」ときみ子の名を呼んだ。きみ子は、自分は岸辺きみ子ではない、森川きみ子なんだと悲しく思う。

診察を終えた医師は「二カ月です」と告げた。きみ子は単純に、岸辺の子を宿したことが嬉しかった。これで永久に岸辺と暮らせる。子供が産まれるのなら、きっと籍にも入れてくれるだろう。そうも思った。今まで尽くしてきた甲斐があった。やっと苦労が報われる。やはり我慢さえしていれば、きっといいことがある。産婦人科の門を出て冬日に照らされながら、きみ子は子供を妊ったという女に生まれた喜びを感じていた。

だが、きみ子はすぐには岸辺に妊娠のことを話さなかった。仕事から帰ると大抵、岸辺は寝ていたし、きみ子はきちんと向かい合って話したかったからだ。十日程がたち、きみ子はついに岸辺に告げた。ところが、きっと喜んでくれると思ったのに相違して、岸辺は大層驚嘆し、「堕せ」と怒ったように言った。

「どうして、あなたの子供よ。あなたとわたしの子供なのよ」

きみ子が右手でお腹を軽く押さえながらそう言うと、岸辺はまるで吐き捨てるように言った。

「邪魔だ。ガキなんか」

「産むわ。子供は神様からの授かり物なんですもの」

「ガキなんか面倒だ。第一、生活はどうする」

「働くわ」

「トルコでか、男達に体売ってか」

「そうよ。他にわたしみたいな女を使ってくれる所なんかないんだから」

きみ子が諦め顔になってそう言うと、岸辺は驚く言葉を吐いた。

「それにお前は毎晩何人かの男の相手をしているんだろう。本当に俺の子かどうか」

きみ子は情けなかった。自分がトルコ風呂で働くのはこの人のためではないか。そう思ったからである。しかしそれを口にしても詮ないこととときみ子は思い、

「あそこでお客の相手をしている時はちゃんと避妊しているの。だから、この子は正真正銘、あなたの子供なのよ。信じて」

きみ子が自分のお腹を押さえながらそう言うと、岸辺はもう何も言わなかった。

翌日から岸辺はまたアパートに戻らなくなった。けれど、きみ子はもう悲しいとは思わなかった。子供を孕んでいたからである。岸辺はあんなふうに言ったが、内心は嬉しいに違いない。ただ照れ臭かっただけなのだ。そのうちいつものように、ここに戻って来る。きみ子は勝手にそう思った。だから少なくとも、以前のように泣くことはなかった。

きみ子はその後もトルコ嬢の仕事を続けた。きみ子の予期した通り岸辺は十日程でアパートに帰って来たが、子供のことは何も言わなかった。それは子供を産むことを暗黙のうちに認めたからだと、きみ子は思い込んでいた。

そして大阪できみ子が迎える四度目の春が訪れた。大阪城の桜がきれいだと、いつか幸子が言っていたが、きみ子にはそんな呑気に桜見などする余裕はない。いつものように更衣室で地味なブラウスとスカートを脱ぎ、ふと小窓から外を見ると、工事中の向かいのビルの傍で、一本の大きな桜の老木が見事な花を咲かせていた。自分のように毎日の暮らしに追われる貧しい女には、大阪城の見事な桜よりも、こんなビルの谷間に

咲く桜が似合っている。きみ子はそう思うと、ぎゅっと結い上げた髪に髪飾りをつけ、浴槽を洗った。

しばらくすると、「おきみ、お前にご指名のお客だ」と、表で支配人が叫んだ。ちょうど浴槽の掃除も荒方すんだところだ。

「分かりました。どうぞ」

すると、入って来たのは、あの岡本だった。岡本が最後にここに来てから半年がたっていた。

「いっらしゃいまし。久し振りですね」

きみ子が明るい声でそう言うと、きみ子の裸を見つめた岡本は、「おきみさん、少し痩せたか」と無造作に言った。きみ子は岡本の後ろに回って背広を脱がせながら、「そうですか?」と答えた。

「何か心配事でもあるのか」

「相変わらずでございます」

きみ子はそう言うと、岡本を蒸し風呂に入れた後、寝台で馬乗りになって、その見事な彫物のある背中をマッサージした。

「相変わらず、おきみさんは力があるな。気持ちがいいぜ」

「有難うございます」

きみ子はそう答えながら、さっきの岡本の言葉を考えていた。自分はやはり窶《やつ》れて見えるのだろうか。岸辺は相変わらず部屋でごろごろしている。それだけならいつものことだが、相変わらず妊娠について何も言わないのだ。産んでいいとも悪いとも。そのことがきみ子には気懸かりだった。

「なぜ長いこと来なかったのか聞かないのか?」

岡本は唐突にこうたずねた。

「お仕事だったんでございましょう。男の方は何といってもお仕事ですからね。そこへいくと、うちの主人なんか、女房をこんな所で働かせておいて」

きみ子がほんの軽い気持ちでそう言うと、岡本はふいに「もういいよ。それよりシャワーで体を洗ってくれ」ときみ子に命じた。

シャワーがすみ、きみ子が岡本が服を着るのを手伝っていると、岡本は真剣な口調でこう言った。

「おきみさん、今度の仕事は俺にとっては一世一代の大仕事だ。というより敵討ちだ。これが成功したら、俺はもう死んでもいい」

岡本に背広を着せてやりながら、きみ子は「ご冗談でございましょ」と笑って相槌を打ったが、岡本はなおも真剣にこう続けた。

「その代わり、誰も巻き込まん。だから痩せるほど心配しなくてもいいんだよ」

それだけ言うと、いつものようにきみ子にお金を渡し、そのまま帰ってしまった。

きみ子は風呂場の出口の所で正座して岡本を見送り、風呂場に戻ると、彼のくれたお金を自分の財布に仕舞いながら、岡本の言ったことを思い返した。たしか敵討ちと言っていた。しかし、きみ子にそれが何を意味するのか分かるはずはなく、そのうち日々の暮らしに追われる中で忘れてしまった。

きみ子の住む安アパートは大阪の下町にあった。岸辺と駆け落ち同然のようにして東京から流れて来た時、岸辺の絵の師匠だった福田が譲ってくれて以来、ずっとここに住んでいる。何時の間にか岸辺は福田とは音信不通になっていた。

夜が遅いきみ子は、それでも朝の八時にはもう起きている。トルコ風呂の仕事は午後からだから、狭いアパートの掃除をすますと、午前中は毛糸の機械編みの内職をした。稼ぎは少ないし、それに岸辺も「昼も夜も働くな」と言ったが、この内職は同じアパートに住む安村貴子という主婦から勧められた、というより頼まれたものだった。

もう三年もこのアパートに住んでいるというのに、きみ子は近所に友達もいなかったが、この貴子とだけは、どうしてか親しくなれた。色白で、赤やピンクの派手な色のブラウスのよく似合う貴子は、実はきみ子と同じ歳なのだが、見た目は随分と若く見えた。ごく平凡な主婦で、子供に恵まれず夫と二人暮し。夫は東京の大学を出て、船場の会社に勤めている。貴子の親は今も東北の小都市で中学教師をしていて、おそらくそんな両親に大事にされて育ったのであろう、貴子は少々世間知らずなところもあり、明るい声で屈託なく話す。それがきみ子には眩しくもあり、羨ましくもあったのだが、かといってきみ子は貴子が嫌いではなかった。

貴子とはずっと以前から付き合っていたが、この毛糸編みの内職を持って来たのは今年になってからである。

「今は景気がよくてどこも人手不足で、だからこんな毛糸の機械編みのような仕事は、わたし達のような家庭の主婦に回って来るのよ」

初めて仕事を持ってきた時、貴子はそう言った。確かに世の中は依然として好景気らしく、きみ子の働くトルコ風呂でも、男達は気前よくチップをくれる。それでもきみ子には自分とかけ離れた世界の話に思えた。貴子はその朝も「奥さん」と言って、きみ子の部屋にやって来て、きみ子が編み機を動かす横で、あれやこれやと他愛のないお喋りをした。元来が無口なきみ子は専ら聞き役である。そして午後になると、貴子は「さあ、帰って洗濯しなきゃ」と言って帰ってしまうのだ。

それからきみ子はトルコ風呂に行く準備を始める。貴子は自分を奥さんと呼ぶが、本当は岸辺とは正式な夫婦ではない。貴子がそれを知ればどう思うだろう。ましてやトルコ風呂に勤めているなど、口が裂けても言えることではない。だから、きみ子はいつもできるだけ地味な服装で出勤した。

家でごろごろしていた岸辺が急に留守がちになったのは、桜も散り、五月の新緑を迎える頃だった。きみ子が察するに、女ができたわけではなさそうである。何かまた去年のように、よくないことを暗躍しているのではないか。そう思うと、きみ子はまた不安になっていた。

そんなある夜、きみ子が仕事から戻ると、部屋の中から話し声がした。聞くともなく耳に入ってきたのは「総会屋」とか「金儲け」といった言葉だった。岸辺の相手をしているのは村山だ。きみ子はドアを開けるのをためらったが、隣に住むホステス勤めの女が帰って来たので、怪しまれると思い、思い切ってドアを開けた。きみ子が「ただいま」と言って中に入ると、村山が仰天したように「姐さん」と言った。

「村山さん、久し振り」

きみ子がそう言うと、村山は慌てて帰ろうとする。

「あら、まだいいじゃないの。お茶ぐらい飲んで行きなさいよ。それともコーヒーの方がいいかしら」

きみ子がそう言いながら、台所で白い割烹着をつけて、ガスに火をつけていると、村山は「姐さん、今夜はもう遅いから」と言ってあたふたと帰ってしまった。

きみ子は沸いた湯を急須に入れて、岸辺のいる居間に行き、卓袱台にそれを置きながら言った。

「あなた、あなたはまたよくないことを考え出したのね。村山さんまで巻き込んで」

だが、岸辺は無言だった。

「もうこの前みたいなことは嫌よ。あの時もわたしがどれだけ苦労したことか……」

きみ子がそれだけ言うと、岸辺は急に立ち上がり、上着を羽織った。

「どこへ行くの」

「どこだっていいじゃないか、俺の勝手だ」

岸辺はそう怒鳴ると、「きみ子、今度の仕事はバックに大物がついているんだ。前のようにお前に迷惑はかけんよ」と言い残し、部屋から飛び出して行った。おそらく村山の所に話の続きをしに行ったのであろう。するとやはり自分に聞かれてはまずい話なのか。きみ子の不安は増した。総会屋が一体どんなものなのか、きみ子は知らない。ただ、岸辺がまた何か危ないことに暗躍しようとしている、それはきみ子にも分かった。

総会屋というのは、少数の株を持ち、その株式会社の株主総会に出席し、つまらぬことをあれこれ取り上げて会を混乱させ、その会社から金を巻き上げる輩を言う。だから総会屋は大抵の場合、少ない株しか持たない。それでも会社はあらぬ言いがかりをつけられ総会を混乱させられては困るので、事前に相当額の金を握らせ、総会を無事に終わらせようとする。それが総会屋の付け入る目的でもあった。これは立派な犯罪行為である。

岸辺は早暁《そうぎょう》の頃に帰って来た。そこでもまた、きみ子は岸辺と言い争った。こんなことは岸辺と同棲するようになってから初めてのことだった。

「あなた、昨日の晩言ってた総会屋って何のこと」

そう問い詰めるきみ子に岸辺は、「お前に言っても分からんよ」と、やはり不機嫌そうな声で言う。

「わたしが中学しか出てないから」

「今は誰だって金が欲しいんだ。俺だって……」

その岸辺の言葉を遮るように、きみ子は「お金ならわたしが働いて稼ぐわ。あなたにお金の不自由はさせないわ。そのために新世界へ働きに行っているんだから」と言った。岸辺は何も答えず、悲しそうな顔をした。きみ子は岸辺に男としての自尊心を傷つけるようなことを口走ってしまったと思い後悔したのだが、後の祭りだった。

もう仕事に行く時間が迫っていたので、きみ子はそのままアパートを後にした。電車の中で、きみ子は岸辺の行動を案じた。そして、もし岸辺が何か悪いことをしても自分は苦労を覚悟しているからよいとして、村山を巻き込むことだけはやめて欲しいと思った。もし村山の手に手錠がかかるようなことになれば、村山の両親に申し訳ない。きみ子はそう思っていたから、なおさら気を揉んでいたのだ。ふと気付くと、電車は新世界の街を走っていた。きみ子は慌てて電車から降りると、小走りで店に向かった。

安村貴子が夫の転勤で急に引っ越すことになったのは、五月も半ばの頃であった。

休日できみ子が昼近くに買い物をしてアパートの近くまで帰って来ると、貴子が後を追って来てそう告げた。

「そう、ご主人はきっとご栄転よ」

きみ子が笑いながらそう言うと、貴子はさほど嬉しそうな顔もせず、こうつぶやいた。

「さあ、世の中は経済成長で景気がいいみたいけれど……。大学は出ているけど、主人は伝《つ》もないし、安サラリーマンで一生うだつが上がらないのよ。こき使われるだけだわ」

もとよりサラリーマンの世界など知らないきみ子は、そんなものなのかと、初夏の太陽が照らす貴子の白いうなじを見ながらそう思った。

それから二、三日して、トルコ風呂に一人の客があった。初めての客だが、きみ子にはどこかで見かけた顔に思えた。いつものように客の後ろに回って洋服を脱がせてやりながら考えるが、分からない。だが、男の背中に馬乗りになって背中をマッサージしている時に、ようやく思い出した。貴子の夫である。以前、朝早くにアパートの前の道を箒で掃いている時に見かけ、軽く会釈したことがある。その時は背広に鞄を下げて、いかにもサラリーマン然としていた。男がきみ子に気付いているのかどうか、きみ子には分からなかった。この夜、きみ子は貴子のことを考えながら、その男に体を与えた。

いつものように深夜、アパートに戻り、何気なく貴子の部屋の方を見ると、窓から灯が漏れていた。

一方、岸辺はまた村山の所にでも行ったのか部屋にいなかった。きみ子はがらんとした部屋でお茶漬けを食べながら、貴子の夫のことを考えていた。自分に気付いていたろうか。いや、もし分かっていたとしても、まさか貴子にそれを話すことなどあるまい。商売女だとはいっても肉体関係を持った女である。しかし、たとえ秘密にできたとしても、それでも事実は事実である。きみ子がそう思った時、きみ子の心に今までとは全く異なった思いが湧いてきた。

仕事とはいえ、きみ子が相手をしてきた男達には、きっと家に帰れば妻がいるに違いない。自分は一時的にせよ、その妻達から大事な夫を奪っているのだ。自分は阿修羅ではないか。阿修羅……それは長いこと忘れていた言葉だった。今まできみ子は自分のような女を哀れとばかり思っていたが、今夜の思いはそれを強く否定していた。

翌日、貴子が引っ越しの挨拶にきみ子の部屋を訪れた。色白の貴子は赤いセーターを着ていて、それがよく似合っている。

「長いこと、お世話になりました」

そう言って挨拶する貴子に、きみ子は昨夜のことが気かかりで真直ぐに向き合えずにいた。自分がトルコ風呂で働いている卑しい女であり、それに昨夜は貴方のご主人の相手をしたと告白しようと思い、きみ子が、「奥さん、実はわたし……」と言いかけると、なぜか貴子はそれを制するように唐突にこう言った。

「奥さん、わたし、奥さんの仮面の下の顔なんか見たくないわ」

「仮面の下の顔?」

もしかしたら昨夜のことを知ったのかも知れない。きみ子はそう思いながらおうむ返しに聞き直していた。

「そうよ。人間は誰でも仮面をかぶって生きているのよ。仮面の下にもう一つの本当の顔があるわ、誰にも知られたくない、もう一つの本当の顔が」

きっぱりと言葉を吐く貴子に、きみ子は何も言い返せなかった。仮面をかぶった自分は主婦の顔であり、その下のもう一つの、本当の顔は、トルコ風呂で働く卑しい女だ。そう思い知らされながら、きみ子は静かにつぶやいた。

「奥さん、わたしはその仮面を被って奥さんと付き合ってた」

「もう何も言わないで、奥さんとは仲良しの内職仲間でいたいの。遠くに行ってから、長い時間がたってから、ああ、大阪にあのしっかりしたお姉さんのような奥さんがいたって思いたいのよ。わたしはね、奥さんに恨みなんか持ちたくはないの」

きみ子はそう言われ悲しくて堪らなくなり、玄関先に座り込むと頭を垂れ、動かなかった。恥じ入っていたからだ。長い沈黙の後、貴子は「長いこと、お世話になりました」とだけ言い残し、そのまま帰ってしまった。

きみ子は長いこと、頭を垂れたまま座っていた。ふと我に返って顔を上げると、目の前にさっき貴子が置いていった粗品が、初夏の陽を浴びていた。それをぼんやりと見ながら、けれどそうしなくては自分は生きてはいけないのだと、迷いを打ち消すと、昼食を取り、また新世界へと出て行った。

間もなく季節は六月を迎えた。大阪の六月は蒸し暑く、稀ではあるが、まるで真夏を思わせる日がある。何しろ風呂場は始終蒸気の吹き出ている所であるから、その熱気で夏は殊の外、蒸し暑い。裸にならねばならない仕事だから冬は背中に鳥肌が立って辛いが、蒸し暑い夏場もやはり辛かった。だが、きみ子にすれば、仕事に楽なものなどなかった。

岡本が店に顔を出したのは、そんな蒸し暑い雨の日だった。

「いらっしゃいまし」

きみ子が愛想よく言うと、どうしてか岡本は返事をしなかった。機嫌が悪いのか。だからきみ子も黙っていたが、それでも寝台に寝かせた岡本の彫物のある背中をマッサージしながら、「今夜は蒸しますね」と言うと、いつもの岡本なら多弁なのに、この夜の岡本はただ「ああ」と答えただけだった。

きみ子もそれ以上何も言わず、マッサージの手を休めず働かせていると、裸の背中に汗が流れ落ちた。近頃は蒸し暑いせいか、こうしていると汗が滝のように流れ出る。マッサージを終えて、シャボンだらけになっている岡本の体を洗い流してから、きみ子が洋服を着せようとした時、岡本はこう口にした。

「おきみさん、今夜はお前さんが欲しい」

びっくりして、きみ子はただ岡本の顔を見やった。

「何だ。俺とは嫌なのか」

岡本はそう言った。ここへ来る客はみんなそれが目的だが、きみ子は、この岡本だけは別だと思っていた。

できることなら、きれいな関係のままでいたい。きみ子はそう思い、無性に悲しかった。しかし客の求めを拒むことなど許されない。

「分かりました。すぐに用意しますから」

そう答えると、きみ子は支度を整え、隣の部屋で岡本に抱かれたのだった。

その夜、いつもよりも疲れた足取りで部屋の玄関に立つと、中から話し声が聞こえた。きみ子はまた村山が来ているのかと思い、躊躇なくドアを開けた。

「岸辺君、君はあの会社がどんな会社か知っているのか」

怒鳴るようにそう言った男の顔を見て、きみ子は思わずぎょっとした。なんと岡本であった。

なぜここに岡本が。岸辺はこの岡本と何か画策しているのか。きみ子が茫然自失となっていると、話に夢中でまだきみ子の帰宅に気づかない岸辺は、大声で岡本に言った。

「知ってます。アメリカに武器を輸出している会社でしょ」

「そうだ。だったら、そいつを暴け」

「それはやはり危険です」

岸辺はそう言ってから、ようやくきみ子に気づいて、「あ、岡本さん、女房です。まだ籍には入れていませんがね」と紹介した。岡本は振り返り、きみ子を見ると、「やあ、これは奥さんですか。岡本です」と、まるで初対面のような物言いをした。きみ子はさすがに言葉が出ず、座ってお辞儀するのが精一杯だった。

岡本は前にも一度、このアパートに乗り込んできたことがあるが、三人とも忘れたふりをしている。これが大人の世界なのか。きみ子が思っていると、岸辺がまた大声を出した。

「おい、きみ子、お茶だ。早くお茶を出せ。……ああ、お茶より酒だ」

「おい、岸辺君。こんな大事な話の時に酒なんか飲んでいられるか」

岡本はそう言って岸辺を怒鳴ってから、「奥さん、夜も遅いからもう構わないでください」と、台所に立っているきみ子に如才無く言った。

「只今、お茶を……」

きみ子はガスに火をつけながら、やっとそれだけ言った。

それから二人の男はきみ子の存在などまるで忘れてしまったように、また言い合いを始めた。

「岡本さん、総会屋は会社を脅して金を巻き上げればいい。それ以上深入りするな。そう言ったのは岡本さん、あなたですよ」

「ああ、確かに言った。しかしS社は別だ。S社の部品は武器として組立てられてベトナムの子供達が傷つき、殺されているんだぞ。言わばS社は死の商人だ。株主総会でこのことを叩かないでどうする」

「でもS社には政府がついています。そんなことをしたら体制側に潰されますよ」

「岸辺君、君はそんなに体制側が怖いのか。一体いつから君はそんなに小心者になったんだ。そんな小市民的な考えじゃ君ももうおしまいだな」

なぜか岸辺は黙ってしまった。きみ子が沸いた湯を急須に移して男達の前に持って行くと、岡本はこう続けた。

「君はかつて、反戦デモに参加したそうだな。少しは骨のある男だと見込んでいたが、そのへんのちゃちな学生どもと変わらんな」

「岡本さん、あなたはやっぱり左翼なんですね」

「わしは右でも左でもない。お前らと違って無学だからな」

岡本の言った「無学」という言葉が、きみ子には無性に悲しかった。それでも黙ったままお茶を差し出すと、岸辺がまた声を張り上げた。

「そしたら、どうしてS社にそんなにこだわるのですか。S社がベトナム戦争に加担しているからじゃないんですか」

「それは……、わしは右だの左だの、そんな小難しいことは分からんよ。ただ戦争というものが憎いだけだ」

そう言うと岡本はおもむろに立ち上がった。

「岡本さん。まあ、座って冷静に話し合いましょう」

だが岡本は岸辺の言ったことに応じず、「これは俺一人でやる。始めから君や村山なんかあてにはしていなかった」と言った。

「僕達を今度の仕事から外すつもりなんですか。それは困ります。今の僕はどうしても金が要るんです。何しろ女房の腹の中には赤ん坊がいるんですから」

岸辺がそう言うと、岡本は驚いたように一瞬きみ子の方を見た。少なくともきみ子はそう感じた。それからまた岸辺に視線を向けて、「だったらなおさらだ。奥さんに心配をかけないように地道にやるんだな」と、それだけ言い残すと、部屋から出て行った。

きみ子は急に胸騒ぎを覚え、だから半ば無意識に玄関で赤いつっかけをはくと、岡本の後を追った。なぜか岸辺も止めなかった。

アパートの鉄の階段を駆け降りると、さっき帰って来た時は出てはいなかった下弦の月が出ている。そんな薄暗い夜道を駆けながら、きみ子は岡本を探した。ほどなく、暗闇の中に岡本を発見したきみ子は、「岡本さん」と声をかけた。振り向いた岡本は、「おきみさんかい」と言った。「はい」。きみ子はそう答えてから、「一体、何をなさろうとしているんですか?」と聞いた。だか、岡本は黙ったまま何も答えない。

「危ないことをなさろうとしているんですね。さっき主人が〝危険〟だと申しました」

「おきみさん、俺は戦争が憎いだけなんだよ」

「戦争が憎い?」

「ああ、憎い。おきみさん達は若いから知らないと思うが、俺達はこの前の戦争を体験している。俺は戦時中は工場に徴用されていた。敗戦になって帰ってみると、家は丸焼け。おまけに親兄弟はみんな焼夷弾を浴びて死んでいたんだ」

それは初めて聞く岡本の身の上だった。

「寄る辺をなくしてしまった俺は、職もなく、仕方なくやくざになったんだ。やくざはお前さんも知っての通り世間のダニだからね。でも若い頃の俺は自分の運命を根元から変えてしまった戦争が憎かった。できれば敵討ちをしたかった。そしてその思いは今も変わらない」

きみ子はその話を聞きながらなぜか父のことを思った。まだ岐阜の菊屋で下働きをしていた頃、遊びに来た父が「池田が悪いんだ」と仲居のおあきに言ったことがある。父は坑夫の仕事を奪った炭鉱主と、そしてそのような経済政策をとった大臣の池田勇人を憎んでいたのだった。そして今もその思いは変わらないのかも知れない。この岡本も、事情こそ違うが同じことを思い続けている不幸な人かも知れない。

「やっとそのチャンスが巡ってきたんだ。敵討ちの」

「でも、それはやっぱり危ないことです。何かあったらどうします？」

「さっきも言ったように、俺には親兄弟はいない。天涯孤独だ。もしものことがあっても誰も泣く人間なんかいない」

「わたしがいます」

きみ子は咄嗟に口走っていた。岡本は驚いた顔をして、「おきみさん、あんたが……」とつぶやいた。

「わたしが泣きます」

今度は一語一語嚙みしめるように、きみ子は言った。

「有難う。おきみさん」

そう言うと、岡本はもう何も言わず、暗い闇の中に消えてしまった。

きみ子はもうその後を追おうとは思わなかった。昼間は騒々しい街も、今はまるで別世界のような静寂だけがきみ子を包んでいた。放心したようにしばらくその場に立ち竦んだ後、きみ子はもと来た道をゆっくりした足取りで歩いた。つっかけの音が、歩くたびに周囲の闇に谺《こだま》した。

部屋に戻ると、岸辺はすでに寝ていた。きみ子は今夜初めて岡本に体を許したことも、暗闇の路上で話をしたことも、岸辺にも誰にも言わず、そっと自分の小箱に仕舞っておこうと思った。

村山が血相を変えてアパートに来たのは、翌日の早朝だった。きみ子が朝御飯の支度をしていると、「姐さん、兄貴はいますか」と、村山は息を切らしながら言った。そしてきみ子が何も答えないうちに、奥から岸辺が起きて来た。

「どうした、村山。何かあったのか」

「大変だ、兄貴。岡本さんがいなくなった」

「いなくなった? どういうことだ」

驚く岸辺に、村山は手に持っていた手紙を差し出した。岡本の置き手紙だという。それを読むうちに岸辺の顔も蒼白になった。

「実は兄貴、岡本さんは昨日の晩、僕の所へ来たんだよ」

「昨日の晩、何時頃だ」

「夜中だったから正確にはもう今日かな……」

するとあれから岡本は村山の所に行ったのだろうか。きみ子がそう思っていると、村山はこう続けた。

「その時の岡本さんは上機嫌でね。寿司屋に連れて行って握り寿司を奢ってくれたんだよ。家まで送ってくれてね。土産の寿司まで買ってくれた。でも今朝起きてみたら郵便受けにこれが入っていたんだよ」

「俺は大阪の街から消える……この手紙にはそう書いてある」

「兄貴、どういう意味だ」

恐る恐る聞く村山に、岸辺は、「分からん。分からんが、多分岡本さんは俺達を信用してなかったんだ」

と答えた。

「儲けを俺達に分かるのが惜しくなって、一人占めしようとしてるのか」

そう聞く村山に、「さあ」と岸辺は曖昧な答えしかできなかった。

きみ子には岡本の心が分かっていた。岡本はお金が目的ではない。自分の人生を根底から変えてしまった戦争を恨んで、その敵討ちをしたいのだ。岡本はS社は死の商人だと言っていた。岡本はS社をその敵討ちの標的にしたのだ。

きみ子がそう思っていると、また岸辺が、「それで岡本さんは別に何か言ってはいなかったか。昨日はずっと一緒だったんだろう」と聞いた。村山は一旦「さあ」と答えた後で、こう付け加えた。

「ああ、そう言えば変なことを言ってたな。俺は今夜おふくろに会ったって」

「おふくろに会ったって、どういうことだ?」

「分からん」

その時きみ子ははっとした。昨日、トルコ風呂へ来た岡本は、突然きみ子を抱きたいと言いだした。今にして思うと、岡本は長いこと自分の乳房を触っていた。あれは男の欲望からではなく、母親のそれを求めていたのか。もしもそうだとしたら、何と不幸な男であろう。そう思うときみ子は涙さえ流れそうになった。しかし、やはり岡本の思いは岸辺にも村山にも言わずにおこうと思った。だから突然、「きみ子、岡本さんは何か言ってたか。お前はあれからあの男を追って行っただろう」と岸辺から聞かれた時も、「さあ、随分探したけど、とうとう見つからなかったのよ」と嘘をついた。

岡本が忽然と大阪の街から消えてから、岸辺はまた狭い部屋で何もせず日を過ごした。せっかくの金儲けの機を逸してしまった落胆は分からないでもないが、しかし、きみ子には幸いだった。岸辺が危ない橋を渡るより、そうして部屋の中にいてくれた方がどんなに有難いか。それにあれ以来、村山も姿を見せなくなっていた。

きみ子は相変わらず新世界のトルコ風呂にいた。もう、貴子の夫の相手をした時のように、他人の夫を奪って稼いでいるという罪悪感は、きみ子の心のどこにもなかった。

岡本が、きみ子の働く店の真向かいに建つ工事中のビルから飛び降りたのは、長かった大阪の梅雨がようやく開けようとする頃だった。

その日、きみ子がいつものように更衣室で裸になり、赤い湯文字一つになって湯殿を洗っていると、急に表が騒がしくなった。ここら一帯は行楽街であるから夜は騒がしいが、午後の今時分は思いの外静かなのだ。何が起こったのだろうと思いながら、それでも別段気にも止めず手を動かしていると、幸子が興奮気味に飛び込んで来た。

「たった今、そこの工事中のビルで男の人の飛び降り自殺があったのよ」

きみ子は急に胸騒ぎを覚え、まるで誰かに背中を押されるように湯殿を飛び出すと、更衣室でワンピースを着て、はだしのまま、ビルの螺旋状の非常階段を駆け降りた。そこにはすでに大勢の野次馬が人垣を作っていた。きみ子は夢遊病者のようにその人垣を分け入ると、いつの間にか、人が倒れている真ん中まで来ていた。

そこには毛布をかけられた死体があった。きみ子は毛布をそっと取り、男の顔を見た。岡本だった。忽然と姿を消した岡本が、どうしてこんな所で飛び降り自殺なんかしたのであろう。仰天したきみ子の頭で考えても到底理解できることではなかった。

「何をしてるんだ？　そんな所で」

その時、きみ子の背後で声がした。振り返ると、制服を着た警察官が立っていた。

「部外者がそんなことをしたらいかん」

「すみません」

謝るきみ子に、近寄って来た警官は、「もしかしたら、お知り合いでは……」と、今度はさっきとは打って変わって丁寧な言葉遣いで尋ねた。

きみ子は咄嗟に「存じません」と答えた。半年前に岸辺が麻薬密輸で逮捕された時の田島との一件で、きみ子は警察に嫌悪感を抱いていた。すると、その警官は、「でも潤んでいますよ、あなたの目は。見ず知らずの人が死んだのに、どうして目が潤むのですか」と、きみ子の目を見ながら聞いた。

きみ子は一瞬返答に困ったが、それでも「人が一人お亡くなりになっておられるのです。たとえ存じ上げない方でも悲しんで差し上げるのが人の情というものではありませんか」と答えると、今度はその警官が困ったような顔をした。

その時、大勢の野次馬の一人が、「その女は向かいのトルコで働いている女だ。きっと馴染みの客の一人だろう」と声を上げた。すると警官は急にぞんざいな言葉遣いになって、「お前はトルコ嬢か？」と尋ねた。「はい」と、仕方なくきみ子が小声で答えると、「道理ではだしなんだ」と、警官は一人納得したように言う。するとまた誰かが、「ついでにあそこもスッポンポンだ」と大声で言ったので、大勢の野次馬は波を打ってどっと笑った。きみ子は万座の中で辱めを受け、目には見えぬ鞭で打たれたように感じた。きみ子は死んだ岡本のために手を合わせると　足早にその場から立ち去ろうとした。

「本当にお前の馴染みの客の一人じゃないんだな」

警官がきみ子の背中に聞いた。きみ子は振り返ることなく、「はい、初めて見た方です」と、さも関わりになりたくはないという声で答えると、逃げるように立ち去った。

ビルの非常階段を途中まで駆け上がった時、きみ子はふと「トルコ風呂で働く女だって人間だ」と言う岡本の声を聞いたような気がして、思わず足を止めた。しかし、当然のことながらそれはきみ子の空耳で、聞こえてくる音と言えば、遠くで走る自動車の音だけだった。

この夜も仕事を終えてビルの裏口から出ると、きみ子は昼間に岡本が倒れていた場所に出た。事件は今日の午後起こったというのに、もうそこはきれいに片付けられていた。きみ子はしゃがんで、また手を合わせた。たった数時間前というのに、岡本の死は忘れ去られ、周囲ではいつもと変わらぬ光景が広がっていた。歓楽街にはまだネオンが点いており、酔った客とホステス達がふざけ合いながら、きみ子の横を通り過ぎて行く。そんな人間達を見るともなく見ていると、きみ子は怒りというよりも悲しみに襲われ、一層岡本が不憫になった。

だが自分もまた警官に、岡本のことを知らないと言ったのだ。関わり合いになりたくなかったからである。非情なのは自分だ。きみ子は長いこと手を合わせながら、そのことを岡本に詫びた。気づかぬ間にきみ子の両眼から涙が溢れていた。あの夜、岡本に最後に会った日、岡本が「自分は天涯孤独だ」と言った時、「わたしが泣きます」と約束したように、きみ子は岡本のために泣いていた。

どれぐらい時がたったのだろう。やっと立ち上がり歩き出すと、急にお腹が動いたような気がした。つい身籠っていることも忘れる毎日だったから、きみ子はそっと自分のお腹に手をあてると、心の中で「ごめんね、あんたのことを忘れたりして」と謝った。

終電もすでに出ていて、タクシーでアパートに戻ると、部屋に岸辺はいなかった。しかし今夜は、岸辺がどこへ行ったのか詮索もする気にもなれない。食欲もなく、きみ子は畳にぺたりと座り込んだ。また自然と涙が頬を伝わった。岡本の死はきみ子にとってやはり悲しいことだった。別段愛していたわけではない。一度だけ体を許したといっても、それは商売である。その岡本の死がこんなにも悲しいのはどうしてだろう。

岡本は戦争で親兄弟を亡くし、だからまともな職にも就けなかったと言っていた。若かった岡本はきっと自暴自棄になって、それでやくざの世界に飛び込んだのであろう。その人生はやはりどこか父の辿った人生に似ている。そして自分のそれとも。そう思うから、こんなにも岡本の死を悼むのかも知れない。きみ子は流れ落ちる涙を拭こうともしなかった。

岡本の死は、翌日の新聞の片隅に小さく載った。新聞は「大阪の一匹狼のヤクザの死」と報じていたが、きみ子は岡本が自分だけの戦争に敗れたのだと思った。岡本の死の理由は自分だけの胸に納めておこう。きみ子はそう思うのだった。

岸辺がきみ子に岡本の話をしたのは、それからしばらくたった、ある暑い日のことだった。岸辺の話によると、岡本はこの部屋を訪れたその翌日、S社に単身で乗り込んで、「アメリカに武器を売るのは辞めろ」と言ったそうである。そして会社を脅迫したとして警察に追われる身になったという。

「なんて無茶なことをしたんだろう。一人で権力側に立ち向かうなんて……」

そう言って岸辺は舌打ちをしたが、岡本の本心を知るきみ子は、そんな岡本をやはり不憫だと思った。けれど、それを岸辺に話そうとは思わなかった。

四

暑い太陽が照り付ける夏の半ば、大阪人の待ちに待った「天神祭」の日である。東京の神田祭、京都の祇園祭とともに日本三大祭と呼ばれている祭りだ。なぜかトルコ嬢達は、本来学問の神様であるのに商売繁盛の神様だと言って天満宮にお参りする。きみ子も女達と一緒に参ることにした。

参道は大勢の人で身動きもできぬほどだった。それでもきみ子が本殿にお参りしてから、境内を見渡した時、人込みの中に、浴衣を着た岸辺らしい男を見かけた。よく目を凝らすと、男は確かに岸辺である。岸辺は見知らぬ女と一緒だった。やはり浴衣姿で、ほっそりした体型の女である。まるで夫婦のように寄り添う二人を、きみ子は戸惑いながらも、じっと目で追った。しかし、女の顔もちらりと見えたが、次の瞬間、二人は人込みの中に消えてしまった。きみ子は激しい嫉妬に駆られたが、すぐにそれを打ち消した。ただの知り合いかも知れない。それに、たとえ誰でも、岸辺は必ず自分の所へ戻って来る。きみ子はそう信じて疑わなかった。

祭りの日であっても、トルコ風呂は休みではない。それどころか、この日はどこも休みだから却って客が立て込み、きみ子達は忙しい。祭りから戻ると、きみ子は地味なワンピースを脱いで裸になった。いつものように湯殿を洗っていると、さっき見た男が本当に岸辺だったのか、いや、きっと別人だと思うようになっていた。そして、その夜も幾人かの男達の相手をして働いた。

きみ子は岸辺に女のことを聞きただすこともせず、日々の暮らしに追われていた。そのうち少しずつお腹がせり出してくると、別の不安が首をもたげてきた。身籠もっていることが店の支配人や、特にあの口うるさいタカに知られたら、自分はトルコ嬢として働けるのだろうか。今ここを首になったら、他にこんな実入りのいい仕事はないであろうし、もしもそうなったら岸辺は自分に愛想をつかしてどこかへ行ってしまうかも知れない。きみ子には岸辺のいない暮らしは考えられなかった。それに、何より生まれて来る子供を父無し子にしたくなかった。子供のためにも岸辺にずっと留まって欲しい。そのためにはこれまで以上に稼がねばならないのだ。きみ子は悲愴な覚悟で思った。

きみ子の心を、身籠もっているという女の喜びと、トルコ風呂で使ってもらえなくなるという不安が交錯した。出来ればこの喜びを誰かに伝えたいと思うのだが、それもせず、ただ息苦しくなり始めた体を我慢して、夜毎男達に体を与え続けた。しかし、お腹は日毎にせり出し、殊に裸にならなければ勤まらないのだから、すぐに妊娠は知れてしまった。

きみ子がいつものように更衣室で裸になっていると、先に支度をしていた幸子が声をかけた。

「きみ子さん、そんな体で働いて大丈夫」

「ええ」

きみ子がそう答えると、後から入って来たタカが派手な花柄のワンピースを脱ぎながら、「おきみ、お前はそんな体でも客を取って働く気かい」と、いつもの厳しい口調で言った。

「ええ、今ここを辞めたら外に使ってくれる所もありませんしね」

少々声を荒げながらきみ子が言い返すと、タカも強く言葉を吐いた。

「ふん、勝手にしな。そのうちにお客から嫌われるから。だって、そうだろう。腹のふくれたトルコ嬢なんか、金を払って誰が抱くもんかね」

タカは他のトルコ嬢とは少し違っていた。どの女もこの商売に一種の後ろめたさを感じているのに、タカだけはまるで天職のように思っている。

その時、支配人が更衣室のドアを開け、裸のきみ子を見ると、「おきみ、お前妊娠しているのかい」とまるで嘲るように言った。きみ子は無性に腹が立ったので、「お腹に赤ん坊がいたら使ってくれないのかい」と男のような物言いをした。

「そんなことはないけど。でも、おきみ、お前はそんな体で辛くはないのか」

支配人の言葉に、きみ子は確かに近頃男達の相手をして働いていると、時々お腹が動いて苦しくなることがあると思いながらも、口では荒っぽく言い返していた。

「何言ってるんだい。わたしゃ普通の奥さんと違うんだよ。子供の時から下積みの生活をしてきたんだよ。赤ん坊ができたぐらいで仕事を休める身分じゃないんだよ」

しかしその日、きみ子がいつものように客の体を洗っていると、またお腹の子供が動いた。しかも二度も三度も続く。それはまるで「苦しい、お母ちゃん、やめて」と言っているようだった。この時から、きみ子はできるだけ早くこの仕事を辞めなければと思うようになった。

そんなある蒸し暑い日のことである。休みだったきみ子は近くの店まで買物に出かけ、その帰り道に、電柱に貼られた求人広告を見つけた。それは鶏をさばく工場が女子工員を募集している広告だった。鶏をさばくのなら肉体労働であろう。それなら慣れている。きみ子はぜひそこで働きたいと思ったが、果たして岸辺が承知してくれるか心配だった。工場の日当は当然のことながらトルコ風呂の半分にも満たなかったからである。でも岸辺からどんなに反対されようとも、子供のためにそうしようと、きみ子は決心した。すぐに道を後戻りすると、小さな商店で絣のもんぺを二枚買った。もんぺは岐阜の菊屋で年中はいていたから、きみ子にとっては懐かしいものである。

この夜、きみ子は岸辺に、明日からトルコ風呂で働くのを辞めて、鶏をさばく工場で働きたいと恐る恐る言った。思いがけず岸辺は「そうか」と答えただけだった。

「収入が減るのよ」

きみ子がそう言うと、「俺も稼ぐからいい」と言う。

「稼ぐって？　何もできないあなたが」

「俺はトランペット吹きなんだ」

「トランペット吹き？」

聞けば岸辺は東京の美大に行っている時に、大学が嫌になり、辞めてトランペット吹きになったのだという。前に村山がドラムを叩きたいと言っていたが、岸辺は音楽活動を通して村山と知り合っていたのだ。

きみ子は初めて聞く話に驚いていた。岸辺が大阪に来る前から美大を辞めていたことも知らなかった。岸辺はアルバイトで収入を得ていたが、その糧がトランペットだったとは。自分は岸辺のことをあまりにも知らなさすぎる。岸辺は北陸の金沢の生まれで、家は大きな呉服屋だそうだ。岸辺のことで知っていることはそれぐらいで、兄弟が何人なのか、それも知らない。今まで聞こうとも思わなかった。ただ一緒にいたくてここまで来たが、何と大胆なことをしていたのだろう。

きみ子が「じゃあ、工場で働いていいのね」と聞くと、岸辺は、「ああ、お前の好きなようにするさ」と言った。

「この子が生まれて乳離れしたら、またトルコで働くから。ね、それまで、いいでしょう」

そう言うきみ子に、どうしてか何も岸辺は答えなかった。

翌日、きみ子は鶏の解体工場に行き、雇ってもらうように頼んだ。

五十年配のそこの経営者は、「あんたはお腹に子供がいるんだろう、こんな仕事は無理だ」と言って一度はしぶったが、そこは経済成長まっただ中の時代のこと、特に中小企業は慢性的な人手不足であったから、結局はきみ子は工場に雇われることになった。それにこんなきつい工場では、きみ子のような若い労働力は歓迎される。

出された書類にきみ子は「岸辺きみ子」と書いた。

「あんたは力があるかい。うちは女でも力仕事をしてもらわないと……」

経営者は確かめるようにきみ子に尋ねた。

「はい、長いこと料理屋の下働きをしていましたから。お膳を五つも六つもいっぺんに抱えて運んでいました」

「だったら大丈夫だね」

経営者は安堵したように言うと、そんなに人手が欲しいのか、それとも水色の簡単服の短い袖からのぞくきみ子の太い腕を見て、この女は少々の肉体労働には耐え得るとでも思ったのか、きみ子に明日から来るように言った。

鶏の解体工場は朝が早い。トルコ風呂の仕事で朝には弱くなっていたが、初めてなので緊張していたのか、きみ子はその朝、早くに目が覚めた。岸辺はまだ寝ている。きみ子は岸辺を起こさないようにそっと起き、朝食をすますと、一昨日買ったばかりの絣のもんぺをはいた。もんぺをはくのは岐阜の菊屋にいた時以来である。絣のもんぺはきみ子の足に優しかった。少なくともあのトルコ風呂で巻く赤い湯文字に比べたら。きみ子はそう思いながら、工場に向かうため早朝の電車に乗った。

鶏をさばく仕事は思ったより重労働だった。それに夏のためか、辺りには独特の悪臭が漂っている。身重のきみ子は、はあはあ言いながら働いたが、それでもあのトルコ風呂を思えば、ここは天国だった。

きみ子に与えられた仕事は、鶏の両足を鋭い刃物で切り取る作業だった。流れ作業なのでぼやぼやしているとすぐに仕事が溜まってしまう。

「もっと早く！」

隣の四十過ぎと見える女から注意され、きみ子は「すみません」と謝ると、両足を踏ん張り、慣れない手つきで刃物を使った。

夕方、さすがに疲れ果てたきみ子は足を引きずるようにしてアパートに戻ったが、工場を辞めようなどとは思わなかった。こうしてきみ子は夜の女から再び昼間働く女に戻った。

盂蘭盆が過ぎたというのに、相変わらず大阪の地は蒸し暑い。きみ子はようやく仕事にも慣れた。工場のうだるような暑さの中で、額から流れ落ちる汗を手の甲で拭きながら働いていると、またお腹の子供が動いた。あの時、トルコ風呂で赤い湯文字一つの裸で男達の背中に馬乗りになって働いていた時は、「お母ちゃん、やめて」と泣いているようだったが、今は逆に自分に加勢してくれているようだ。

「もう少し待っててね。じきに三時の休みだから」

きみ子はそう声に出して言いながらも、働かせている手は休めなかった。

三時の休憩の時、きみ子は工場の外にある、都会にしては珍しい松の大木の下で休むことにしていた。妊娠が分かった時から煙草を控えているきみ子は、もんぺに黒いゴム長の足を投げ出し、お腹をさすりながら、お腹の子供は女の子であって欲しいと思った。もしも男の子だったら、岸辺に似て女を食いものにするのではないか。男から食いものにされて苦労するのは、もう自分だけで充分だ。そう思うからである。しかし、こうも考える。もし女だと、また自分のように苦労を重ねることになるかもしれない。そう思うと、男の子の方がいい。

そんなことをあれこれ思っているうちに、作業の開始を告げるベルがけたたましく鳴った。身重のきみ子はやっとのことで立ち上がると、また工場へ向かった。

仕事は五時には終わる。朝が早い時はもっと早くに帰れた。元来が働き者のきみ子はすぐに仕事にも慣れ、工場のどんな仕事もこなせるようになった。鶏の腹を裂いて余計な内臓を取り出し、流しっ放しなっている水道で洗う。単調だが、立ち仕事であり、思いのほか力仕事である。その日もそれを繰り返しながら、きみ子はもう一つ気かかりなことを思った。入籍のことだ。二人の時はただ一緒に暮らせればいいと思って気にもしなかったが、新しい生命を授かった今、この子は父無し子にはしたくなかった。だからきみ子は岸辺の顔を見ると、入籍のことばかり頼んだ。しかし岸辺はきみ子の頼みに応じなかった。

「この子を父無し子にしたくはないの。早くわたしを籍に入れて」

そう頼み込むきみ子に、岸辺は怒るというより、なぜか悲しい顔をした。けれど、きみ子は諦めなかった。生まれてくる子供のために何としてでも岸辺の籍に入りたかった。

岸辺の故郷は北陸の金沢だと聞いていた。きみ子は金沢市役所に手紙を出し、岸辺の戸籍を取ろうと思った。岸辺に黙ってそんなことをするのは心苦しいが、生まれてくる子供のためと思えば、これも致し方ない。きみ子は電話で市役所の住所を確かめると、岸辺の戸籍謄本を送ってくれるよう頼んだ。岸辺に知られたくなかったから、返信の送り先は工場にした。

数日が過ぎ、きみ子が鶏の足を切る仕事をしていると、工場の経営者から呼び出しを受けた。きみ子が事務所に行ってみると、いつもいる十八、九の事務員の女の子は使いでも出ているのか、そこにおらず、経営者の男が、金沢市役所から手紙が届いていると言って渡してくれた。

きみ子が礼を言って受け取り、事務所から出ようとすると、経営者は「おきみさん」と言って、きみ子を呼び止めた。きみ子はここでも「おきみ」と呼ばれている。

「何でしょうか」

きみ子は封筒を懐に入れながら軽く答えた。すると経営者はいつになくニタニタしながら言った。

「おきみさん、前に一度だけだが、お前さんに会ったことがある」

「は？　どこでですか」

不審に思ってきみ子がそう問い直すと、「忘れたのかい。トルコだよ」とやはりニタニタしながら言った。

きみ子は体中から血の気が引いてゆくの感じた。

「お前さんの体が忘れられなくてね。今度、ホテルに行こうか」

からかっているのか、何と答えていいのか、きみ子は分からず、「仕事中ですから」と言って事務所から工場へ急いで帰った。

工場に戻ると、隣の女に「すみません」と言ってから、膝のあたりまであるゴム長の足を踏ん張ると、再び鶏の足を切る仕事を始めた。

午後四時に仕事が終わり、アパートに帰ってから、きみ子は金沢市役所から届いた岸辺の戸籍を見て愕然とした。驚いたことに岸辺には妻がおり、さらに三つになる女の子までいたのである。岸辺と同棲を始めて七年になろうとしているが、岸辺に妻子がいるなんて、きみ子は今まで考えてもみなかった。

岸辺が写生旅行だと言って一月も二月も留守にするのは、きっと金沢の妻子の元に帰っていたのだ。現に今も。きみ子はそう思うと、まだ見ぬ岸辺の妻に激しい嫉妬を覚えた。きみ子は岸辺を恨んで怒ったり、泣き叫ぶことだけはしたくなった。それは何より自分自身が惨めになると思うからだった。

だが、さすがにその夜、きみ子は寝られなかった。岸辺にひたすら尽くしていた自分が悲しくなってくる。というより滑稽にさえ思われて、きみ子は煎餅布団に身を横たえながら思わず笑ってしまった。笑っているうちに涙がこぼれてきて、いつの間にかきみ子は泣きじゃくっていた。

きみ子はこれまで岸辺という男に尽くしに尽くした。死ぬほどの思いもした。今日だって工場の経営者から「トルコの女」と蔑まれたばかりではないか。それなのに、岸辺は妻がいることを隠していたのだ。きみ子は岸辺を恨んだ。自分を騙した岸辺が憎かった。こんな思いを岸辺に抱いたのは、勿論この夜が初めてであった。

きみ子は眠られぬまま長い夜を過ごした。それでも明け方に少し眠った後には、きみ子は新たな思いを抱いていた。今までのことは仕方ない。騙された自分にも非はある。そんなことで泣くより、これからのことを考えなければならない。じきに子供が生まれるのだ。この子のためにこれからは生きよう。もう泣いてなんかいられない。きみ子はそう心に決めた。そのためにはどうしても岸辺の籍に入りたかった。

きみ子は朝食を食べ終えると、弁当を作って、羽織のように作り直した上着を着た。工場からは作業服が与えられているが、お腹の大きくなったきみ子には無理だ。そこは小さな工場のことであるから、作業服でなくても誰も咎める者などいない。きみ子は上着に黒いたすきを掛け、ゴム長をはくと、迷うことなく工場に向かった。

岸辺はそれから三日後、アパートに帰ってきた。きみ子は夕飯の支度をしながら、戸籍のことをいつ言い出そうかと考えていた。今夜は岸辺も疲れていようから無理かも知れない。でもお腹の子供のためには、いつかは言わなければならない。そして、三日待ち、きみ子はこう切り出した。

「あなた、あなたには奥さんがいたのね」

岸辺は思わず吹き出し、「藪から棒に突然、何を言い出すんだい」と言った。それでも岸辺はきみ子の言ったことがほんの軽い冗談だと思ったらしい。

「この七年間というもの、わたしを騙していたのね」

「おいおい、そんな人聞きの悪いことを言うなよ」

まだ冗談だと思って笑いながらそう言う岸辺に、きみ子はだんだん腹が立ってきた。

「だったら、これは何よ」

きみ子は小さな机の引き出しから岸辺の戸籍を取り出して見せた。岸辺はさすがに驚き、言葉を失った。

「奥さんがいたなんて。わたしを七年も騙していたのね。わたしは今まであなたのために働いてきたのよ。辛い仕事だってあなたのためにやってきたわ。でも、あなたはわたしを騙し続けていた」

それでも黙っている岸辺に、きみ子は「何とか言いなさいよ」と怒った。

「どうすればいいんだ。俺は……」

「お願い、奥さんと離婚してわたしを籍に入れて。この子のためなのよ」

すると、岸辺は初めて困ったような顔をした。

「ねえ、そうして……」

きみ子は泣きそうな声で懇願した。それでも岸辺は黙っている。

「ねえ、わたしだけなら籍に入れろなんて頼まないわ。わたしだって、あなたが好きだったから同棲をしたし、尽くしてもきた。でも、わたしはあなたのことを調べなかった。だからわたしにも落ち度があったのよ。でも今は違う。子供ができるのよ。赤ちゃんが生まれるの。あなたの子供よ。この児を父無し子にしたくないの」

きみ子は震える声で切々と訴えた。お腹の子供のためになら自分は阿修羅になろうと思っていた。

「分かったよ。あの女とは離婚してお前を籍に入れるよ」

岸辺はさすがにきみ子を哀れに思ったのか、それとも本当にきみ子を愛しているからなのか、そう言った。

「本当ね、信じてもいいのね」

「本当だ。どうせあの女とは学生時代、親が決めた結婚だし、愛情なんてない」

「ほんと？」

「ああ、本当だ。もし嘘だったら、こうしてお前と暮らさない」

きみ子は嬉しかった。もう一度だけ、この人を信じてみようと思った。

きみ子は岸辺の性格を知っていた。家業を継ぐなら働かなくてはいけない。岸辺は仕事嫌いな怠惰な男だった。だから自分をトルコ風呂で働かせても平気なのだ。でも、もし生まれてくる子供のために自分を入籍してくれるのなら、自分は生涯、この人のために稼ごう。きみ子はこの時、本当は岸辺のためではなく、生まれてくる子供のためにそう思った。だから岸辺に、またこう言った。

「この児が生まれて乳離れがしたら、またトルコで働くわ」

きみ子は生まれてくる子供のためなら、あの身を切られるほど辛い仕事も喜んで勤めようと決心していた。岸辺は何も言わなかった。

翌日、きみ子はまるで生き物の腐ったような臭いを放つ工場の中で、鶏の腹を裂いて内臓を取り出す仕事をしながら、あの地獄のような場所に戻ると思うと気が滅入った。。女工達の中には工場の仕事がきついと言って愚痴をこぼす者もいるが、今のきみ子には贅沢な話のように思われる。彼女達はここよりもっと辛い仕事があることを知らないのだ。男達の玩具にされながら働くことを思うと、ここの仕事はまるで天国だ。少なくともきみ子はそう思う。

その時、またお腹の子供が動いた。きみ子は働かせていた手を止め、きつくたすき掛けして二の腕まで露にした両手で、お腹の子供を抱いてやった。

「お母ちゃんはお仕事が忙しいのよ、もう少し我慢してね」

そしてきみ子は両手を離し、ゴム長の両足を踏ん張り直すと、また手際よく鶏を裂き始めた。

岸辺が妻と離婚して、きみ子を入籍したのは、九月の半ばだった。

「よく奥さんが承知してくださったのね」

きみ子はさすがに岸辺の妻に悪いことをしてしまったと思いながら言うと、岸辺は軽く答えた。

「もう随分と前に、そう、お前と知り合うずっと前から、あいつとは夫婦ではないのだから、向こうだって何とも思ってないよ。それにうちの財産はみんなあいつが相続するのだからね。実はあいつが俺と結婚した本当の目的はうちの財産なんだよ」

「ごめんなさいね。あなたにそこまでしてもらって。何だか悪いみたい」

きみ子がそんな愛情のない結婚をした岸辺を不憫に思いながら言うと、岸辺は「いいよ。俺はきみ子、お前だけがいればいい」と言って、きみ子を抱き寄せた。

しかし実は岸辺はこの時、嘘をついていた。岸辺は妻とは協議離婚したと言ったのだが、本当は妻の了解も取らずに一方的に離婚届を出したのだった。そしてこのことが元で、きみ子の人生は大きく変わってしまうのだが、それはずっと後のことである。

きみ子は嬉しかった。岸辺から愛されていると信じていた。怠惰な岸辺から喰いものにされていることに気づくこともなく。その夜、きみ子は何日か振りに岸辺に抱かれた。

九月になっても、まだきみ子は工場に通っていた。きみ子の生まれ育った筑豊の炭鉱では、昔から女がよく働いた。男と一緒になって炭鉱の深い坑内に入って炭を運んだり、後山という仕事に従事した。たとえ臨月の時も坑内の仕事は休まなかったという。自分の母も自分を産む時にそうであったに違いないと、きみ子は思う。だから自分も臨月まで働こう。それは母から娘へと受け継がれていく貧しい母の歴史だった。

近頃では岸辺もトランペットを吹いて働いているから、生活費の方は何とかなるが、子供を産むのに入院費用もいるし、生まれたら可愛いおくるみも着せてやりたい。そのためにはお金がいる。近頃のきみ子は生まれてくる子供のことしか考えなかった。

いつものことであるが、きみ子はその日も誰よりも早く鶏の解体工場に着くと、まずしっかりとたすき掛けになった。こうしてたすきをしっかりと掛けると、どんなに疲れている時でも気分がきりっとしてきて「さあ、今日も働くぞ」と労働意欲のようなものが心の底から湧いてくる。それは岐阜の菊屋で下働きをしていた頃からである。そして髪を手拭いで縛り上げると、工場の中の掃除を始める。大きなモップで工場の床を磨くのだ。

そうしてきみ子が朝一番の仕事をしていると、やがて同僚の女工達が工場の中へ入って来た。きみ子が「お早ようございます」と明るい声で挨拶すると、年配の女工が「おきみさん、そんな大きなお腹をして大丈夫かい」と声をかけた。

「ええ、じきにこの児が生まれるんでね。お母ちゃんは頑張らんと」

そう笑いながら言ってから、きみ子は自分の持ち場についた。今朝の仕事は、きれいに羽を毟《むし》り取られた裸の鶏を、大きな浴槽の中で洗う仕事だった。その浴槽は随分と深かったが、上着の袖はたすきで締め上げているので、二の腕まで浸かっても大事ない。ゴム長をはいた両足を踏ん張って、きみ子は手際よく束子《たわし》を使って次々に洗い上げた。

こうして毎日が過ぎ、大阪の地に秋が来た。もうどんなに忙しく立ち働こうとも、額から汗が流れ落ちることはない。その代わり、十月の臨月もきみ子はは働いていた。この頃は朝晩は急に冷え込んだ。鶏の解体は水仕事であるから、冷えてくると手に皸ができる。手に皸ができたのはあの岐阜の菊屋にいた頃以来だった。もっとも、あの頃のように毎日はだしになって働くことはなく、ゴム長をはいた足に靴下もはけるのだから、有難いくらいだ。そう思うと、今の仕事を格別辛いとは思わなかった。

けれど一日の仕事が終わると、立ち通しだった足が浮腫《むく》んだ。お腹も日増しに大きくなってくる。それは出産が真近なことを告げていたのだが、きみ子は工場を休むことはなかった。

きみ子が小さな産院で男の子を産んだのは、その年、昭和四十七年十月十四日だった。

三日間後、きみ子は生まれた男の子に「和雄」という名をつけた。

岸辺は一度も産院に来なかった。妊娠を知った時に「子供は邪魔だ、堕ろせ」と言ったくらいだから、きっと可愛くはないのであろう。きみ子が産みたいと泣いて頼んだのを承知したのは、単に稼ぎを当てにしているから、だからしぶしぶ承知しただけではないか。そう思うと、生まれてきたこの子が不憫になるが、それだけに、この子を守ってやれるのは自分だけだと強く思った。

和雄という名は、日々穏やかにこの子が暮らせればいいという、きみ子の母としての願いから付けたものである。自分のように子供の頃から苦労に苦労を重ねて生きなければならない人生なんか、この子だけには決して味わわせたくない。一生、平凡でもいいから波風の立たぬ暮らしをさせてやりたい。そういう思いを込めて名づけたのだ。

初めて岸辺が産院に姿を見せたのは、その翌日だった。

「和雄と付けましたよ」

寝台の上のきみ子がそう言うと、「手続きをするから」と岸辺は言った。

「この子を籍に入れてくださるのね」

きみ子がそう言うと、岸辺は、「ああ」とだけ答えた。きみ子は涙が出るほど嬉しかった。

「仕事があってさ、悪いが、今夜も仕事なんだ」

「お仕事って、例のトランペット？」

「ああ、また村山も呼んで一緒にやってるよ」

「まあ、村山さん。会いたいわ」

「来るように言っとくよ」

岸辺はそう言うと、部屋から出て行った。すると、まるでそれを待っていたかのように、和雄が泣き出した。きみ子は上半身を起こし、そっと和雄を抱き上げると、着ている寝巻の胸を開け、乳を与えた。

和雄に乳を含ませながら、きみ子の脳裏に甦るものがあった。それはまだ東京で岸辺という男も知らず、クラブでホステスをしていた頃のことである。休日に出かけた公園で、小さな子供を連れた若夫婦が遊んでいるのを見かけ、きみ子はいつか自分も夜の化粧を落として、貧しくても構わないからあのようになりたいと切望したのだった。それが今やっと叶えられたような気がする。これからは、小さなアパートの部屋だが、この子と三人、川の字になって寝られる。あの時に見た夫婦のように三人で公園に散歩にも行けるのだ。思えば、この時がきみ子にとって幸せな時だったのかも知れない。

それから一週間もたつと、きみ子は和雄を抱いて産院の二階の廊下を歩いていた。若かったのか、それとも元々きみ子の体が丈夫にできていたのか、きみ子は至って健康だった。工場で明日からでも働こうと思えば働ける。そう思いながら南の窓まで来ると、下の道路で人の叫ぶ声がする。

その日は国際反戦デーで、アメリカのベトナム戦争に抗議するデモだった。大勢の群衆が並んで歩いており、所々に赤旗がたなびいていた。

この頃、ベトナムでは戦争が長期化していた。長い間、フランスの植民地だったベトナムには、そのフランスが去った後、今度はアメリカが介入してきたのだ。南北に分断されたベトナムは、南をアメリカが、北をソビエトや中国が支援していた。日本はアメリカと安保条約を締結していた関係上、アメリカに加担していた。デモ隊はその日本政府のアメリカ寄りの政策に抗議するものであったが、もとよりきみ子のような貧しい女工にそんな難しいことは分からない。ただ、あの学生達は幸せな家庭に育った人達だと思った。

自分も高校へ行きたかった。それが叶わず父を恨みもした。けれど、今は違う。今はただ、この子のために生きたい。この子のためなら、この子を守るためだったら、どんなことでもしよう。たとえ阿修羅と呼ばれようとも。きみ子はそう決めていた。

きみ子は産後三月後には、また工場で働いた。昭和四十八年の松が取れた頃である。当時は乳飲み子を預かってくれる所などどこにもなかったから、きみ子は和雄をおぶって通った。寒くないよう、可愛いおくるみの上から綿入れを着せると、たすき掛けした木綿の仕事着の背中におぶってねんねこを着た。工場で働く時は、そのねんねこの袖を輪ゴムで肘の上まで上げた。子供を背負っての工場勤めは確かに大変なことだが、岸辺の稼ぎは知れてるし、これからは三人分の生活費がいる。一日だって遊んでいるわけにはいかなかったきみ子は、妊娠して働いている時に比べたらまだ楽な方だと思った。

きみ子が手慣れた手つきで鶏の腹を切り裂いていると、背中の和雄が目を覚まし、泣き出した。

「ほれ、和雄。どうしたの。泣いたりして」

きみ子は右手に持っている出刃包丁を置くと、ゴム長の両足を踏ん張ったまま、両手でねんねこを揺すった。和雄は母親の声を聞いて安心したのか、また寝入ってしまった。するときみ子はまた仕事にかかる。

水仕事であるからきみ子の手は皸だらけだし、水浸しの床の冷たさがゴム長の底から伝わってくる。それでも、トルコ風呂で男達の相手をするのに比べたら、やはりここは天国には変わりなかった。

きみ子は昼の休憩時を待つようにして、和雄を背中からおろし、乳を与える。和雄は男の子だから乳の飲みっぷりもよく、乳首からまるで自分の体全体が吸い込まれていくようだ。それがまたきみ子には殊の外嬉しい。

きみ子が工場の隅に座り込んで継ぎ当てのもんぺの上で和雄に乳を含ませていると、年配の女工が、「この子はあまり泣かない、おとなしい子だね」と、和雄の顔を覗き込みながら言った。

「そう、母親が働かなければならないことを知っているみたい」

きみ子は笑いながらそう言ったが、もしこの子が裕福な家に生まれていたなら母親から一日中抱かれているものをと思い、自分のような貧しい女の子供として生まれたばかりに一日中おぶわれていなければいけないのを不憫だと思った。けれど、午後の作業の開始を告げるベルの音を聞くと、その日は弁当もとらずにまた和雄をおぶったのだった。

村山が工場を訪ねて来たのは、それから数日後の、冬にしては暖かい日の午後だった。

「お元気でした?」

きみ子が工場の庭でそう言うと、きみ子の背中におぶわれている和雄をあやしていた村山は、「ええ」と答えたが、何だか歯切れが悪い。

「岸辺がお世話になってますね」

きみ子が背中の和雄を揺すりながらそう言うと、村山はなぜか暗い顔になった。きみ子は不安になって、「岸辺に何かあったの」と聞いた。しかし村山は答えない。

「ねえ、いったい何があったの。教えて。わたしは岸辺の女房よ。あの人に仕事が続かないぐらい大体察しがついているわ。ね、何があったんですか」

きみ子がそう言うと、村山も観念したのか、「実は……」と言って話し出した。それによると、岸辺は勤め先のキャバレーで店のマスターと大喧嘩をしてしまい、店を辞めると言い出したという。どうせそんなところだろう、岸辺はまた働くのが嫌になったのだ。きみ子がそう思っていると、村山はこう続けた。

「それが原因はベトナム戦争のことなんだ。佐藤がアメリカに加担していると兄貴が怒ってさ。そしたらマスターが佐藤の味方をして、何しろマスターは昔、特攻隊だったから」

きみ子は初め何の話か理解できなかった。佐藤だの、安保だの、何のことかさっぱり分からない。そのうちに、産院の二階から見たデモ隊のことを思い出した。きっとあのことだときみ子は思った。でも、どうしてそんなつまらないことで店を辞めるのだろう。自分が子供をおぶって苦労して働いているというのに。そう思うと岸辺に腹が立ってきた。すると村山はこう言った。

「兄貴は別の店で働くと言ってましたよ。子供ができたんだから仕事をしないと、女房ばかりに稼がせてはいけないと言ってました」

きみ子はその言葉が嬉しかった。もしも岸辺が本気でそう言ったのならこれまでの自分の苦労が報われると思った。だが、きみ子は岸辺の気性を誰よりも熟知していた。岸辺がそのキャバレーを辞めた本当の理由は、そんな安保だとか政治のことなんかではなく、仕事をしたくなくなっただけだと思った。また自分の苦労が始まる。岸辺はまたきっとトルコ風呂で働けと言うだろう。だが、この子が乳離れするまでそんなことはできない。村山が帰っていき、きみ子はまた工場に戻って鶏の腹を裂く仕事をしながら、たとえ岸辺から何と言われようとも工場を辞めたりはしないと思った。岸辺から棄てられようとも、それならそれでいいと思う。もう自分は以前の自分とは違う。自分には子供がいるのだ。子供のためなら自分はどんなにでも強くなれると、きみ子は思った。

赤ん坊の和雄はさっき年配の女工が言ったように、泣くこともなく、きみ子の背中ですやすやと眠っていた。お陰できみ子は仕事がはかどる。

岸辺は和雄に冷たかった。きみ子の体は求めても和雄を抱こうとはしないのだ。一度だけ「和雄を抱いてやって」と頼んだことがある。だが、岸辺は答えなかった。その時も、この子を守れるのは自分しかいないと感じた。きみ子にはもう岸辺よりも和雄の方が大事だった。

春になると、岸辺は再び怠惰になった。きみ子はやはり自分の思った通りだと思ったが、岸辺は和雄の父親であるから、そうそう文句は言えない。きみ子は朝、まだ寝ている岸辺を起こさないようにして、赤ん坊の和雄を背負うと、工場へ出かけた。

五カ月になった和雄はすっかり重くなった。和雄が寝入っている時は、工場の片隅に男の工員が造ってくれた籠に寝かせているが、和雄が起きて泣き出すと、またおぶって働く。その日も泣き出した和雄をおんぶしていると、例の年配の女工が、「おきみさん、あんたも苦労だね」と言った。きみ子は笑っただけで、ゴム長の両足を床に踏ん張り、、大きな桶の中に浸かっている裸の鶏を洗った。母親におぶわれているので安心したのか、背中の和雄はそのうち寝入ってしまった。

岸辺は相変わらず怠惰だが、それでもきみ子が毎日、和雄をおぶって工場へ働きに行くのを見ると、悪いと思うのか、時々はトランペットを持って稼ぎに行く。岸辺にはそんな弱々しい一面がある。そこがまたきみ子は気に入っていた。岸辺を愛しているのか、それとも和雄に父親が必要だから、たとえ岸辺が怠惰でも何も言わないのか、最近のきみ子には分からない。でも、きみ子はそんな暮らしに幸せを感じていた。貧しくてもいいから、この暮らしがずっと続いて欲しいと願っていた。

岸辺がとうとう何もしなくなったのは、秋に入った頃からである。岸辺はきみ子に、またトルコ風呂で働けと言い出した。和雄はまだお乳がいるからと言っても、聞いてはくれない。きみ子が岸辺を無視していつものように和雄を背負って工場へ行くと、その晩、岸辺は荒れてきみ子に当たった。それでも、きみ子は自分にだけなら我慢もしたであろうが、岸辺は和雄にまで当たるようになった。

「あなた、お願いだから子供には当たらないで」

きみ子はヒステリックな声で言った。そんなことは和雄が生まれる前は決してなかったことである。すると岸辺は、「だから子供は産むなって言ったんだ」と言い返した。

岸辺が家を留守にするようになったのは、その年の十二月も押し詰まった頃だ。きみ子はもう岸辺が家を留守にしても、たとえ外に女をつくっていても、もう以前のように嫉妬に狂って泣くこともなかった。和雄がいるからである。けれど夜、働いて疲れ切った体を横たえて和雄の添い寝をしてやっていると、この子には父親だ、岸辺が必要なんだと思えてくる。

きみ子はとうとう、年が明けたらまたトルコ風呂で働きたいと岸辺に言った。一つになった和雄はようやく乳離れしていた。岸辺は「そうか」と言っただけだが、内心は満足だったに違いない。またきみ子の稼ぎで贅沢ができるからである。

しかし、当然ながらきみ子は憂鬱だった。またあのトルコ風呂で赤い湯文字一つになって男達の相手をしなければならない。けれど岸辺の、いや子供のためには仕方がないと、きみ子は思った。

工場で忘年会があったのは、年の暮れが近づいたある日のことだった。去年はお産で出られなかったが、今年は出ないわけにはいかない。

しかし、そこできみ子は辱めを受けた。宴もたけなわになった時、突然、工場の経営者が、「おきみさん、裸になって見せてくれないか」と言ったのである。きみ子は最初、冗談だろうと思った。だから、きみ子は笑っていたし、他の者達もどっと笑った。

「社長、社長も冗談がきついよ」

若い従業員の運転手がそう言うのを、しかし、経営者はニヤついた顔でこう切り返した。

「いや、この女は確かにトルコで働いていた。俺はこの女と一度だけナニしたことがあるんだ」

きみ子は思わず、持っていたビールのコップを落としていた。

「やい、おきみ。そうだろう。お前はトルコ嬢だったんだろう」

その時、きみ子は腹が立つというよりも自分自身が情けなかった。耐え難い屈辱だった。しかし年が明けたらまたトルコ風呂で働かなければならないと思うと、酔いも手伝ってか、投げやりになって、「ええ、社長さん、脱ぎますよ。脱げばいいんでしょう」と、着ていた仕事着を本当に脱ぎ出した。

「おきみさん、やめなよ」

止める年配の女工の言葉にも耳を貸さず、きみ子は上半身裸になった。居合わせた人々は皆一応に仰天し、座は白けてしまった。去年の夏、トルコ風呂近くの工事中のビルから岡本が死んだ時、万座の中で辱められたのを思い出し、きみ子は上着を着ると、傍に寝かしていた和雄を負い、逃げるようにその場から立ち去った。


きみ子は今夜のように疲れを覚えたことはない。暑い夏の日、早朝から夕方まで一日中、まるで生き物が腐敗したような工場の中で立ち通しで働いた時だって、こんなにも疲れはしなかった。

和雄をおぶってアパートへ帰ると、岸辺は今夜も留守だった。きみ子は和雄に乳を与えると、添い寝をしながら、そのあどけない顔を見た。そしてまた、この子のためならどんなことでもしよう。たとえこの身はどうなろうとも、きっと幸せにしてみせると思った。

年が明けて松が取れた頃、いよいよ決心を固めたきみ子は、その日の仕事を終えてから退職を申し出るつもりで、工場へ働きに行った。ところが、その日、とんでもない出来事が起きた。きみ子がいつものように工場で働いていると、若い事務員の女の子が「岸辺さん、お客さんですよ」と呼びに来た。

誰だろうと思いながら、きみ子は工場の入口の方へ出てみると、そこにほっそりとした体型の見知らぬ女が立っていた。豪華な毛皮に身を包んで、見るからにお金持ちの奥様だ。その時、きみ子は直感で、この女は岸辺の妻だと思ったが、それでも女に対し「岸辺の家内ですが……」と切り出した。

「岸辺の家内?」

女は激怒して言った。

「あんたなのね。うちの主人をたぶらかしたのは」と、いきなり女は激しい口調で言った。

「たぶらかした? 冗談じゃありませんよ。岸辺はあなたを嫌ってわたしと暮らすようになったんじゃありませんか」

　きみ子は負けずにそう言い返した。

「あの人はお金持ちのぼんぼんです。都会に出て行ってあんたに言葉巧みに言われて騙されたのよ。この泥棒猫」

「泥棒猫？　人聞きの悪いこと、言わないでくださいな」

「いいえ、あんたは泥棒猫よ。岸辺に言い寄ってあの人からお金を巻き上げる」

　それまでのきみ子は心のどこかに、この女に対する一種の後ろめたさを抱えていたが、その言葉には腹が立ち、思わず声を荒げた。

「岸辺からお金を巻き上げる？　わたしは朝からこうして子供をおぶって、もんぺ掛けで一日中働いているんですよ。それに岸辺はお金なんか持ちませんよ」

「そうかしら、だったら主人はどうしてうちの家からお金を持ち出すの」

　そんなことはきみ子は知らない。本当だろうかときみ子は思った。

「きっとあんたに貢いでいるのよ。あんたはちうの財産を狙っているのね」

　岸辺の家の財産が一体いくらあるのか、勿論きみ子は知らないし、また興味もない。きみ子はただ貧しくてもいいから、親子三人で暮らせればよかった。こうして工場で働くことも一度だって苦にしたことはない。

「わたしはそんな女じゃありません。子供の頃から貧乏には慣れてますから」

　きみ子がそう言うと、「貧乏人ほどお金に執着して、金持ちになりたいと思っているんじゃあないの」と女は言う。

「誤解しないでください。お金なら働けばいくらでもできます。見てくださいな。このわたしの手を。あなたのように白魚のような手ではない」

　言いながら出したきみ子の手先は皸で真っ赤だった。その手を、女がまるで軽蔑したように見たのを、きみ子は見逃さなかった。女はなおも強気で言う。

「だったら、どうして岸辺の籍に入ったんですか。岸辺の家の財産目当てじゃないんですか」

「違います。この子のためですよ。この子を父無し子にはしたくないのです」

きみ子は背中におぶっている和雄を揺すりながら言った。その時、女は初めて赤ん坊の存在に気づいたらしかった。

「あんた、主人の子供まで産んで、うちの財産を……」

「違います。わたしは岸辺の家の財産なんかいりません。ただ、この子と親子三人暮らせればいいんです」

「嘘おっしゃい。あんたは財産目当てに主人に言い寄った。大した女ね」

二人の女は一人の男を巡ってそう言い争った。初冬の工場の庭は殺風景で、冷たい風が吹いている。毛皮のオーバーに白いハイヒールをはいた奥様風の女と、もんぺにゴム長のここの鶏の解体工場の女工、それはあまりにも対照的だった。ハイヒールの女は足を揃えて立っており、ゴム長の女は両足を踏ん張っている。

しばらく言い争ってから、きみ子は、「もうあなたとは話すことなんかありません」と言い、背を向けて工場の方へ行こうとした。

「逃げるの?」

「わたしはあなたと違って働かなくてはならないのです。わたしはここの工場の女工ですから」

きみ子が振り返ってそう言った時、女が突然、きみ子に襲いかかってきた。きみ子は背中の和雄を必死で守ろうと両手で和雄を守った。それがきみ子の不幸だった。

激情した女はきみ子に迫ってきた。きみ子は突き飛ばされるように大きく後にはじかれた。そこに工場に来たトラックが走ってきた。

多量の血が流れ、きみ子はそのまま病院に運ばれた。右の足がほとんど潰れていた。そのため、きみ子は右足を切断せざるを得なくなった。

きみ子はたとえどんなことがあろうとも死ねないと思った。和雄がいたからである。時に将来を悲観し、また傷の痛さとリハビリの辛さから、何度か自殺したいという思いにもかられたが、そのたびに和雄のことを思い、踏み止まった。

きみ子の入院中、和雄は養護施設に預かってもらっていた。和雄にすまないと思いながらも、自分ができるのは一日も早く治くなることだと、きみ子は歯を食い縛って足の治療に専念した。

六カ月もすると、リハビリは順調に進んだ。しかし、今度は肝臓を傷めていると診断された。飲めないお酒を飲んで無理していたのであろう、治療には時間がかかると診断された。

和雄は時々、施設の女子職員が連れて来てくれていたから、母親の自分の顔を忘れることはなかったが、その代わり別れの時が辛かった。和雄が自分と離れることを嫌がって泣き叫ぶ時はことさらであった。これまでに憂き目には幾度も合ったが、その切なさはこれまで味わったことのないものだった。これまでの苦難なら自分一人がじっと我慢すれば事足りていたが、今度は和雄にその苦難を与えなければならない。それはきみ子にとって最大の苦しみであった。

岸辺は入院当初こそ見舞いに来てくれていたが、入院が長期化するとだんだん足が遠のき、とうとう来なくなってしまった。怪我をさせた岸辺の先妻も、謝罪はおろか一度も姿を見せなかった。ただ、岸辺が代りに侘びただけである。もとより、きみ子は岸辺の妻に会う気などさらさらなかった。

保険から若干の医療費が出たが、岸辺が来ない以上、きみ子は仕方なく、入院費用を生活保護に頼るしかなかった。炭鉱を失業した父が生活保護を受けると手紙で寄越した時には、あんなに惨めと思ったのに、いざ自分がその立場になると、それほど抵抗感もない。

そう言えば、父や母や妹はどうしているだろう。父から「男を騙して巻き上げた金だろう」と言われた時から、父母とは音信不通である。きみ子はそれでもお盆と暮れには、僅かばかりだが送金を続けていた。ただし、こちらの住所も近況も書いていない。だから自分が岸辺と結婚したことも、和雄という子供がいることも父母はまだ知らない。

五

きみ子が退院したのは、入院から一年後の昭和五十年、春にはまだ間のある二月下旬だった。以前、きみ子が岸辺と住んでいたアパートにはとうに誰かが住んでいたのできみ子は主治医の好意で、病院の近くの一間の部屋に住むことになった。

きみ子は岸辺ともう一年近く会っていなかった。岸辺は多分、故郷の金沢へ帰っているだろう。きみ子は一度金沢へ行かなくてはならないと思っていた。自分のためというより、和雄のためにである。岸辺のためにあれだけ尽くしてきたのに、自分が岸辺の先妻から傷つけられ入院しても、岸辺はそんな自分から離れていった。だからもう岸辺には愛情などない。いや、憎んでさえいた。けれど、和雄にとってはかけがえのない父親である。きみ子は子供のために、岸辺に会わなければと思った。

三月の半ば、きみ子は三つの和雄をおぶって、右足に重たい義足を付け松葉杖をついて金沢に旅立った。大阪から北陸本線に乗り、その日のうちに金沢に着いた。金沢は江戸時代には御三家並みの待遇を受けていた加賀藩、百万石の城下町である。裏日本であるから当然かも知れないが、春三月というのに、まだ残雪が残っていた。空もどんよりとしていて、今にも雪が降り出しそうな色である。

きみ子はその雪の残る道を、松葉杖をついて岸辺の実家を捜した。しかしそこは初めての土地であり、家捜しは困難をきわめた。それに大阪から背中におぶっていた和雄が、苦しくなったのか泣き出してしまった。きみ子も足を庇って歩く分、体に片寄った力が入ってしまい、かなりの疲労を覚えていた。鶏の解体工場で一日中こうして和雄をおぶって働いていた時も、こんなに疲れを覚えたことはなかった。きみ子は自分が障害を負ったことを改めて思い知らされた。

きみ子は仕方なく近くに宿をとることにした。小さくて安そうな宿を見つけた。狭い部屋でおぶい紐を解き、夕飯を与えると、程なくして和雄は寝入ってしまった。きみ子は岸辺に電話をかけようかと思うが、岸辺の実家には、あの妻がいるはずだ。きみ子はさすがに気が引けて、一旦は電話を諦めたが、しかし古びた宿の畳で布団にくるまって寝る我が子を見るうち、この子を父親のない子にしてはいけないと思い、心を奮い立たせた。

幸い和雄は汽車の旅に疲れたのか、ぐっすりと眠っている。きみ子は和雄を起こさぬようにそっと部屋を出て、宿の玄関に置かれた公衆電話から、昼間のうちに調べておいた番号を廻した。岸辺本人に出て欲しい、きみ子は祈るような気持ちだった。

きみ子に障害を負わせたのは他ならぬ岸辺の先妻であり、本来なら慰謝料や治療費を請求しても当然なのだが、それどころか、きみ子はできることならもう会いたくない、こうして自分が金沢に来ていることも知られたくないと思っていた。やはりその先妻から夫を奪ってしまったという一種の後ろめたさが、きみ子にあるからだ。

「もしもし」

受話器の向こうの声は、一年ぶりに聞く岸辺のものだった。きみ子は不安が解けたのと、声の懐かしさとで、涙が溢れそうになった。あんなに岸辺を恨んだというのに、心の奥にはまだ岸辺を愛しむ気持ちが残っていた。

「あなた、わたしです。きみ子です」

きみ子が口早にそう言うと、岸辺は大層仰天し、絶句した。

「今、金沢に来ています。すみ屋という宿屋にいます。和雄も連れて来ました。今後のことについてご相談しましょう」

きみ子がそう言うと、岸辺はなおも無言だった。

「わたしだけならいいのです。こんな生まれもつかない体になってしまって。もうあなたのお世話なんか到底出来ません。でも和雄がいます。和雄はあなたの子供です。あなたとわたしの子供です」

「責任をとれと言うのか」

心持ち怯えたように言う岸辺に、きみ子は自分でも驚くほど冷静な声で答えた。

「はい。わたしだけだったら、こんなことはしません。わたしもあなたに奥さんがいるとは知らずに好きになったのですから、わたしにも落度はあります。でも、和雄にだけは肩身の狭い思いはさせたくないのです」

しかし岸辺は返事をしない。

「来ていただけますね」

きみ子が念を押すように言うと、やっと岸辺は、「分かった。すぐ行く」と、やはり怯えたように答え、電話を切ってしまった。きみ子は静かに受話器を置きながら、もう一度だけ岸辺を信じようと思った。それはもう自分のためではなく、我が子のためであった。

部屋に戻ったきみ子は、じっと岸辺の来るのを待った。しかし、長いこと待って、ようやく現れたのは岸辺ではなく、岸辺の店に古くからいるという番頭だった。六十を少しばかり越えたと見える番頭は、岸辺の両親から頼まれて来たと言った。岸辺の変わらぬ無責任さにあきれながら、きみ子はその初老の番頭に、

「きみ子でございます」と畳に手をついて挨拶した。

「どうしてあの人はここへは来ないいんですか?」

「わたしは岸辺の家を代表して来ました」

「でしたら申します。岸辺と暮らしとうございます。大阪に一緒に帰りたいと岸辺におっしゃっていただけませんか」

「それはできない相談です。確かに坊ちゃん、いや信夫さんは、一時はグレて、あなたと同棲までした。でも信夫さんはれっきとした家の跡取りです。二百年続いた加賀友禅染の岸辺の家を、信夫さんの代でなく

すわけにはいきません」

番頭の言葉は、きみ子には理不尽に響いた。

「だったら、このわたしはどうなるのですか」

やはり棄てられるのか。あれだけ尽くして、右足まで奪われて。きみ子の目に涙が溢れ、体が震えてきた。けれど番頭は無言のまま、冷ややかな目で、きみ子を見下ろしている。

「お願いです。岸辺をわたしに返してください。返して」

きみ子は頭を畳にこすりつけるようにして、泣きながら何度も頼んだ。このまま帰っては自分が余りにも報われない。何より和雄が不憫である。和雄はまだあんなに小さいのに、もう苦労を背負わなくてはならないのか。きみ子の心は狂わんばかりだった。

しかし、番頭は長く黙った後、腕組みをしたまま冷たくこう言い放った。

「それはどだい無理というものだ。さっきも言ったように、信夫さんは大事な岸辺の家の跡取りだ。東京の美大を中途で辞めて、あんたと同棲した時、旦那様は怒って勘当なさったが、それは若気の至りというもの。今はちゃんと元の鞘に納まっているし、それに第一ちゃんと奥様もいる」

若気の至り……自分の苦労がそんな言葉で片付けられようとは、きみ子は腹が立つというより情けなくなった。

「ですから奥様とはお別れになって、わたしを……」

すると番頭はひどく驚き、「あんたは……」と言ったまま、きみ子を凝視した。それはまるで魔女を見つめるような目だった。けれど、きみ子は番頭にどう思われてもよかった。和雄のためになら阿修羅にもなろうと誓ったのだ。

「信夫さんのことは忘れてください。ただで、とは言いません。幾許かのお金は用意しますから」

冷たく吐き出される言葉に、きみ子は激しく首を横に振った。

「金を出そうと言うんだ」

番頭は急に高圧的になって声を荒げた。

「お金なんかいりません。わたしには岸辺が必要なんです」

「金が欲しくはないのか。貧乏人にはまとまった金だぞ。私も貧乏の出だから、あんたの大変さは分かる。黙ってもらっておけばいいんだ」

「おっしゃる通り、確かにわたしは生まれた時から貧乏でしたが、そんなお金より岸辺と暮らしたいのです」

「あんたのような女に老舗の奥さんが務まるか。中学もろくに出てないんだろう。それに信夫さんの話だと、お前さんは大阪のトルコで働いていたっていうじゃないか。そんな淫乱な女を伝統ある岸辺の嫁にすることはできん」

きみ子が中学しか出ていないのは父が職を失ったため、トルコで働いたのは岸辺のため、岸辺に贅沢をさせるためだ。きみ子はそう言い返したかったが、俯いたまま、ただじっと下唇を嚙んだ。番頭は言い過ぎたと思ったのか、一度立ち上がったが、また坐りなおした。きみ子も畳についていた手を上げ、炬燵の上に置かれている急須のお茶を湯飲みに注ぐと、それを番頭に勧めながら、静かにこう言った。

「それに、わたしにはあの子がいます。女一人ではあの子は育てられません。おまけにこんな体では……」

すると番頭はきみ子の予期せぬ言葉を口にした。

「そのことでしたらご安心ください。お子さんはこちらで責任を持って育てますから」

言葉遣いこそ、さっきと打って変わって丁寧だが、その無情な申し出に、きみ子は体中の血の気が引いていく思いがした。

「わたしから子供を取り上げようとなさるんですか。あの子はわたしが産んだ子供です。わたしが育てます。何方にも渡したくはありません。たとえ岸辺から棄てられようとも」

きみ子は岸辺を諦めるしかなかった。番頭はもうそれ以上何も言わずに帰ってしまった。きみ子は、それでも明日、岸辺に会いに行こうと思った。どうしても直接話がしたかった。

その夜、眠られぬまま、きみ子は先刻の番頭のことを思った。自分も貧乏人と言いながら、番頭はどことなくきみ子を小馬鹿にしていた。同じ貧乏人間が貧乏人を馬鹿にする。悲しいことだが、それが現実かも知れないときみ子は思う。

そう言えば、あの岐阜の菊屋で下働きをしていた時、自分を叩いたり何かと小言を言っていたおあきも、仲居になる前は下働きをしていたという。片や同じ仲居のおなかは下働きの経験はなかったが、佐藤のことで誤解はあったものの、着物を貸してくれるなど優しい人だった。どうして下働きの辛さを知っている者がその下働きをいじめ、その経験のない者が下働きに優しいのか、この時のきみ子にはどう考えても解せなかった。

きみ子はその夜一睡もできぬまま朝を迎えた。金沢はあいにく一面の銀世界だった。雪の中、三歳の和雄を歩かせるわけにはいかず、きみ子はまた和雄をおぶった。松葉杖をつきながら子供をおぶって歩くのは大変な重労働であるが、しかしきみ子はそれが母親としての自分の義務だと思った。

岸辺の家は商店街の中心部にあった。確かに老舗らしく、建物は古いが堂々としていて、どこか人を寄せつけない権威のようなものさえ感じる。きみ子は中に入ることにためらいを覚え、だから、人に見つからないように小屋の軒下で岸辺を待つことにした。幸い、雪降りの日であるから人通りも少ない。

きみ子がじっと立っていると、また雪が強くなってきた。きみ子は背中の和雄に雪がかからないようにして、岸辺の出て来るのを待った。右足が徐々に痛くなってくるが、きみ子は我慢した。

どれぐらいそこに立っていただろう。きみ子には大層長い時間に思われた。ようやく岸辺らしい男がその建物の中から出て来た。何しろ雪が途切れることなく降っていたから、男の顔はきみ子には分からない。でも背恰好といい、歩き方といい、確かに岸辺に間違いない。男は幸い、こっちへ向かって歩いて来る。近くで見ると、やはり岸辺だった。

「あなた」

きみ子は軒下から出て声をかけた。岸辺は驚いたように振り返り、「きみ子」と不機嫌そうな声で言った。

「何しに来た」

「わたし、退院したのよ。帰って来て、またこの子と三人で暮らしましょ」

背中におぶった和雄を揺すりながら、きみ子はそう言った。

「もう、お前なんかに用はない」

「どうして、わたし達は夫婦でしょ」

「夫婦? きみ子、お前はそんな体でトルコ風呂で働けるとでも思っているのか、稼がなくなったお前なんか興味はない」

「そう、あなたはわたしが稼いでくるから一緒に暮らしていたのね」

「…………」

冷たすぎる言葉だった。きみ子の襟元から背中に入り込むその雪よりも冷たかった。

やはり自分はこの男に利用されていただけなのだと、きみ子は思った。勿論、これまでもそう思ったことはあったが、どこかに岸辺を信じる心があった。いや、信じていたというより、信じたかっただけなのだ。

「わたしだけなら何も一緒に暮らさなくてもいいの。でも、わたし達にはもうこの子がいるのよ」

「だからガキなんか産むなって言っただろう」

きみ子は自分の愚かさを思い知った。そんなきみ子に、岸辺は追い打ちをかけるように、こう言った。

「これからお前の泊まっている宿屋に行こうとしてたんだ。これを持って」

岸辺はオーバーのポケットの中から白い紙を取り出した。

「何ですか、それは……」

「離婚届だ。お前との」

岸辺はそう言うと、その紙をきみ子に投げつけた。きみ子は雪の積もった地面に両手をついた。これまでどんな重労働にも足を踏ん張ってきたきみ子は、たった一枚の薄紙でもろくも倒されたのである。

きみ子は冷たい雪に両手をついたまま、岸辺の顔を凝視し、「呪ってやります。この世の男という男を……」と言った。その声は、まるで地獄の底に落ちてしまった餓鬼の絞り出す声のようでもあり、また恐ろしい鬼女の声のようにも響いた。すると岸辺は怖くなったのか、その場から小走りで立ち去ってしまった。岸辺の姿が見えなくなってからも、きみ子はそのまま雪に両手をついて動かなかった。

どれぐらい時間がたったのだろう。突然、背中の和雄が、「お母ちゃん」と言って泣き出した。その声できみ子はやっと立ち上がり、「どうしたの、和雄」と言って背中を揺らした。和雄は腹が減ったのか、それとも寒かったのか、きみ子にも分からなかったが、ただ、きみ子は和雄にすまないことをしてしまったと思った。同時に、この子は石に縋り付いても一人で立派に育てようと思うのだった。

きみ子は宿に向かって歩き出した。不自由な歩みだが、確かな歩みだった。宿に戻ると、きみ子は和雄と昼の食事をした。三歳を過ぎたばかりの和雄は、今が一番可愛い盛りである。そんなわが子が父親である岸辺から見向きもされないことに不憫さを覚え、きみ子は思わず泣いていた。

するど、何も知らない和雄がきみ子の背中に体を寄せて、「お母ちゃん、泣かないで、僕も泣きたいよ」と言いながら泣き出してしまった。

「ごめんね、和雄。お母ちゃんは弱虫で。駄目なお母ちゃんね。でも、もう泣いたりなんかしませんからね」

きみ子はそう謝りながら、この子の前ではもう決して涙を見せまいと固く固く決心した。きみ子は岸辺を諦めることにした。というより、岸辺にこれ以上何を言っても、最早岸辺は自分の言うことを聞いてはくれないであろうと思った。

大阪のアパートに戻ったきみ子は、このまま大阪に留まることに何の意味もないことに気づいた。いや今のきみ子にとって、大阪はあまりにも辛すぎた。岸辺と同棲した土地であり、トルコ風呂で屈辱の日々を過ごした土地であったからだ。きみ子は一刻も早く大阪から離れたかった。しかし、子連れの身でどこに行けるというのか。

その時、きみ子は故郷の飯塚を思った。今、自分が帰るとしたら、父母の住む飯塚だけかも知れない。たとえ父母からどんなに冷たくされようとも、この大阪に留まるよりいい。

そうしてきみ子が大阪を離れたのは、昭和五十年の春であった。雨降りの寒い春、きみ子は和雄を連れて飯塚行きの夜汽車に乗った。

第四章　大野城彼岸

一

昭和五十三年の春、森川きみ子は障害者の訓練施設に入所した。この県立の施設は、福岡市から電車で二十分程の所にあるのだが、周りには田園が開けている。ここら一帯は大野城という地名で、古代、大宰府政庁を守るために城が築かれた所らしい。

大阪から三つの和雄をおぶって故郷の飯塚に帰ってきてから、きみ子は文字通り忍従の日々を送った。父母の目は思った以上にきみ子に冷たく、孫の和雄のことも、どこの誰とも素性の知れない男との間にできた子供だと言って可愛がってはくれない。きみ子は自分のことなら、たとえ何を言われようとも平気だが、子供のことを罵《ののし》られると耐え難い。それに足をなくしたことも、中学の時の友達などに会うと不自由な身を晒すようでやはり辛かった。

それに生活保護のおかげで毎日の暮らしには支障はないが、和雄のために使うお金が自由にならなかった。きみ子は自分はさておき、和雄には決して辛い思いをさせたくなかったから、最低限必要なものは買い与えたかった。そのためにもきみ子は懸命に働いた。何より生活保護だけの生活が嫌だったこともある。

働くといっても、障害を負ったきみ子を雇ってくれる職場など無論ない。きみ子は家で内職をすることにした。クリスマスケーキの上を飾る小さなサンタクロースに、赤や白の絵の具を塗る仕事だ。使用する絵の具は普通の絵の具とは異なり業務用の特殊なもので、独特の強い臭いを放っていた。以前のきみ子はどんなにきつい仕事も平気だったのに、片足をなくしてから体まで弱くなったのか、そのきつい絵の具の臭いで具合を悪くもした。

そんなきみ子の労苦を、ここでは誰も理解してくれなかった。父は今も無気力だし、一方、母は相変わらず我がままで、言いたいことを何でも口にする。父はそんな母の言いなりになってしまっていた。

妹の雪子は、きみ子が家に戻って二年後に結婚した。その雪子が嫁ぐ時も、母は、「きみ子、お前がいるから雪子が迷惑する」と罵った。ただ幸いに、雪子の夫となった上田哲三がいい人物で、きみ子のことを「お姉さん」と慕ってくれる。きみ子もたった一人の妹の夫であるから、やはり可愛い。哲三は鉄鋼所に勤務し、きみ子より五つ年下で、あまり物事にこだわらない朗らかな性格は、あの村山に似ていた。ただ、村山のように優柔不断ではなく、芯もしっかりしていた。この雪子達が救いだった。

雪子に子供ができると、母はその孫ばかり可愛がって、ますます和雄を顧みなくなった。それは昔、妹が生まれた時に、急に母がきみ子に冷たくなったのと同じだった。そんな母の振舞いが、きみ子には自分が冷たくされた時以上にたまらなく辛い。

だから、きみ子は少しでも早く家を出て自立したかった。何としても手に職をつけたい。そう思ったから、きみ子は和雄が小学校に入学したのを機に、この障害者の訓練施設に入所した。寮生活のため和雄は連れて行けないから、そのまま父母の所で面倒を見てもらっている。

きみ子はここで初めて洋裁を習って、次第にそれが面白くなっていた。仕事に面白みを覚えるなど初めてのことである。中学を出てから働きづめの人生であったが、どんな仕事も面白いと思ったことは、ただの一度もなかった。和雄を妊娠して鶏の解体工場で働き出した時には、それまでと違って働いているという実感はより強かったが、それでも決して面白かったわけではない。ただ生活のために働いていただけだった。けれどこの洋裁という仕事は、まだ訓練ではあるが、きみ子の興味をかき立てた。大阪で幼児服を作る工場にいた時も、腕は熟練工と認められたものの、ただ与えられた仕事を動力ミシンで縫うだけの流れ作業であったから、こうして洋裁のことを詳しく教わると、あの時やっていたことも改めて理解できた。

この訓練所でも動力ミシンを使う。きみ子はそれを見た時、自分の足では到底無理だと思った。けれど、ここの動力ミシンは性能が良くなっているので、あの縫製工場の時のように両足にありったけの力を入れずとも、踏み板を足でちょっと触るだけで動き出す。それにあの工場のものは形もグロテスクで大型で、足で踏まれると大きく唸りを立てたのに、ここのものは小型できれいだし、音も静かだ。

きみ子は徐々にではあるが、この仕事で自立できそうな気がしていた。もう少しの辛抱で、和雄と暮らすことができる。だから週末に飯塚の家に帰った時も、一緒に行きたがる和雄に「お母ちゃんは工場でお仕事なんよ」と言い聞かせて、またこの訓練所に戻って来ていた。まだ幼い和雄には訓練所のことを工場だと教えていた。

石内恒美という男がこの訓練所に入所してきたのは、きみ子が入ってから三カ月たった七月の、ある晴れの日だった。

石内は夜になると時々、きみ子達の訓練室に現れた。どうやらきみ子と一緒に働いている内藤素子という女の子がお目当てらしい。素子は名前の通りの素直な子で、きみ子もここに来てすぐに親しくなった。素子はきみ子と違い、すでに授産生であったから、夜も忙しい時は仕事をする。一日も早く自立したいきみ子は、素子に仕事を教わりながら夜の訓練室に居残っていた。

石内は素子と言葉を交わすのが恥ずかしいのか、きみ子とばかり会話した。そして時々、素子のいる方を見る。きみ子はそんな石内が何だか可愛かった。大学を出ていると聞いていたが、きみ子の目に映る石内はまるで少年のようであった。歳も三十路の自分よりも下であることは容易に分かる。二十五歳位だろうか。きみ子は勝手に想像した。岸辺とは勿論似ても似つかないが、あの純真でどこか頼りない村山とも違った。

きみ子が石内の正確な歳を知ったのは、随分とたってからのことである。実は石内はきみ子より一つ歳上の昭和十八年生まれだった。それを知った時、年齢を感じさせない素朴なところは村山に似ていると、きみ子は思った。

そんなある夜のことである。きみ子は素子のいない訓練室で一人、花柄の婦人服に針を動かしていた。ちょうど石内が遊びに来ていたので、きみ子はほんの軽い気持ちで、「おたくは大学を出ておられるそうですね」と聞いてみた。すると石内は言語障害のある話し方で、「大学なんて行かなければよかった」と力なく答えた。

どうしてそんな勿体ないことを言うのだろう。自分はあんなに行きたかったのに。そう思いながら、きみ子が石内の方を見ると、訓練室の高い天井の電灯に照らし出されたその顔は実に悲しそうだった。きみ子は聞いてはいけないことを聞いてしまったように思い、また手元に目を落として針を動かした。

石内は素子がいないことにがっかりしたのか、それともきみ子の質問に心が動揺したのか、きみ子が知らぬ間に部屋から出ていってしまった。きみ子は気になったが、あえて石内を追う気にまではならず、そのうち仕事に集中して、このことも忘れてしまった。

きみ子が今、頭を悩ますとすれば、それはただ和雄のことばかりだった。きみ子は和雄のことを考えて眠れない夜がたびたびある。きみ子はあの母の冷たい視線から逃げるようにここに来たが、残して来た和雄はどうしているだろう。まさか、いくら母でも和雄をいじめたりはしていないと思うが、やはり案じられる。すぐに訓練所も夏期休暇に入るから、休みになったら飛んで帰ろう。母からどんなことを言われても、夏休みの間だけは和雄のために家にいてやりたい。きみ子はそう思っていた。

その夏期休暇は間もなく訪れた。明日から休暇という日の午後、きみ子は飯塚へ帰るため福岡行きの電車に乗った。その電車は冷房もなく、窓という窓が皆開けられていた。吹き込む風はきみ子の伸び切った髪にいたずらした。

二

電車の揺れを心地よく感じながら、きみ子はあの時もこうして揺られていたと思い返していた。岸辺から棄てられ、和雄をおぶって大阪から夜汽車で帰郷した時のことだ。片方の足を失って、子供までいる自分を、父母は果たして受け入れてくれるであろうかと、あの時のきみ子はそればかり案じていた。朝方には飯塚に着いたが、日のあるうちは家には帰れない気がして、きみ子は昼間、誰もいない小さな公園に行き、背中から和雄を下ろして遊ばせた。何も知らない和雄は、「お母ちゃん、早くおじいちゃんのお家に帰ろう」と無邪気に言う。

「和雄、今帰っても、おじいちゃんはお留守なの、夜にならないと……」

きみ子はそう言い聞かせながら、また涙がこぼれそうになった。しかし、あの金沢で岸辺から棄てられて泣いた時、今後何があろうとこの子の前では泣いてはいけないと固く決心したことを思い出し、涙を耐えた。そして夜を待って、遊び疲れた和雄を紐で背負うと、我が家へ向かった。

帰ることを知らせていなかったので、父も母も当然ながらびっくりした。母は、「きみ子、その足はどうしたんだ。今までいったい、どうしていたんだい」と厳しい言葉を浴びせた言った。きみ子は和雄を背負って部屋の隅に座ったまま、じっと耐えるしかなかった。母がひとしきりこぼした後、それまで黙っていた父がこう尋ねた。

「きみ子、背中に背負っているのは何だ」

「子供です」

きみ子の返事に父は、「お前のか」と再び尋ね、きみ子が「はい」と答えると、それ以上何も言わなかった。母はその時初めて、きみ子の背にいる子供に気づいたらしく、驚いた様子だったが、どうしてか言葉はなかった。

「お願いです。置いてください」

しばらくの沈黙の後、きみ子が恐る恐るそう言うと、父は、「背中に背負っている赤ん坊を下ろしてやれ」と静かに言ったのだった。父の言葉は自分に対する精一杯の愛情だと、その時、きみ子は思った。

そんなことを思い出しているうちに、電車は福岡の天神駅に滑り込んだ。ここからはバスで飯塚に向かう。しばらくぶりの家できみ子を待ち受けていたのは、変わらぬ母の冷たい視線と、やはり変わることのない貧しさだった。内陸の飯塚は、夏は暑く、冬は寒い。父は暑さのためか、めっきり体が弱っていた。父は炭鉱の閉山後、時折り日雇い人夫などをして生きてきたのだが、一旦失った気力はなかなか回復せず、そのますっかり老いたようであった。

母はそんな父をないがしろにした。父が好きな酒も満足に飲ませなかった。きみ子は父が不憫で仕方がない。きみ子自身、中学を出てから働きづめの生活だったから、父の心が分かり過ぎるほど分かっていた。内職ぐらいしかしたことのない母には、他人の下で働くことがどんなに辛いことか想像もできないのだ。きみ子は和雄だけでなく、父も母から守ってやらなくてはいけなかった。だからまた以前のように母と言い争いをした。でも、きみ子は以前のようにはヒステリックにはならなかった。少なくとも「お金がない」と気が狂ったように言うことはなかった。職業訓練を受けてもうすぐ自立するという自負が、きみ子の心のどこかにあったからかも知れない。

母はきみ子を激しく罵ることがある。八月のある蒸し暑い朝のこと、きみ子が両脇を松葉杖で支えながら、家の前を箒で掃いていると、近所の顔見知りの男が通勤のため通りかかった。「お早うございます」と互いに挨拶を交わし、二言三言話してから、きみ子が「お気をつけていってらっしゃい」と見送ると、家の中でそれを聞いていた母は、「きみ子、お前はまた男をたぶらかしている」と罵った。

「どうしてわたしみたいな、こんな体になってしまった女を。向こうが相手になんかしないわよ」

母の罵りは何も今に始まったことではないから、もうきみ子は腹立たしくもないが、そんな自分をおとしめる言葉を口にしなければならないのが、やはり切なかった。それに、きみ子自身はどのように言われようと平気だが、和雄のことになるとそうはいかない。母が和雄のことを悪く言うと、きみ子は激しく怒った。休暇が終われば、またきみ子は訓練所に帰らなくてはいけない。気が弱くて母に何一つ口答えもできぬ父と、小学校に入ったばかりの和雄を残して行くことを思うと、きみ子は気が重くなるのだが、一日も早く職を身につけるためには仕方なかった。長い目で見ればそれが和雄のためでもあると、きみ子は思っていた。訓練所の休暇は和雄の夏休みより十日短い。きみ子は和雄の学校が始まるまでは飯塚に留まった。訓練はその分遅れるが、あとで頑張って追い付けばいい。訓練所に戻る日、きみ子は自分を後追いする和雄を母に頼んで、我が家を後にした。そして訓練所に着いたのは、もう夜であった。

きみ子はそのまま女子寮に行く気にはどうしてもなれず、庭でしばらく休むことにした。そこは庭というか施設の裏手であり、滅多に人の来ない所だった。けれど、その夜はすでに先客がいた。暗くなっていたから顔ははっきりとは見えない。誰だろうと思いながらも、きみ子はあまりにも疲れていたから、そのまま先客の近くに座ることにした。そして目がその暗さに慣れてくると、その先客が石内だと分かった。

きみ子は自分は後から来たのだから何か声をかけなくてはと思い、「何を見ていられるんですか」と声をかけた。

「あれです」

石内は視線をきみ子に向けないままそう言った。きみ子がその方向を見ると、訓練所の仕切りの網の向こうに、五階建てぐらいの大きな団地があった。どうしてそんなものを見ているのかと、きみ子が不思議に思っていると、石内はまるでその疑問に答えるかのように、静かにこう言った。

「ここからあの建物まで何メートルとは離れていないけど、僕には何十里と離れているような気がしてならないのです」

あの建物の光の一つひとつに家庭が存在しているのに、自分のような障害者はそれとは無縁である、結婚はおろか、社会で障害のない人間達と共に暮らすことも叶わない、石内はきっとそう言いたかったに違いない。その言葉はきみ子の心に沁みた。きみ子もまた障害のある身故、こうして子供と引き裂かれて暮らさなければならないのだ。そう言えば石内は前に「大学なんて行かなければよかった」と言ったことがある。きみ子はその時、なんと贅沢なことをと思ったのだが、今は何となくその気持ちが分かるような気がした。

「貧乏人というものは、どこまでいっても貧乏人なんですね」

しばらくしてから、きみ子はそうつぶやいた。我が家は貧乏のために家族の心まで荒廃しきっている。自分がこうしてここにいるのも、訓練を受けて自立するというより、そんな家から逃げて来ただけかも知れない。

石内は何も答えなかった。また暗い裏庭に時が流れた。

「ああ、訓練が遅れた」

きみ子はまるで独り言のようにそう言った。それが聞こえたのかどうか分からないが、石内は何も言わず、その場から立ち去ってしまった。

その夜、きみ子はなかなか寝つけなかった。和雄のことばかり考えていた。家を出る時、和雄は泣き叫んでいたが、今はどうしているだろう。母は和雄を慰めてくれているであろうか。そうあれこれ考えていると、目が冴えてしまって寝つけそうにもない。

そのうち、きみ子は岸辺のことを思った。岸辺にはもう未練など一かけらもなかったし、普段は思い出すことすらないが、こうして一人で子供のことに心を砕いていると、どうして自分だけが和雄のことで苦労しなければならないのか、岸辺との間に生まれた子供なのにと思ってしまう。けれど、いまさら思っても自分が惨めになるだけだ。第一、岸辺を恨んだりしたら和雄に申し訳ないと思い返した。

そして無意識のうちに、さっき出くわした石内のことを思っていた。団地の部屋の明かりを見ながら、「僕には何十里と離れているような気がしてならない」と、まるで今のきみ子の心を代弁するかのように言った。まさか、きみ子が我が子と別れてきたことなど知る由もなかろうに。この時から、石内の存在は少しずつきみ子の中で大きくなっていった。

次に石内を見かけたのは、日曜日の朝であった。朝の光の中で見た石内の目は、少年のように澄んでいた。

少なくとも、きみ子にはそう見えた。これまできみ子の人生を駆け抜けていった男達の中には、こんな涼しい目をした男は一人もいなかった。どうしてだろう。生まれついての障害者というものは皆、少年のような心を持っているのだろうか。きみ子はしばらくそんなふうに考えていた。

きみ子は二週間に一度、土日を利用して和雄の元へ帰ることにしている。

飯塚に帰らない日の日曜日は和雄のことばかりが案じられて、きみ子は居ても立ってもいられなくなる。そんなある日、同じ部屋の素子が映画に誘った。きみ子は東京のクラブにいた頃にはよく映画に行っていた。その頃は映画が庶民の一番の娯楽で、きみ子はやくざ映画を好んだ。映画に出てくるやくざは弱きを助け、強きを挫く理想の男ばかりだが、実際はそんなものでないことをきみ子はよく知っている。

素子は子供のことばかり案じているきみ子の心を知っているかのように、気晴らしにでもと誘ってくれた。一時的ではあるが楽しめるかも知れないと、きみ子はその誘いに応じることにした。

きみ子が素子と一緒に訓練所の門を出た時、後から自分達を追ってくる者がいた。石内だった。石内もこれから出かけるというので、一緒に行くことにした。訓練所から街に通じる細い道を、石内と素子はまるで仲の良い兄妹のように戯れ合いながら歩いた。二人の後から松葉杖に縋って歩きながら、きみ子はそれを微笑ましく見ていた。そのうち、できれば二人を一緒にさせたいと考えていた。もう石内に、彼があの夜言っていたような思いをさせたくなかった。

三人は街の喫茶店に入った。素子が手洗いに立った時、石内はきみ子にこれからどこへ行くのかと聞いた。きみ子は映画だと答えた後、「部屋にいてもつまらないから、気晴らしなんですよ。石内さんもご一緒に行きましょうよ」と誘ってみた。

「僕は少し歩こうと思います」

石内はやはり涼しい目をして、そう答えた。

石内とはその喫茶店の前で別れた。素子が地元の人と結婚するつもりだときみ子に打ち明けたのは、映画からの帰り道のことである。素子は石内の気持ちを知らないのであろうかと思うと、きみ子は片思いの石内が哀れになった。けれどきみ子にはどうしてやることもできない。

それから一カ月程してからのことである。きみ子は石内と心安く話すようになり、あの夏の夜に話をした裏庭で一緒に時間を過ごすようになっていた。話題の豊富な石内といると、きみ子は楽しかった。

石内は素子のことは決して口にはしなかった。素子の思いを知っているのだろうか。それとも、はにかみ屋だから、自分からは素子のことを言わないだけかも知れない。きみ子はそう思った。

ちょうどその頃、訓練所で月見の宴が催された。素子は石内に酒をついでやっていた。口の悪い仲間がそれを見て、「お前達は夫婦気取りだなあ」とひやかした。石内はやはりまだ素子のことを何も知らないのか、照れ臭そうにしている。きみ子は何だか心が痛んできた。

宴が終わって、きみ子と石内はどちらからともなく裏庭に行った。きみ子はそれとなく素子のことを分からせようと思い、言葉に迷った末、率直にこう言った。

「石内さん、素子さんは好きな人がいるみたい」

「知ってるよ。彼女は婚約しているんだろう」

石内は意外にも平気な顔で答えた。

「知ってたの?」

驚いてきみ子が聞き直すと、石内はこれも意外な答えを返した。

「ああ、内藤さんのことはもういいんだ。それに僕にはもう別に好きな人がいるし」

それを聞いてきみ子は安心した。ところがその相手が自分であることを、きみ子は程なく知ることになる。

大野城の地に秋が通り過ぎ、知らぬ間に冷たい風が吹き出したある日、きみ子はあの裏庭で、「石内さん、素子さんのことは本当にもういいの?」と、もう一度念を押すように尋ねた。気の弱そうな石内のことだから、ああは言っていたものの一人で思い悩んでいるのではないかと思ったからである。

するとと石内は「彼女のことはもういいんだ」と言ってから、聞き取れないくらいの小声でこうつぶやいた。

「それに森川君、今の僕には君がいる」

「わたし？」

驚いてきみ子がそう聞くと、石内は言ってはならぬことを口にしてしまったとでも思ったのか、無言のまま、その場から立ち去ってしまった。きみ子は石内が自分を思っていたなど今の今まで気づかなかったから、大いに戸惑った。確かに石内は気になる存在ではあるが、それは愛とは違う気がしていた。

きみ子は石内から愛されては困ると思った。いや、石内だけではなく、たとえどんな男からでも困るのだ。きみ子はとっくに男との関係に疲れ切っていた。しかも、こんな不自由な体になってしまっては夫婦生活などできないし、それに第一、和雄がいる。たとえ石内と結ばれたとしても、和雄が石内になつくとは思えない。もう石内と裏庭で話すのはやめようと、きみ子は思った。

けれど石内は、きみ子の顔を見ると、「森川君」と笑顔で話しかけてくる。きみ子は石内にどうやって自分のことを諦めさせようかと、そればかり考えるようになった。むげに冷たくすれば、石内は傷付くだろう。少年のような目をした石内の心はちょっと突つけば壊れそうだった。

訓練を終えたきみ子は夕食もそこそこに寮に戻ると、自分の寝台に座り、石内のことばかり考えた。ここではこの狭い寝台だけが自分の空間の全てである。幸い、この時間はまだ、寮の若い女の子達はみんなよそで遊んでいて静かだ。窓から外の雑草に冬の残日が当たっているのを眺めながら、きみ子は石内に自分の暗い過去の一端を打ち明けようと考えていた。そうすれば純粋な石内はきっときみ子を嫌いになる。女としてそれはとても辛いことではあったが、きみ子はそうするしかないと悲しく思った。

十一月のある日、きみ子は訓練所の廊下で、石内を喫茶店に誘った。夕刻になり、きみ子は石内と連れ立って訓練所を出ると、石内の馴染みの店に行くことにした。少し遠かったが、落ち着いた雰囲気の小さな店だ。

頭のすぐ上から灯る電灯の下で、石内と向き合うと、きみ子はおもむろに自分の過去を話し始めた。東京のクラブ働いていたこと。そこで岸辺信夫という男と知り合い、同棲して子供を産んだこと。きみ子はできる限り自分をふしだらな女に話した。石内は黙ったまま聞いている。きみ子は話しながら、少年のような石内に自分の話がどこまで理解できるだろうと、ふと不安になった。

「わたしはこんな女なのよ。石内さんの考えていたわたしとは違うでしょ」

そして、きみ子は大きく息をついた。しかし一つだけどうしても話せなかったことがある。トルコ風呂で働いていたことだ。それを告白するのは、あまりにも自分が惨め過ぎた。

話を聞き終えた石内は黙って立ち上がり、料金を払うと、やはり黙って喫茶店の外に出た。きみ子は慌てて後を追い、二人ですっかり暗くなった道を歩いた。石内は無言のままだったが、きみ子はやはり話してよかったと思っていた。これで石内は自分を嫌いになっただろう。軽蔑したかも知れない。それが寂しくないといえば嘘になるが、きみ子が望んだことであった。

そして訓練所の建物が闇の中に見え出した時、きみ子は松葉杖を止めると、「もうわたしのようなふしだらな女とは付き合わないでね。第一、石内さんのお母さんが心配なさるから」と言った。すると石内は、やはり不自由な足を止めて、きみ子の予期せぬ言葉を返した。

「森川君、自分をそんなに卑下するのはよくない。それにそんなに過去にこだわることもやはりよくない」

この時、石内は心の中で自分自身に向けてその言葉を吐いていた。大学まで出ていながら、結婚はおろか就職もない、そんな自分を嘆いていた。けれどきみ子がその石内の心を理解するには、まだ時間を要した。

翌日の夜、もしかしたら石内がまた裏庭で自分を待っているのではないかと思い、きみ子は迷いながらも行ってみた。すると、やはり石内はそこにいた。こうして、きみ子はその夜も、また次の夜も、前と変わらず石内と裏庭で言葉を交わすようになっていた。話の内容は他愛のないものばかりだった。もうきみ子はあの喫茶店でのような打ち明け話はしないし、石内も聞かない。

石内は無邪気に、きみ子に心を開いた。ところが、そんな石内を見るうち、きみ子は意外にも恐ろしい感情を抱くようになった。それはきみ子も忘れかけていた、けれど奥底に潜んで消えることのなかった、男への憎しみと復讐心である。きみ子は大阪で岸辺に棄てられ、あの雪の降り積もった金沢の路傍で、冷たい雪の上に両手をついたまま、「男を恨んでやる」と誓った。その復讐心は、きみ子の心にずっと巣食って、機会を待っていたのだ。

しかし、片足を失ったきみ子には、傷つける相手すら見つからなかった。それが今、石内という男が現れた。少なくとも石内はきみ子より弱い。簡単に騙すことができるではないか。それに石内は勝手に自分を好きになったのだ。裏切ったって、傷つけたって、罰は当たるまい。いや、罰ならもう充分に当たっている。何しろ片足を失い働こうにも働けない体になってしまったのだから。きみ子はそう自分に言い訳して、その強引な思いを正当化した。

しかし、どう騙してやろうかと考えながら石内に会いに行くのだが、実際に顔を見ると、傷つけることなどできなかった。きみ子は自分を歯痒く思った。きみ子はそんな複雑な心のまま、次の夜も裏庭に向かっていた。

三

十二月になった最初の土曜日の日、きみ子が飯塚に帰ると、家では父が風邪気味だと言って休んでいた。しかも和雄までが顔を赤くしている。母の姿が見えないので、父に尋ねると、今夜はきみ子が帰ってくるから自分はいなくていいねと言って、朝から田川の雪子の所に行ったという。孫の顔を見に行ったのであろうが、相変わらず冷淡な母だと思いながら、きみ子は疲れた体を休める間もなく、父や和雄を看病をした。

幸い和雄の方は大したことはないが、父の方はひどかった。医者を呼び、注射をしてもらったが、夜になっても父の熱は下がらなかった。きみ子は治りかけている和雄に夕食を取らせ、休ませてから、父の看病をした。熱にうなされていた父はいつの間にか眠ってしまったが、まだ熱は下がらない。きみ子は父の額を冷やし続け、ようやく深夜になって落ち着いてきた。きみ子がひと安心していると、目を覚ました父は枕元に座っているきみ子を見て、「なんだ、きみ子。まだ寝なかったのか」とまるで他人事のように言った。

「寝なかったって、今まで熱があったとよ」

きみ子は父の額の手拭いを取って、洗面器の水に浸けた。

「わしの世話なんかしてくれなくてもいい。それより早く寝ろ。……わしはお前の親なんかじゃない」

父は実に悲しげに言った。そして、きみ子が黙って手拭いをしぼり、再びそれを父の額の上に置くと、父はまた激しく咳き込みながらこう言った。

「わしが炭鉱を首になったお陰でお前は高校へも行けなくなり、東京で岸辺とかいう男に騙されて子供まで産んだ。そんな無能な親父のことなんか、ほっといてくれ」

きみ子は父から岸辺の名を言われ、はっとした。きみ子は父母にこれまでのことをほとんど話していなかった。岸辺の名など無論教えるはずもなく、和雄は男に騙されて産んだとだけ伝えていた。きみ子が戸惑っていると、父はそれに答えるようにこう続けた。

「この間、男がお前を訪ねてきた。村山という……」

村山が？　きみ子はびっくりしたが、何も言わなかった。

「村山という男は、お前がいなくなってから連合赤軍に関わっていたと言っていた。警察の取締りが厳しくなったから、抜けたらしいが」

村山がそんな左翼運動に加わっていたとは、きみ子は全く知らなかった。

「その男がお前のことを色々と教えてくれた。お前はトルコ風呂で働いてまで、岸辺という男に尽したそうだな。何とふしだらな娘だろうと思ったよ……」

「すみません」

きみ子はそこまで聞いて、ようやく言葉を口にした。しかし父はそれには答えず、「よくよく考えたら、そいつはわしのせいだ。あの頃、わしは三池炭鉱の仲間のことばかり考えていた」と言って、当時のことを語り出した。

当時、三池炭鉱では大規模な人員整理で坑夫が首になっていた。だから父は明日は我身だと思って、あの争議に参加したのだという。小雨の中、父は「労働者諸君、三池の労働者諸君、団結して池田と闘おう」と演説で呼びかけたという。しかしそれが会社に知られて、人員整理の時に父は一番に首になったのだ。当時、父の頭の中は闘争のことでいっぱいで、家族を顧みる余裕はなかった。

「わしの勤めていた炭鉱はそれから閉山に追い込まれたが、わしには再就職の口なんかなかった。会社がわしのことを赤だと言ったからだ」

それらはきみ子が初めて聞く話だった。

「そうだ、あの時だ。お前の働いているあの料理屋に行った時、お前がもんぺがけになって、あの確か、おあきとかいう仲居から顎でこき使われているのを見て、わしはどんなことをしてでもお前を高校にやろうと思った。だから、わしは『もう一度、雇ってくれ』と会社にかけ合ったんだ。『娘を嘉穂高校に行かせてやりいんだ』って。そしたら会社は『お前は赤だから、雇うわけには行かない』と言いやがった」

会社に乗り込んだ父の心情はきみ子も薄々察していたが、そんなふうにあしらわれていたとは。さぞ悔しかったろうと思うと、きみ子は胸が痛んだ。父はまたコンコンと咳き込みながら、話を続けようとする。慌ててきみ子が背中を擦ろうとすると、なぜか父はその手をはね除けて、こう言った。

「会社のやつは『お前のようなやくざな野郎の娘が嘉穂高校なんて贅沢だ。お前の娘なんか、男に体を売ってればいいんだ』と言ったんだ。だからわしはその社員と喧嘩したんだ。大事にならなくてよかったが」

「でも、あの時、会社のやつが言っていた通りになった。お前はトルコ風呂で稼いでいたそうだからな」

父の声には悲しみが込められていた。そしてまた父は激しく咳き込む。少年の頃から炭坑夫として働いて来た父は、知らず知らずのうちに炭塵を吸い込んでいたのだろう、ちょっと風邪を引いただけですぐに咳き込む。きみ子はそんな父が不憫でたまらない。咳き込む父の背中を擦ってやっていると、もう父はさっきのようにきみ子の手をはね除けなかった。

きみ子が何気なく柱時計を見やると、もう十一時になっていた。父に薬を飲ませなければならない。そう思って、きみ子は父の湯飲みにお湯を入れ、「さあ、お父ちゃん、お薬よ」と差し出した。父は素直に、さっき医者が置いて行った薬を飲んだ。しばらくすると、その薬が効いてきたのであろう、咳き込みはまるで嘘のように止まり、父はまたゆっくり話し始めた。

「若い時から炭鉱で一所懸命に働いてきたから、坑夫以外の仕事はやりたくなかったんだ。あの頃、わしは自暴自棄になって、だから再就職もしなかった。条件さえこだわらなければ、口はなかったわけじゃない。でもわしはそれをしなかった。どうしても坑夫以外の仕事はしたくなかった」

父の言葉は言い訳にも聞こえ、あの頃だったら到底受け入れられなかっただろうが、今のきみ子には父を恨む気持ちはない。あまりにも時が過ぎ去ったためか、それともその時の父の心情が理解できる年齢にきみ子が達したのか、それはきみ子自身にもよく分からない。父はなおも話し続けた。

「そりゃあ土木工事か何かの仕事ならあっただろう。そしたらお前も嘉穂高校に行けただろうに。わしはそんなことはしなかった。そうすれば会社に負けるという意地からだ。そのためにきみ子、お前は高校へも行けなかった。だからもうわしのことなんか、ほっといてくれ。……わしがお前のことを忘れて、ただ会社を恨み出したのは、あの頃からだ。いや、会社だけじゃあない。国も、池田もわしは憎んで生きてきた」

全てを吐き出すように語る父を、きみ子は優しく制した。

「お父ちゃん、もう話さなくていいよ。また熱が出たら大変よ。もう今夜は休みましょう」

ところが父はその時、実に恐ろしいことを口にした。

「きみ子、わしは会社を、国を恨み続けたのだから、お前も誰か弱い男を見つけて、その男に惚れさせて、そいつを裏切れ。そいつを傷つけろ。そしたら溜飲が下がる」

突然の言葉にきみ子は絶句した。父は何を言っているのか。

「なあ、きみ子、きっとお前より弱い奴がいるはずだ。そいつを傷つけて、岸辺という男への復讐をしろ」

そう言うと、また父は急に咳き込んだ。

「ほら、見てご覧。あんまり話すからよ」

きみ子は父の背中を擦りながら、悲しい気持ちになっていた。父と自分が同じようなことを考えていると知ったからだ。父と娘がともに誰かに恨みを抱え、それを晴らしたいと願っている。これも貧乏ゆえの連鎖なのだろうか。

さっきの薬のせいか、父はいつの間にかすやすやと寝息を立てていた。それでもきみ子は父の背中を擦る手を止めることなく、父の言葉を思い返していた。父は自分が土木工事でもしておれば、きみ子は高校に行けたんだと言っていた。勿論、あの頃の自分なら、きっとそれを望んだであろうが、今は違う。父は若い頃から炭坑夫として自負を持って一家を養ってきたのだ。それを奪われて、なお父に辛い思いを耐えさせてまで、自分は高校に行きたくはない。そのために自分は幾多の辛酸を嘗めたのだが、父にそんな思いをさせなかっただけでもよかったと、三十路のきみ子はしみじみそう思うのだった。

それにしても、父はどうしてあんなことを言ったのだろう。もしかしたら、自分が東京から帰ってきて父にあんなに罵られたあの日から父は、晴れた日も雨の夜も自分の身を案じ続けていたのかもしれない。今夜、きみ子は父の本当の心を知ったような気がした。そう悟るときみ子は涙が溢れるのだった。

父が寝入ってしばらくすると、きみ子も手を止めて、つけていた割烹着を外し、和雄の隣に疲れ切った身を横たえた。和雄の額に手を置くと、幸い平熱に戻っている。ひと安心したきみ子は、自分もすぐに眠りについた。

翌日になると、父の具合はよくなったが、その代わり一旦治りかけていた和雄の風邪がまたぶり返した。和雄は「お母ちゃん、帰らないで」と言って泣きじゃくるし、父も「傍にいてやれ」と言うので、きみ子は和雄の風邪が治って学校に通えるようになるまで飯塚に残ることにした。

近くの商店の公衆電話から、子供の病気が治るまで帰れないと訓練所に連絡すると、指導員は、「森川、いったいお前は訓練と子供とどっちが大事なんだ」と怒鳴った。なんということを言うのだろう、きみ子は言い返したかったが、まさか指導員に抗うこともできず、ただ、「申し訳ございません」と幾度も詫びた。電話は向こうから切れた。

きみ子は受話器を置きながら、どうして自分だけが子供のためにこんなにも苦労しなければならないのか、岸辺はもうとっくに和雄のことなんか忘れ去っていようにと、悔しく思っていた。もう考えまいと前に決めたことであったが、おそらく昨夜、父の口から岸辺の名を聞いたから、余計に思ってしまうのだろう。

和雄の風邪は翌々日にはすっかり治り、学校に行けるようになった。朝、きみ子が和雄に、「お母ちゃんはまた工場に行かないとね。今度は冬の休みに帰ってくるからね。それまでおじいちゃん達と待っててね」と言うと、利発な和雄はすぐに「うん」と答えた。きみ子も和雄を送り出すと家を出て、バスセンターから福岡行きのバスに乗った。

訓練所に帰ったきみ子は、遅れていた縫いかけの洋服を仕上げるのに必死だった。最近でこそ考えなくなったが、この仕事を始めた頃は、きれいなワンピースなどを縫っていると、片足をなくした自分はもうこんな服を着て街を歩くことはないのだと悲しくなることもあった。でも今は、和雄のために一日も早く自立しなくてはならないのだから、きみ子は懸命に仕事に励んだ。その一方で、洋裁で果たして自立なんかできるだろうかと、きみ子は時々思うようになっていた。近頃は商店街のウインドーにもきれいな既製服が飾られている。服の仕立てを学んだところで、たとえ仕事をマスターして店を出しても、誰が服を縫って欲しいと訪れるであろうか。しかし、だからといって別の生きる道もない。この時のきみ子は、訓練室で女物の洋服を縫う以外に生きる術を知らなかったのだ。

三

石内に会ったのは、次の土曜日だった。石内はこれから家に帰るという。

「明日の五時にあの喫茶店の前で会おう」

きみ子は軽い気持ちで「ええ」と答えた。飯塚に帰るのは隔週にしていたから、明日は用事もない。父が男に復讐しろと言った言葉を思い出したが、きみ子にその気は薄れていた。

次の夕方、きみ子は小雨の降る中、両脇を松葉杖で支え、片手に傘をさして、約束の場所で石内を待った。けれど、いくら待ってもとうとう石内は現れなかった。きみ子は咄嗟に裏切られたのだと思った。少年のような目をしていても、石内はやはり男なのだ。

その夜、きみ子は石内のことが腹立たしくて眠れなかった。こんな思いをさせられるくらいなら、やはりもっと早くに自分が傷つけてやればよかった。もう二度と男なんか信用すまい。いつか思い知らせてやる。きみ子は明け方まで、怒りで悶々として過ごした。それにしても片足を失った自分を愛してくれるのは、あんな言語障害のひどい男しかいないのか、そう思うとその時のきみ子は失望した。

それから二、三日して、きみ子はあの裏庭に行ってみた。石内がどんな言い訳をするのか、それともニヤニヤ笑って知らないふりをするのか、この目で確かめてやろうと思ったのだが、石内はいなかった。きみ子はふっと息をつくと、煙草を取り出して火をつけた。女ばかりの寮の中では煙草など吸えない。煙草を吸っていると夜の仕事を思い出して嫌なのだが、きみ子はどうしてもやめられないでいた。

石内がきみ子の前に現れたのは、きみ子が寮に帰ろうとして、その火を消した時だった。石内は神妙な顔付きで、きみ子に約束を違えたことを謝ってから、突然ここを辞めたいと言い出した。

「どうして?」

きみ子がそう聞くと、石内はか細い声でこう答えた。

「このままここにいても何にもならない。僕にはうまくできないことばかりだし、この間も前々から頼んでいた就職を断られたんだ」

石内はここで和文タイプの訓練を受けていた。この頃、日本は石油危機を契機にした不況からやっと脱して、成長を始めていたが、障害者の雇用はどこも変わらず厳しい。思うように動かない手で少しずつ修得したとして、実際の仕事場で使い物になるものなのか。石内の悩みはきみ子の不安と同じものだった。

「僕は何だか無駄な時間を過ごしている気がする。僕には他にやることがあると思うんだ」

「やることがあるって、いったい何がしたいの」

きみ子の問いに、石内は困ったような顔をして、「それはまだ分からないけど」と言う。その石内の焦りも、きみ子には分かり過ぎるほど分かった。きみ子は石内がかわいそうになり、さっきまでの恨み心も忘れ、こう声をかけていた。

「石内さん、今の石内さんの気持ち、わたしにはよく分かるのよ、でも、それに負けては駄目。頑張るのよ。ね、石内さん」

それは石内を励ますというより、きみ子自身を励ます言葉でもあった。すると石内は、「分かった。やっぱり君に話してよかった」と幾らか落ち着いた声で答えた。そして二人はどちらからともなく歩き出し、寮の近くで別れた。

きみ子はその夜、ベッドに身を横たえながら、改めて石内を不憫だと思った。けれどすぐにきみ子はそれを打ち消し、どうして石内が弱みを見せたのというように、自分は何も罵りの言葉を浴びせなかったのだろうと悔やんだ。


そのうちに訓練所は正月休みを迎えた。和雄の学校の終業式の日も、クリスマスの日も和雄の傍にいてやれなかったきみ子は、そんな自分を母親失格だと思い、慌てて飯塚の家に帰った。

我が家は相変わらずだった。母はまた雪子の家に行っていて留守だし、父は風邪がぶり返したのか休んでいる。そして和雄はお腹をすかして泣いていた。きみ子は疲れていたが、休むことなく家事にとりかかった。和雄に食事をさせ、父にも滋養のあるものを食べさせた。そして、その後片付けをしながら、きみ子は訓練所をやめて家に戻ったほうがいいのかもしれないと思っていた。確かに将来のことも大事だが、今のこの家の状況はもっと深刻である。このままだと父は餓死しかねないし、和雄だって心がひねくれて、取り返しのつかないことになってしまう。

きみ子はすでに寝入ってしまった和雄に添い寝した。和雄は母親がいる安心からか、あどけない顔で眠っている。きみ子はその額にかかった髪を上げてやりながら、いつ訓練所をやめようかと考えていた。

翌朝早く、「お母ちゃん、早くご飯を食べたい」と言う和雄の声で、きみ子は目が覚めた。昨日、不自由な体で電車とバスを乗り継いで帰って来たきみ子は、さすがに疲れていた。こんな体になる前は決してこんなことはなかった。何しろこの子を身籠もった時だって、臨月まで工場で重労働をしたのだから。そう思うと、きみ子は情けなくなるが、いまさらそんなことを考えてみても仕方ない。

「そうね、起きようね」

昨夜と同じように和雄の額にかかった髪を上げてやりながら、きみ子はそう言った。疲れた体に鞭打つようにして起き、和雄と父のために朝食を作り、食べさせてやると、和雄は満足したのか、どこかへ遊びに行った。

きみ子は部屋を掃除しようと思い、布団を上げようと和雄の布団に触れた。すると、布団は濡れていた。和雄はおねしょをしていたのだ。小学校の一年生になっているというのに、どうしてと思ったが、きみ子は次の瞬間、いつも母親の自分がいないからだと気付いた。和雄は母親のいない淋しさをおねしょで表しているのだ。きみ子はやはり訓練所をやめるしかないと思った。

その夜、父の風邪は治るどころか、またひどくなった。父は長く炭塵を吸い込んで働いたせいで、普段は何ともなくても、風邪を引くと激しく咳き込む。きみ子は苦しそうな父の背中を必死でさすった。すると父はまた、「きみ子、もうわしのことなんか世話をしなくていい。早く寝ろ」とかすれた声で言う。

「どうして、こんなにひどい熱なのに。それに咳だって」

きみ子がそう言うと、父はまたあの夜と同じように、「わしはお前の親なんかではない。高校も出してやれない親がどこにいるんだ」と言う。

「どうして、もうわたしはそんなこと忘れているのよ」

「お前は忘れても、わしは決して忘れない」

父はきみ子を見つめてそう言うと、また咳き込んだ。

「ほらほら、あんまり話すからよ」

きみ子が優しく父の背中を擦ると、父は声を出して泣き出してしまった。うずくまって、すっかり小さくなっている父の背を撫ぜながら、きみ子は、「忘れましょうね。もう昔のことは」と言った。言いながら、きみ子も涙声になっていた。

そのうち父は薬が効いて咳き込みも収まり、横になると静かに寝息を立て始めた。それでもきみ子は父の背中を擦ってやりながら、若い頃、この父と仲違いした時のことを思い返していた。

東京でホステスをしていた時、一度だけ帰省したきみ子を、父は烈火の如く怒った。きみ子はそんな父を恨み、もう二度とここへは帰っては来ないと誓って東京に戻ったのだ。父の心情を全く理解しなかったわけではないが、きみ子は心の穴を岸辺への愛で埋めることで、父の存在を追い出してしまった。そうしてずっと父を怨み続けていた自分がひどく悪い娘のような気がして、きみ子は改めて自責の念にかられ、また涙を流した。その夜も母は雪子の所に行ったきり、帰って来なかった。

暮れの大晦日に、雪子の夫の哲三が一人で訪ねて来た。雪子は母と子供達と一緒に、下関の赤間神宮に自分の車で行ったという。

「僕は神社というものが苦手でしてね」

頭をかきながらそう言う哲三が、きみ子には有難かった。病弱な父を哀れに思って訪ねて来てくれたのだと思ったからである。父は幸い激しい咳き込みも治まり、病床を離れていた。きみ子が哲三の持参した酒を燗づけして出すと、父は美味しそうに哲三と酒を飲み交わした。

「父のために来てくださったのですね」

父が寝入ってから、きみ子がそう言うと、「いや、本当に神社が苦手なんですよ。お義姉さん」と、やはり頭をかきながら哲三は言う。その朴訥《ぼくとつ》な仕草はやはりどことなくあの村山に似ている。

飯塚の地は、冬はまるで凍りつくように寒い。しかし、昨日まではあんなに冷たい北風が吹いていたが、元日は打って変わって春を思わせる上天気だった。きみ子が松葉杖に縋りながら洗濯物を干していると、哲三が家の前の狭い道路で和雄とキャッチボールをしてくれているのが見えた。和雄が楽しそうに笑っているのを見て、きみ子は嬉しさと同時に申し訳なさを感じた。父親の顔も知らず、その上、母親の自分もこんな体だから男の子の遊びの相手さえしてやれない。自分が和雄にしてやれることがあれば、何でもしてあげなければと思っていた。

母が雪子や孫達と一緒に帰って来たのは、その午後だった。父は寝ていたし、和雄は友達と遊びに出かけていて、きみ子は哲三と居間で話していた。母はそれを見て眉をひそめた。そして哲三と雪子が帰ってしまうと、「きみ子、哲三さんはいつから来ていたの」と冷たく尋ねた。昨日からだと答えると、「そう、楽しかっただろう」と意味ありげに言う。

「母さん、いったいどういう意味?」

きみ子がそう母に訊くと、「哲三さんに色目使ってさ」と、母はきみ子を非難するように言った。

「母さん、何てことを言うの、哲三さんは雪子の旦那様なのよ」

きみ子は母に対して腹立たしいというよりも、こんなことまで言われる自分自身を哀れに思った。

「そしたら、どうして哲三さんはお前に会いに来たの」

「哲三さんは父さんをお見舞いに来られたの。わたしはただお相手しただけよ」

きみ子は母が憎かった。母はこうして娘を責めながら、自分は病で苦しんでいる父をほっといて雪子の所へ行き、楽しく初詣まですませてきたのだ。

「それにしても哲三さんとあんなに慣れ慣れしく話していたじゃないの」

きみ子はもう何を言う気にもなれず、台所の洗い物をするために、松葉杖を取って立ち上がった。やはり母とは一緒にいられない。きみ子は改めてそう感じた。父と和雄のために家に戻ろうと思ったが、すぐにでもここを出て訓練所に戻りたい。そして何としてでも自立して、どんなに貧しくても構わないから、和雄と二人で暮らしたいと思った。

休み明けの開始を待ちわびるようにして訓練所に戻ると、きみ子は窓の外に舞い散る雪を見ながら訓練に励んだ。

そんなある日のことである。いつものようにきみ子が針を動かしていると、外の廊下を足の不自由な人が通る音がした。きみ子が手を止めて見やると、石内だった。石内とはあの夜、落ち込んでいるのを慰めて以来、しばらく会っていなかった。きみ子は全身を耳にして、遠のく靴音に聞き入った。

この夜、きみ子はなかなか寝つけなかった。石内を罵る言葉をあれこれと思い浮かべていた。

「自分はあんたのようにのんきに大学なんか行けなかった。小さい時から新しい服はおろか、きれいな千代紙さえも買ってもらえなかったんだ。そんな苦労が分かるかい」

「あんたはそんな体で私を養っていけるの。男のくせに愚痴ばかり言って、あんたは最低よ」

貧乏人が同じ貧乏人を馬鹿にし、障害者が同じ障害者を馬鹿にする。それがどんなに悲しいことか知らないきみ子ではなかったが、この時はただ石内を傷つけたいと思っていた。

こう言われれば、もろい石内はきっと落胆するだろう。もしかしたら立ち直れず死を選ぶかも知れない。しかし仮にそうであっても最早自分には係わりない。そうなれば、あの雪の金沢で誓った復讐が成就するではないか。その夜、きみ子は遅くまでそんなことばかり考えていた。

それから幾日か過ぎた一月の下旬、石内から、あの喫茶店に来て欲しいと電話があった。石内が訓練所の外からきみ子を誘うのは初めてのことだ。冬休みが明けて以来、ひどく寒い日が続き、あの裏庭に出るのもためらわれ、きみ子はまだ石内と話せずにいた。

きみ子は寒さで疼く足を治療するため、午後の三時過ぎから訓練所近くの病院に通っていて、その日も通院で疲れていたが、今夜こそ石内に思い知らせてやろうと、約束の店に向かった。

きみ子が店に入ると、石内は暗い顔をしてきみ子を待っていた。きみ子は向かいの席に座ると、その表情が気になって、「何かあったの?」と尋ねた。

「やっぱり僕はここを辞めようと思う」

石内は前と同じ言葉を口にした。

「ここにいても何も変わらない。僕はちゃんと一人立ちしたいんだ」

「でも、もう少し頑張ってみるって約束したじゃない」

すると石内は、小さな声で恥ずかしそうにこう言った。

「僕には好きな人がいる。その人と結婚したいんだ。だけど、今のままでは到底できない」

きみ子はここで結婚という言葉が出るなど全く想像していなかった。

「石内さんの気持ちはわたしにも分かるけど、でも焦っては駄目よ。焦らないでゆっくり考えたら。でも、そんなに素子さんが好きなのね」

きみ子は石内の想う相手が素子ではなく自分だと分かっていながら、ごまかすように言った。けれど、石内はそれに答えず、きみ子も何も言わなかった。

重苦しい沈黙の後、石内は「やっぱり僕は大学なんか行かなければよかった」と、これも前と同じことを口にした。

「大学になんか行ったばっかりに、僕は自尊心を断ち切ることができずにいる」

石内はそう言うと、今度はきみ子にほどんど聞き取れないような声で、「だからこうして好きな人を前にしても、好きだと言えない」とつぶやいた。

きみ子はどうしていいか分からなかった。よりによって子供までいる自分のような女を本気で好きになるなんて。きみ子はこの時、石内を愛おしく思ったが、和雄のことを考えれば到底許されることではなかった。和雄がこの石内を父親として受け入れるなんて、どうしても考えられなかったからである。

石内は余程恥ずかしかったのか、無言のまま立ち上がり、レジで代金を払うと、そのまま店を出てしまった。きみ子も慌てて立ち上がると、夜道を歩く石内にやっとのことで追いついた。

二人で黙って歩くうち、きみ子は義足を付けた右足がまた痛んできたが、それに耐えながら、なぜか父のことを考えた。病で伏せっている今の父ではなく、きみ子を岐阜の菊屋に訪ねて来た時の父のことである。あの時、父は酔って暴れた。きみ子はそんな父が恨めしかったが、今にして思うと、高校に行かせられなかった娘の苦労を目の当たりにして、相当辛かったのに違いない。あの時の父のことを思うと、人にはどうすることもできないことがあると、きみ子は思った。

この石内だって同じだ。思うように体が動かないことも、仕事がなくて自立できないことも。そして自分への愛も、どうにもならないのだ。きみ子はそう思うと、石内を何とかして慰めたいと思った。それが今、自分がしなければならない、せめてものことだと思った。先刻まで石内を懲らしめようとあれほど強く思っていたことなど、最早きみ子の脳裏から消え失せていた。しかし、どう言って慰めればいいのか、きみ子は言葉を見つけられないまま、訓練所の前まで来た。

別れ際、きみ子は咄嗟《とっさ》にこう言った。

「頑張りましょうね。明日からまたお互いに頑張りましょうね。頑張ることには我慢することも含まれるのよ。ね、石内さん」

頑張ればいつかきっと報われるのだから。それはきみ子がずっと思って生きてきた、言わば人生哲学だった。ただ現実には、そうして我慢して生きてきても、決して幸せなんか訪れはしていないのだが。

石内は、それが聞こえないはずはなかったが、ただ「森川君、お休み」と言い残し、男子寮の中に消えてしまった。きみ子はその後ろ姿を声もなく見送った。けれどこの夜、きみ子が口にしたこの言葉こそが石内に死への旅路を思いとどまらせたのだが、きみ子は永遠にそれを知ることはなかった。

阿修羅のきみ子はこの夜、思わずして菩薩になったのかも知れない。菩薩は、この世の悩み、苦しみ一切の煩悩から、衆生を救い、浄土の世界に導く。きみ子は石内を修羅の世界から浄土の世界へと導いたのだ。

だが、きみ子の心は少しも晴れなかった。石内が真から自分を愛していることが分かったからである。自分には和雄という子供がいる。和雄を一人前に育てていかねばならない。石内とは到底結婚などできないのだ。きみ子はなかなか眠れなかった。どうして石内を諦めさせようかと、そのことばかり考えていた。

次の夜も、また次の夜も、きみ子はそればかり思い悩んだ。石内の心はまるでガラス細工のように繊細で、気をつけて扱わないとすぐに壊れてしまう。そうすることなく自分を諦めさせるにはどうすればいいのだろう。けれど、何の考えも思いつかないまま、季節は二月を迎えていた。

その最初の土曜日、きみ子は飯塚の我が家に帰った。父はまた臥せっていたし、和雄は何だか無口になっていた。その夜も和雄はおねしょをしたが、きみ子にはそれを咎める資格はなく、ただ、やはり自分は一刻も早くこの家に戻らなくてはと思うのだった。そうしないと父も和雄も駄目になってしまう。きみ子はあの冷たい母と暮らす覚悟も決めた。ただ一つ、石内のことが気かかりだった。

訓練所に帰ったきみ子は、思い切って自分の今の境遇を話すことにした。きみ子は病院の帰りに、近くの公衆電話から訓練所にいる石内に電話をした。きみ子の方から電話をするのは勿論初めてである。そして約束した喫茶店で石内を待った。

半時間程して現れた石内に、きみ子は和雄のことや父のことを話した。

「わたしはもう女を棄てたのよ」

それは三十路を過ぎたばかりのきみ子にとっては辛すぎる言葉だったが、石内のことを思うと口にしないわけにはいかなかった。石内は黙っていた。

「今のわたしは子供のことで頭がいっぱいなの。もう誰とも結婚したくない」

「それは前々から分かっていた」

石内はそう言ってから、しばらく考え込んでいたが、「でも相手が僕でなくても結婚しないっていうこと？」と小声で言った。

「そうよ、石内さん、石内さんはいい人ですもの」

きみ子は語気を強めて言った。あなたのせいではないのだと。石内を苦しめることだけはしたくなかった。

「だから、石内さん、もうわたし達、会うのは今夜で終わりにしましょうね」

きみ子は石内を傷つけないように優しく言ったが、石内は返事をしなかった。

「石内さん、会うは別れの始めなのよ」

何気なく口をついた言葉だったが、すぐにきみ子は後悔した。石内を悲しませるだけだと思ったからである。すると、石内は案に相違して、「分かったよ、森川君」と言ったが、そのまま黙ってしまった。

しばしの沈黙の後、立ち上がった石内に従うようにきみ子も席を立ち、石内が料金を払って外に出た。

二人で歩きながらも、石内は無言のままだった。暗くて顔は見えないが、きみ子には石内が泣いているように思えた。石内が自分との結婚を夢見ていたと思うと、きみ子は悪いことを言ったと後悔したが、けれどそれを翻《ひるがえ》すことはできなかった。今夜、きみ子が石内に口にしたことは全て自分の偽らざる思いだったからである。何も言わない方が却って石内を傷つけることになると、きみ子は思っていた。

「石内さんはまだ幸せよ。一人でどこにでも好きな所へ行けるでしょう」

きみ子は慰めるつもりで言ったが、石内はやはり何も答えない。そしてそのまま訓練所の前で別れた。一人になったきみ子は、自分が石内を愛していることを初めてはっきりと自覚した。

その夜、きみ子はベッドにその身を横たえながら、いったい自分はいつから石内を愛するようになったのだろうと思った。自分の暗い過去を石内に話した、晩秋とも初冬ともつかないあの夜からか。「頑張りましょうね」と彼を慰めた夜からであろうか。それともそれは今夜からであろうか。きみ子にも分からなかったが、とにかく石内を愛していることだけは確かだった。それはかつて岸辺に向けたものとは違う。あの頃のきみ子は、自分が尽くせば岸辺は自分のもとにいてくれる、愛してくれる、そう思っていた。けれど石内には見返りなど求めようとは思わない。ただ愛しているだけである。

だか、どんなに石内を愛そうとも、共に暮らすことはおろか、障害を負った今の自分は、たとえ石内が路傍に倒れようとも起こすことすらできないのだ。だからもう石内に会うまい。会えば石内に淡い期待を持たせてしまうかもしれない。これ以上石内を傷つけたくはなかった。暗い天井に街灯の光が射し込んでいるのを見ながら、きみ子はそう思った。

四

三月に入ってすぐ、きみ子は洋裁科の女指導員に訓練所を辞めたいと申し出た。理由は子供のことを考えての上だと言うと、指導員は、「そうね、あなたには子供さんがいるんだから、子供さんの傍にいてやった方がいいかも知れないね」と納得したように言った。きみ子の希望どおり、三月いっぱいで辞めるということで手続を進めてくれると言う。

「でも、石内さんのことはどうするの」

きみ子は思いがけない言葉にはっとした。石内とのことは他人に知られまいと、会う時も細心の注意を払っていたのだが、何せここは狭い。世間から隔離されたような場所だから、他人のことがすぐ噂になる。

「あの方は大丈夫だと思います。そのうちにきっとご自分の本当にやりたいことを見つけられると思います」

きみ子は咄嗟にそう答えていた。

指導員が訓練室から出て行くと、きみ子は大きく息をついた。これでこの訓練所を出て行かなくてはならない。自分が去れば、きっと石内はみんなから何やら言われることであろう。そう思うと、きみ子の心はまた痛んだが、どうすることもできない。

石内から会いたいと電話があったのは、その夜のことだ。

「もうわたし達は会わない方がいいんじゃないかしら、この間言ったように」

きみ子ができるだけ優しく言うと、「どうして」と石内は言葉を返した。

「わたし達のことがここで噂になっているのよ」

「そんなことか。僕は少しも気になんかしていない。他人が何と言おうと、他人のために生きているんじゃないからね。森川君、君はそんなことをいちいち気にしているの」

実直な石内はそう言った。

「石内さんは男だからいいけど、わたしは女なのよ」

きみ子がそう答えると、石内はそれ以上何も言わなかった。沈黙の間、すすり泣くような声が聞こえたと思うと、電話は向こうから切れてしまった。

きみ子は受話器をそっと置きながら、たとえ石内とのことでどのようなことを噂されようとも、自分は耐えられると思った。噂ぐらいでいちいち傷ついていたのでは、嵐のようなこれまでの人生を通りぬけることなど到底無理だった。石内と会わないのは、自分のためではなく石内のためなのだ。きみ子は自分に言い聞かせた。自分がこの訓練所を去った後、石内は自分から棄てられたと言ってなぶられるかも知れない。そしたらあの石内のことであるからきっと傷つき悩み続けることであろう。けれど今の石内にはそれが分からない。あのまるで少年のような目をした石内のことであるから、嫌われてしまったと思い込んで今頃は泣いているのではあるまいか、そう思うとまた案じられてくるけれど、その決心と裏腹に、きみ子は電話で微かに聞こえたすすり泣きが耳に残り、今の電話で石内が傷ついたのではないかと思うと居ても立ってもおられず、裏庭へと急いでいた。もしかしたら石内が来るかも知れないと思ったからである。

三月の別れ雪であろうか、暗い空から粉雪が降ってきた。その粉雪が石内を待つきみ子の粗末な服に降りかかる。静寂さの中で、さっきのすすり泣くような声がきみ子の耳に聞こえてくる気がした。

仏教では人間のこの世での苦しみを四苦八苦というが、その四苦八苦の中に、愛する者と別れる苦しみ、愛別離苦がある。石内は今自分との別れに七転八倒の苦しみをしているのではあるまいか。そう思うと、きみ子も身を切られるほどの辛さを覚えた。

できればこのまま石内のいるこの施設に留まりたいと思うのだが、それはできない。自分には和雄がいる。和雄を棄てて石内と結婚するなど、きみ子には到底考えられない。いや、そんなことぐらい、あの利発な石内は知り得ているであろう。だから尚更思い悩んでいるのではあるまいかと、きみ子は石内の心を察した。

求めても得られないもの。仏教で言う求不得苦と呼ばれるこの苦しみも、人が生きている以上避けて通ることのできない苦しみの一つである。きみ子自身、いか程この苦しみを味わってきたことか。いや、きみ子の半生は、この求不得苦の連続であった。

そのうちに消灯を告げるベルが鳴ったが、この夜、石内はついに裏庭には現れなかった。きみ子は寮に戻りながら、ふと、あの大阪で岸辺と暮らした時のように、トルコ風呂で身を晒してでも働いて、石内と一緒に暮らしたい思った。けれど、障害を負った自分を雇ってくれるトルコ風呂などあるまい。それに第一、和雄がいるではないか。きみ子の思いは何度も行きつ戻りつを繰り返した。

しかし、子供と別れてまで石内と共に暮らそうとは、やはりきみ子には考えられない。和雄は自分が守らなくてはいったい誰が守ってくれる。きみ子はそう迷いを振り切ると、石内との暮らしを諦めた。石内はそんなきみ子の思いを知っているのか、もうきみ子を誘うことはなかった。


三月の最初の土曜日に、きみ子は飯塚に帰った。休むことなく部屋の拭き掃除をしながら、きみ子が和雄に今月限りで工場を辞めると言うと、和雄は「ほんと？　お母ちゃん」と嬉しそうな声で聞き返した。

「ほんとよ、お母ちゃんは今まで和雄に嘘なんか言ったことはないでしょ」

「ほんと？　もう工場なんか行かないで、ずっと僕の所にいる？」

そう念を押すように聞く我が子に、きみ子が優しく「ほんとよ、もう工場の人に辞めますと言ってきたから」と答えると、和雄は安心したようにどこかへ遊びに行ってしまった。きみ子は心のどこかで、これで自分はこの家で朽ち果てていくのかと人生を虚しく思っていたが、あんなに喜んでくれる和雄を見ると、間違ってはいないと思い返した。

その時、父が、「きみ子、今の話は本当か」と心配げに声をかけた。

「ええ、和雄の教育のこともあるし、それにお父さんのこともこれからは……」

「わしのことなんかどうでもいいが」

父はそう言うと、険しい顔になってきみ子を見つめた。

「それよりもきみ子、お前は男に復讐したか、男を傷つけることができたのか」

きみ子は何も答えなかった。父は怨念にとらわれている。きみ子は悲しさでいっぱいになりながら拭き掃除を続けた。

「あれほど言っただろう。自分よりも弱い男を見つけて、そいつを傷つけろって」

父は怒ったように声を荒げた。そして、まるで石内の存在を知っているかのように、「辞めるなら辞めてもいいが、その前にその男を傷つけろ」と言った。

「わたしより弱い男なんて、そうそういるわけないでしょ」

きみ子が畳の拭く手を休めないでそう言うと、父は「いや、きっといるはずだ。お前が見つけきれないだけだ」と、なおも頑なに言う。きみ子はそんな父がかわいそうで、だから「ええ」と答えたのだが、もとより石内を傷つけようとは微塵も思わない。

「あれほど言っておいたじゃはないか。いいか、そいつを必ず傷つけて帰ってこい」

父はそう言ってから、「でないとお前はきっと後悔する。このわしのようにな」と言い添えた。きみ子はそんな父を一層不憫に思った。拭き掃除を終えて、松葉杖をついて台所に立った時、きみ子は白いエプロンでそっと目頭を押さえた。

翌々日の月曜日、いつものように和雄が学校に行ってから、きみ子は訓練所に帰るために我が家を後にした。福岡の天神でバスを降りて、大野城行きの電車に乗るため、高架になっている駅の階段の手摺りに縋って上りながら、かつて岐阜の菊屋で働いていた頃は、膳を四つも五つも重ねて狭い階段を上がっていたのにと思い、同時に石内のことを思った。石内は生まれて以来《このかた》、一度たりとも手摺りに頼らないで階段を行き来したことはないだろう。そう思うと涙が溢れ出そうになった。

訓練所に戻ると、きみ子は石内に会うこともなく訓練に励んだ。きみ子には最早、残された時間はあと僅かしかなかった。四月になればまた、あの飯塚の古びた家で忍従の生活をしなければならない。けれど、きみ子は覚悟をしていた。それがどのように辛い生活であろうとも、和雄のためなら耐えられる。和雄だけでなく、あの人生に疲れ果ててしまった父のためにも耐えなくてはと思うのだった。

三月も十日を過ぎると、大野城の地は急に春めいてきた。春の天候は本当に分からないもので、数日前に石内を待って過ごした夜はまだ雪が舞っていたというのに、もう辺りはすっかり春の気配である。

石内はまるできみ子のことを忘れてしまったかのように、仲間と戯れている。そんな様子に、きみ子は寂しさも覚えたが、これでいいのだと思い直した。たとえ言葉を交わすことはなくても、自分は石内を愛している。きみ子は石内に何一つ求めたいと思わなかった。ただ純粋に愛し、幸多からんことを祈っていた。その時の石内への愛こそが真の愛であると気づくのは、きみ子が随分歳老いてからのことである。

数日後、石内が突然、きみ子のいる訓練室の窓越しに「森川君、話がある。明日の夜、七時にあの喫茶店で君を待っている。来てくれるね」と小声で言った。不意のことで、他人の目もあったので、きみ子は慌てて、ただ「はい、分かりました」と答えた。幸い窓越しだったので、訓練室の中にいた者は、きみ子が誰と話していたのか分からずにすんだが、きみ子は落ち着かなくなった。遠ざかってゆく石内の靴音を聞きながら、きみ子の心はかき乱されていた。

その夜、きみ子は夢を見た。石内が自分の膝の上に顔をうずめて泣いている夢だ。いったい石内は、何で泣いているのか、自分との別離が悲しくて泣いているのか、それとも不遇な自分の身の上を嘆いて泣いているのか、きみ子は分からなかった。きみ子はその石内の髪の毛を撫ぜながら、優しく「石内さん」と声をかけ、慰めていた。

夢から目覚めると、寮の外で誰かが泣いているような声がした。もしや石内ではないかと思い、きみ子はベッドに上半身を起こして、そっと雨戸を開けたが、それは春の嵐の音だった。再び雨戸を閉めた自分の目に涙があることに、きみ子は気づいた。

夢の中の石内は、かつてきみ子の膝で泣いた父と同じだった。男には、到底女には理解することのできない苦悩がきっとあるのだと、きみ子は思った。女の自分は生きるためにどんなことでもしてきたが、けれど男というものは、仕事や生き方にプライドを求めるのではないか。贅沢と言えば、そうかも知れないが、しかし、きみ子はそのことを悲しく思う。

炭鉱を追われた父は、当時石炭を見限った日本を恨み続けて生きて来たと言った。だとすれば石内はいったい誰を恨んで生き続けたらいいのだろう。もしもそれが彼の母だとしたら、それはきみ子にとって最も悲しいことだった。なぜならきみ子も一人の母だからである。きみ子の心は揺れた。そして、きみ子は、石内を慰めなければと思った。父を慰めたように、今度は石内を。

きみ子は岐阜の菊屋で下働きをしていた頃に見かけた花のことを思い出していた。長良川で障子を洗っていると、土手に名も知れぬ花が可憐に咲いていた。春とはいえ、まだ冷たい風の中で咲いているその花が、ほんの少女だったきみ子には不憫だった。何だかその花が日々虐げられて生きなくてはいけない自分のような気がしたからだ。だからその時、きみ子は両手でその花をそっと庇ってやった。きみ子はそうしてやりながら、自分も誰かに庇って欲しいと思ったのだった。

和雄が生まれた時、きみ子は鶏の解体工場の片隅で和雄に乳を与えながら、もしも自分が裕福なら、この子はいつも抱かれていられるものをと哀れに思ったことがある。そしてその分、この子を大事に育てようと決心し、事実そうして生きてきた。今、この施設を辞めて我が子の元へ戻ろうとしているのも、そのためだ。

きみ子は石内に会おうと決心した。そして、石内を庇ってやりたいと思った。石内の言ったあの喫茶店に行こう。そして石内を庇い、慰めよう。あと少しで自分はここを去らなければならない。そうしたらもう石内とは会えないのだ。きみ子はそれが石内に対する最後の愛だと思った。

石内と会う夜、訓練を終えたきみ子は食事の時間も惜しむようにして身支度をした。幸い女子寮の中には誰もいない。きみ子は石内のために冷たい義足を付け、石内のために着古したズボンをはき、石内のために固い松葉杖を持った。それはこれまでも石内のために何度かしてきたことだが、おそらく今夜が最後であろう。そう思うと一抹の寂しさがきみ子の心を過る。

支度をすますと、きみ子はそっと女子寮を後にした。訓練所の門を出ると、約束の店に続く道は既に夕刻の春陽に染まっていた。きみ子は右脇に挟んだ松葉杖を頼りに歩きながら、行き慣れたはずの道のりを遠く感じていた。きみ子がそんなふうに感じるのは初めてではない。飯塚の我が子の元へ帰る時にもやはり長く感じて、もっと早く歩きたい。一刻も早く和雄のもとに帰ってやりたいと思いながら歩く。しかし今は、同じ思いを我が子ではなく石内のために抱えて歩いている。

柔らかな夕刻の陽射しは、きみ子の姿を、その右脇の松葉杖とともに長い影に落としている。歩くのが遅い分、早めに出てきたきみ子は、約束の刻限には店に着いた。けれど、まだ石内の姿はなかった。

店の出入り口を背にして座っていたきみ子は、ドアが開くたびに後ろを振り返ったが、石内はなかなか現れず、ドア越しにのぞく外は次第に暗くなっていた。もしかしたら事故にでも遭ったのではないかと、きみ子は不安になっていた。

その時、またドアの開く音がした。今度こそ石内かと振り返ると、若い男女の二人連れが入ってきた。二人は恋人同士らしく、きみ子の向かいの席に座ると楽しそうに話を始めた。自分はああして石内と楽しげに話すことはないであろう。きみ子はそう思うと、改めて石内に詫びたい気持ちになった。

きみ子はいつの間にか我が子のことを考えていた。和雄はまだ小さいが、成長してあの若い二人ぐらいの歳になれば、きっと誰かを好きになるだろう。その時、もし愛した女から嫌われて、そのことで深く傷つき、悩み続けたとしたら……。きみ子はそう思うと、たまらない気持ちになった。母親のエゴかも知れないが、たとえどんなことでも和雄には傷ついて欲しくない。

そして、その思いは、きみ子の中で自然に石内にも向けられた。きみ子は母親のように石内を慰めようと思った。石内からすれば身勝手な理屈だが、きみ子にとっては、叶わぬ愛をきみ子なりに成就しようとする、せめてもの思いだった。

またしばらくの時が流れ、先刻の若い二人連れが帰り支度を始めた。支払いをすませ、ドアから出て行く音がしたと思ったら、ちょうどそれと入れ代わるようにして石内が入ってきた。石内はきみ子に気付くと、なぜか驚いたような顔をした。

「どうしたの?　随分遅かったのね」

きみ子がそう言うと、石内は戸惑ったように、「僕は……僕は帰る」と言った。きみ子は訳が分からなかったが、「じゃあ、私も帰る」と答えた。

その時、店の奥で何やら店主と従業員の話し声が聞こえ、なぜか石内はまるで逃げるように立ち去った。

きみ子も後を追おうと立ち上がり、松葉杖を取ったが、店主にこう呼び止められた。

「今の方から、あなたに渡すように言われていました。忘れていてすみません」

店主はそう言って謝ると、白い封筒をきみ子に渡した。

「えっ、あ、有難うございます」

きみ子はとまどいながらもそれを手にすると、不自由な足で立ったまま、店の薄暗い電灯の下で読み出した。

僕は君と会いたくない。君は僕を騙していたのだ。

君は今の僕の不幸な境遇に言葉では同情しながら、心の中ではあざけり笑っていたとは。

今の僕には力がない。生活力がないんだよ。森川君、寂しいんだよ、僕は。

きみ子は呆然とした。その乱れた筆跡は、悲しみに打ちひしがれ、またきみ子に何かを訴えているようでもあった。石内がこんなに自分を愛しくれていたと思うと、きみ子の胸はかき乱された。しかし、それでも石内の愛を受け入れることはできないのだと思った。

きみ子は手紙を渡してくれた店主に礼を言い、お金を払うと、松葉杖を取って店を後にした。当然のことながら石内の姿は既に近くにはない。気紛れな春の天気は、夕刻までは西の空が赤色に染まっていたのに、今は霧のような雨を降らせていた。きっと石内は訓練所に帰ったことであろうと思いながら、きみ子はその雨に打たれながら訓練所に急いだ。

しばらくして西鉄春日原の大きな踏切に差しかかったところで、大牟田行きの特急電車が、けたたましい音を立てて通り過ぎて行った。きみ子は車窓から洩れる光に頬を打たれながら、自分ではどうすることもできない我が身の境遇を嘆いた。貧しくて高校にも行けず、冷たい他人の視線の中を夢中で生きてきて、今また石内と別れなければならない。そう思うと、涙がはらはらと頬を濡らした。

女子寮のベッドでズボンを長いスカートにはき替えると、きみ子は裏庭に向かった。外はまだ霧のような雨が降り続いている。しかし、近くに石内の姿はなく、きみ子は一人で軒下に座ると、さっきの手紙を取り出し、マッチで火を付けた。勢いよく燃える赤い炎を見つめていると、きみ子はふと岐阜の菊屋での辛い出来事を思い出した。板前の佐藤から処女を奪われ、佐藤からもらった英語の辞書を厨房の隅で焼いた時の記憶である。あの時は自分が哀れで悲しかった。けれど今は、悲しいのは確かだが、それよりも石内のことが心配だった。

手紙が燃え尽きてしまっても、まだ雨はやむ気配がない。きみ子はその雨を、薄幸な運命を嘆く自分自身の涙のように思ったが、すぐにそれを打ち消した。いや、これは自分との別れを悲しんでいる石内の涙だ。石内は今頃きっとこの雨に濡れているのではなかろうか。きみ子はそう石内の身を案じながら、そのままじっと待ち続けた。

石内が訓練所に戻って来たのは、それから数十分程たった午後八時過ぎであった。きみ子は暗闇の中に不自由な足音を聞くと、軒下から外に出て声をかけた。

「石内さん？」

それに答えるように、足音は止まった。

「お話があるの」

きみ子がそう言うと、石内が「森川君、怒っているんだね」と、弱々しく言った。

「怒ってなんかいないのよ。ただ、お話があるの」

きみ子はそう言って裏庭へ出ると、いつものようにそこにある木の柵に腰を下ろした。ゆっくりと後に続いた石内は立ったまま、つぶやくように尋ねた。

「手紙を読んでくれたんだね」

「ええ」

「何て非常識な男と思ったろう。僕が嫌になっただろう」

石内は悲しそうに言葉を吐いた。

「それは一時は……。でも、石内さんの今の苦しさを思うと。でも、どうして直接、このわたしにそれをぶつけてこなかったの。わたしなら何でも聞いてあげたのに。わたしのことも、石内さんは何でも聞いてくれたでしょう」

石内はその言葉が意外だったのか、しばらく黙っていたが、また弱々しい声でこう言った。

「でも、森川君、君はもうここを辞めるんだろう。また僕は独りになる」

きみ子はこの時、石内の孤独な心を覗いた気がした。もしかしたら、石内は幼い頃からずっと誰からの愛も知らずに育ったのかも知れない。ちょうど自分が中学を出てすぐに故郷を離れ、誰も慰めてくれる者のないまま一人で過ごしていたように、石内は孤独だったのかも知れない。何と不幸な男であろうか。そう思うと、きみ子は石内が哀れで、同時に愛しくてたまらなかった。それは虐げられた者だけが持つ感慨だった。

きみ子は何と答えていいか分からず、咄嗟にこう口にした。

「あと、二、三日、わたしはここにいるのよ。明日も明後日も、ここで会いましょうね」

石内は無言のままである。

その時、寮の就寝を告げるベルが鳴った。石内は立ち上がると、寮の建物の方へ歩き出した。きみ子もその後に従った。依然として降り続く霧雨が、石内の肩を濡らしている。真っ暗な空から音もなく降ってくるその雨に、きみ子はまた石内の涙を見る思いがしていた。

きみ子は石内に傘をさしかけてやりたかった。けれど傘など手にはなく、仮に持ち合わせていたとしても、両手で松葉杖をついていては無理なことである。やはり自分は女として石内を愛する資格などないのだと悲しく思いながら、石内に優しく声をかけた。

「風邪を引かないようにね」

石内はなおも何も答えず、寮に消えて行った。きみ子は、夢の中でのように、石内が自分の膝で泣いてくれればいいのにと思った。けれど、おそらくそれはないであろう。僅かに残る哀れな男の自尊心が許さないのだ。この別れ際にかけた言葉が、きみ子から石内への最後の言葉になろうとは、きみ子は知る由もなかった。

翌日、飯塚の母からきみ子に一本の電話があった。和雄が急に風邪を引いて高熱を出したという。きみ子は取るものも取りあえず、訓練を途中でやめて家に帰った。

家に帰ってみると、幸い、和雄の熱はようやく引いたところだった。けれど和雄は母親のいない病床がよほど心細かったのであろう。いつも以上に、きみ子に甘えた。きみ子は和雄が寒くないように、その小さい体を毛布でくるみ、両の手で抱いてやりながら、高熱を出して苦しむ我が子の傍にもついてやることのできなかった自分を責め、「ごめんなさいね、和雄。悪いお母ちゃんね」と詫びた。すると和雄は、まだぐったりとした体できみ子に顔を向けて、「お母ちゃん、もうどこへも行かない？　ずっと僕の所にいる？」と聞いた。

「ええ、お母ちゃんはもうどこにも行かない。ずっと、和雄の所にいますからね」

きみ子がそう答えると、「ほんと？」と、和雄は目に涙を浮かべながら、なおも不安そうに聞く。

「お母ちゃんが和雄に嘘をついたことがありますか」

「だったら、指切り」

和雄は甘えるようにそう言うと、小指を出した。きみ子はその小さな小指を自分の小指とからませて、

「指切りげんまん、嘘ついたら、針千本飲ます……」と歌いながら指切りをしてやった。すると和雄はにっ

こり笑い、顔をきみ子の胸に押し付けると、安心したように眠りについた。

きみ子は和雄の頬の涙を拭いてやりながら、自分が石内のことで心を揺らしているのが、この子に伝わったのではないかと思った。それでこの子が自分を呼んだのだろう。きみ子は、こんな愚かな母親でも、こうして慕い求めてくれる子供心を改めて愛しく感じていた。

ふと、きみ子の脳裏に、大阪での辛い思い出が去来した。それはきみ子がちょうど和雄を身籠もっていた頃、トルコ風呂の向いのビルから飛び降りて自殺した岡本のことである。長いこと自分の中に仕舞い込んだまま、思い出すこともなくなっていた出来事だ。岡本は戦災で親兄弟を亡くし、一人で生きて来た不幸な男だった。最後に客としてきみ子の前に現れた時、岡本は初めてきみ子の体を求めた。そして、まるで幼い子供が母親にするように、きみ子の胸に触れていた。

きみ子は、もしかしたら石内も、あの時の岡本と同じように自分に母の姿を求めていたのではないかと思った。そして、石内の思いに何も答えられぬまま自分がいなくなれば、石内も悲観して自殺を図るかもしれないと案じられる。きみ子は無意識のうちに、「石内さん、石内さんは死なないで」とつぶやいた。その気きみ子の言葉は、当然ながら石内には通じず、彼女の耳元で響いただけだった。

けれど、それはもはや「遠い愛」でしかなかった。それに、これ以上石内のことを思い続けたら、また和雄の身によからぬことが起きるような気がする。もしかしたら今度は本当にこの子が遠い所に旅立ってしまうかも知れない。そう思うときみ子は不安になり、腕の中の和雄を抱きしめた。

そして、すぐにさっきの思いを打ち消した。石内は自殺などしない。いつか訓練室で女指導員に、「石内さんはきっと自分の道を見つける」と言ったことがある。きみ子はあの時の自分の言葉を信じようと思った。

石内とはただの一度も秘め事を持つこともなく別れてしまった。けれどもう、きみ子は後悔はしなかった。なぜなら二人は男と女ではなく、母と子であったのだから。初めて石内に会った日から、自分はずっと石内の母だったように、きみ子は今にして思う。石内だってきっと同じ想いであっただろうと、きみ子は思う。

きみ子は石内のことを忘れようと思った。それからきみ子が石内に会うことは、もう二度となかった。

三年後、石内は処女作『心の旅路』に、阿修羅のきみ子を、「永遠の母」、「理想の女」と書いた。

石内野太郎　（いしうち・やたろう）本名、石内恒美。昭和18年、福岡県・秋月に生まれる。生後3カ月に脳性小児マヒを発病。昭和48年、京都・仏教大学福祉学科を卒業する、昭和48年—52年、山口、福岡の障害者福祉施設に入所。昭和52—60年、福岡の障害者サークルで活躍。著書に『杖の母』（葦書房）『心の旅路』（海鳥社）がある。
現住所＝甘木市秋月野鳥592

阿修羅《あしゅら》の女《おんな》

■

2005年6月28日　第1刷発行

■

著者　石内野太郎

発行者　西　俊明

発行所　有限会社海鳥社

〒810-0074 福岡市中央区大手門3丁目6番13号

電話092(771)0132　FAX092(771)2546

http://www.kaichosha-f.co.jp

印刷・製本　有限会社九州コンピュータ印刷

ISBN4-87415-523-5

[定価は表紙カバーに表示]